KB272992

만금빌라
이강원 장편소설
다산
책방

차례

제1장

쌍나발등[*]

어머니가 부엌 바닥에 널브러져 있었다. 풀어 헤쳐진 저고리가 얼룩덜룩했다. 핏물로 떡이 진 머리칼은 검불그죽죽하고 갈라져 맨살이 드러난 어깻죽지 아래엔 피가 고여 있었다.

새까만 쉬파리들이 어머니 몸에서 떨어져 나와 구물구물 방으로 몰려갔다. 문틈으로 아버지의 발이 보였다. 정만은 그리로 달려들다 나뭇짐 진 지게와 함께 나자빠졌다. 방바닥은 핏물로 어지러웠다. 모로 누운 아버지의 적삼이 찢겨 나달거리고 목뒤에서부터 등짝까지 쭉 찢어진 살갗은 땡땡하게 부어 시뻘겠다. 정만은 뒷걸음치다 미끄러졌다. 고무

[*] 고창 봉덕리 고분군 1·2호분의 옛 이름.

신을 신는 둥 마는 둥 춘기 아재 집으로 내달렸다.

사립짝에서부터 마당으로, 부엌으로 살피고 다니던 아재가 방으로 들어섰다. 한참을 우두커니 섰더니 아버지를 이불로 덮었다. 어머니를 안고 들어와 아버지 옆에 나란히 뉘었다. 저고리 옷고름을 묶은 다음 아랫목 벽에 붙은 횃댓보를 뜯어 어머니를 감쌌다.

"아이고, 에린 것을 두고 어치케 눈감었을꼬."

느리테하게 중얼거리면서 아재가 괴춤에서 담배쌈지를 꺼내 들고 앉았다. 연기를 빨아들였다가 뱉었다. 다시 깊숙이 빨아들이곤 오래 뱉어냈다.

"그러고저러고, 시상천지 땅 한 뙈기 없는디……."

연기에 그을려 나온 아재의 말이 어둡고 칙칙하게 내려앉았다.

아재가 사립짝을 나섰다. 고샅으로, 뒷산으로 대중없이 기웃거리다가 당신 집으로 갔다. 쪽마루에 걸터앉아 들판을 응시했다. 우뚝한 쌍나발등이 저녁 해에 부예질 때까지 꼼짝도 하지 않았다. 산달이 가까워진 매산 아짐이 명철이를 앞세우고 사립문을 들어섰을 때야 무엇을 들킨 사람처럼 아재가 엉덩이를 털고 일어났다.

"삽 들고 따라오니라."

꾸짖듯 속삭였다.

멍청하게 서 있던 정만은 삽을 들고 아재를 따라 방죽 길로 올라섰다. 사위가 어스레했다. 물가에서 종종거리던 따오기들이 반대편으로 날아내렸다. 긴 부리로 검어진 물을 찍다 말고 하악하악 우짖었다.

아재가 쌍나발등 가운데 오목하게 고랑이 진, 마을에서는 잘 뵈지 않는 곳으로 가 섰다. 풀을 걷어내고 삽날을 땅에 박았다.

아무리 봐도 쌍나발등은 산인데 마을 어른들은 묏등이라고 했다. 옛날 왕들의 무덤이라고. "나뭇가지 하나라도 부러뜨리면 쌈 낭게나, 벌받고 싶잖으면 얼씬거리들 말어." 언젠가 나무하러 왔다가 정만은 묏등 주인한테 된통 혼났었다.

온몸의 털이 곤두섰다. 갑자기 주변마저 훤해졌다. 반달이 허연 머리통을 디밀고 쌍나발등을 기웃거리고 있었다. 나무들이 수런대고 새가 날았다. 삽날에 잘린 지렁이가 벌건 흙에 제 몸뚱이를 비벼대며 몸부림치는데, 우멍해진 흙구덩이로 쑥, 달빛이 기어들었다.

정만은 아재 뒤에 바짝 붙어 집으로 갔다.

"얼릉 절혀…… 잘 가시라고. 거그서는 험헌 꼴 당허지 말고 사시라고…… 인자 다시는 못 보닝게."

다시는 못 본다는 말에 정만은 아버지 어머니를 똑바로 봤다. 속이 울렁거렸다. 안개 같은 게 가슴속으로 차오르면서

부글부글 끓기 시작했다. 울음으로 터져 나왔다. 무슨 일인지, 두 눈으로 똑똑히 보고 있으면서도 도무지 알 수 없었다.

어머니를 지게에 짊어진 정만은 아버지를 지고 가는 아재를 따라 다시 쌍나발등으로 올라섰다. 두 분을 구덩이에 밀어 넣고 흙으로 메웠다. 눈물이 앞을 가렸다. 슬퍼선지 두려워선지 자기 자신도 알 수 없었다. 음푹진푹, 걸음만 어긋났다. 간신히 나뭇가지를 붙들고 섰는데 서쪽 산 위에서 반달이 허예진 얼굴로 대롱거렸다.

푸드덕, 따오기가 달아났다. 둥우리가 뒤집히면서 알들이 떨어졌다. 박살 나버린 알과 따오기들이 날아간 쪽을 두리번대다 정만은 몸을 움츠렸다.

"택동으로 가니라."

밑도 끝도 없이 아재가 명령했다.

"뭔 일이다우? 아재는 알지라?"

"돌아올 생각 말어."

아재가 물먹은 솜처럼 으르렁댔다.

피란골짜기

택동은 사방이 소나무로 꽉 차고 하늘로만 뻥 뚫린 소쿠리 속 같은 마을이다. 이리로 타동네 사람들이 몰려들기 시작한 것은 전쟁이 나면서부터다. 공음면 두암리에서, 석교리에서, 구암리에서, 영광 홍농에서. 그 사람들은 택동을 '피란골짜기'라고 불렀다.

이른 봄 어느 아침나절, 두암저수지 부근에서 한 발의 총성이 울렸다. 국군과 대치 중이던 빨치산이, 매복해 있던 척후병 한 명을 딱꿍총으로 명중시켰다고 했다.

군경 토벌대가 택동으로 진입했다. 풍암과 무장면 쪽 양방향에서 수십 명이 총칼을 들고 몰려왔다. 일반인들을 앞세운 채였다.

정만의 외할머니 구암댁이 다급하게 설재균을 불렀다.

“어무이는요. 어무이 안 가면 나도 안 가요.”

재균이 미적거리는 사이 성재골로, 봉골로, 풍촌으로 허연 옷들이 펄럭펄럭 나부끼다 사라졌다. 재균이 집을 나서자마자 따다다다, 총성이 잇따랐다.

“아이고, 정만아. 아께미(아까) 삼춘따러갔어야는디…….”

낭패한 얼굴로 구암댁이 중얼거렸다.

뒷간에서 나오던 정만은 외할머니가 미는 통에 얼결에 장광 모퉁이로 갔다. 가시나무로 올라가 가장귀에 걸터앉았다. 외할머니가 막 항아리 속으로 숨어들었을 때 토벌대들이 고샅으로 들이닥쳤다.

“강의만 들으면 보내준다. 나오는 사람은 살려주고 안 나오는 사람은 죽인다.”

외치고 다녔다. 아무 집이나 들어가 수색하고 닥치는 대로 총을 쐈다. 사람들이 즉사했다. 죽지 않은 사람들은 모두 발각되어 붙들려 나갔다.

새파랗게 질린 노인 하나가 논바닥을 기었다. 소 목줄을 붙든 채 나뒹굴다 일어나고 몇 걸음 기다가 엎어졌다. 토벌대가 노인의 등허리에 총을 쐈다. 솜옷을 입은 탓에 총알이 몸을 관통하지 못하자 계속해서 대여섯 방을 더 쏘았다. 기어이 발로 걷어차곤 소 목줄을 빼앗았다.

사람들이 넋이 빠진 채, 토벌대에게 머리통과 등짝을 얻어맞으며 설씨네 산으로 내몰려 갔다. 총과 칼에 밀려다니며 줄을 섰다. 산밭은 눈이라도 쌓인 듯 금세 새하얘졌다.

엄무이, 엄무이. 댓 살쯤 된 여자아이가 제 엄마를 부르며 울었다. 엄마인 듯한 아낙이 부둥켜안았으나 기어이 자지러졌다. 토벌대가 칼로 아이의 목을 쳤다. 대롱거리는 아이의 머리를 붙들고 할머니가 오열하고 아낙은 아이의 몸뚱이를 부둥켜안은 채 눈을 뒤집어 깠다. 총에 엄마도 할머니도 그 자리에서 허물어졌다.

"이보오, 군인 양반."

망구(할머니) 하나가 젊디젊은 토벌대의 바짓자락을 붙들었다.

"우리 모다 사람이지라. 다 같은 사람 맞지라."

"사람? 다 같은 사람? 허, 여그 사람인 사람 손 들어봐. 손 들어보라고?"

땅땅하게 생긴 그가 두 눈을 치켜떴다. 신경질 부리듯 소락빼기(큰소리)를 질렀으나 아무도 대답하지 못했다. 모두 몸뚱이를 구기고 앉아 있었다. 땅바닥에 고개를 박고 있었다. 무서워서, 두려워서, 너무도 추워서 파들파들 떨며 두 손으로 귀를 틀어막고 있었다.

"이 쌍, 손 안 들어?"

토벌대가 총을 갈겼다. 망구가 매가리 없이 고꾸라졌다.

어무이, 어무이. 중년 여인이 피 칠갑 된 망구를 부르며 얼싸안았다. 웅크려 앉은 아이의 머리통으로, 등짝으로 연거푸 총알이 쏟아지자 어쩔 줄 몰라 하며 더 꽉 부둥켰다.

따오기들이 한낮의 들판을 날았다. 하옥 하옥……. 을씨년스럽게 울어 예며 이 소나무로 저 소나무로 내려앉았다가 도로 무겁게 날아올랐다.

"지금 산 사람은 명당 쓴 사람일 텡게, 일나 보드라고. 살려주께 한분 일나 봐?"

느닷없이 토벌대 하나가 외쳤다. 눈을 치둥글 내리둥글, 굼뜨게 일어나는 사람들에게 능글능글 비소를 날렸다. 한 사람 한 사람 눈을 맞추었다. 차례차례 총구를 겨누었다. 차근차근……. 그들에게 방아쇠를 당기면서 끌려오는 외삼촌을 곁눈질했다.

삼촌의 두 손은 끈에 묶인 채였다.

"아이고메, 재균아……. 선상님, 우리 아덜 살려주쑈. 어게 난 아들인디, 삼대독잔디, 대를 잇어야 허는디…… 살려주먼 내 평생 허라는 대로 다 헐라요. 선상님, 지발……."

외할머니가 헐레벌떡 무릎을 꿇었다. 두 손을 비비다 말고 삼촌의 적삼 자락을 움켜쥐었다.

토벌대가 삼촌의 목에 칼을 대자 할머니가 덥석 잡았다. 손바닥에서 미끄러져 나가는 칼을 덩둘하게 쳐다봤다. 쩍 벌어진 당신 손바닥을, 벌어진 틈으로 꿈틀꿈틀 기어 나오는 핏물을, 토벌대와 그의 손에 들린 칼을, 삼촌의 얼굴을 얼빠진 표정으로 휘둘러봤다.

삼촌이 할머니에게 엎어졌다. 토벌대가 삼촌을 제치곤 칼로 팔을 쳤다. 덜컹, 삼촌의 팔뚝이 떨어졌다. 쌩쌩 바람을 일으키며 날아드는 총탄에 두 사람은 팔을 들었다 내렸다, 등허리를 구부렸다 폈다, 비비 꼬아대다…… 피그르르, 핏물 바닥에 몸뚱이를 힘없이 내려놓았다.

"외할매!"

정만은 소리 질렀다. 자기 소리에 놀라 입을 틀어막았다. 나뭇가지 부여잡은 손을 휘저으며 버둥거렸다. 우리 아부지 어매도 저랬을까. 칼에 찔리고 베인 채로 고통스러워 몸부림쳤을까. 군인 가족이라며 애걸하는 저 아주머니처럼, 어린것만은 살려달라고 복걸하는 젊은 엄마처럼 맥없이 나동그라졌을까.

혼란스러웠다. 눈앞에 보이는 것은 전부 피투성이가 된 흰옷뿐이었다. 우릉 우릉, 천둥처럼 우짖는 시퍼런 소나무와 덤불뿐이었다. 피의 골짜기로 변하고 만 '피란골짜기'라니. 살 수 있을까. 살아낼 수 있을까. 정만은 자신할 수 없었다. 서당촌도 택동도 아니라면 도대체 어디로 가야 할까. 사람들 말로는 이 세상이 다 전쟁터라던데……

토벌대가 빠져나간 밭은 아수라장이 되었다. 해가 기울수록 흰옷은 붉어지고, 검붉어졌다. 따오기들이 나뭇가지로 앉았다가 공중으로 올랐다. 헤매 날았다. 하옥 하옥……. 하얗게, 가맣게, 새까맣게 나돌다가 밭으로 내려앉았다.

다시금 날아오르는 따오기 날개에 아버지 어머니가 탄 듯했다. 외할머니와 외삼촌이 타고 있었다. 산밭에 널브러진 많은 사람이 하나둘 따오기의 등에, 날갯죽지에 올라탔다. 날았다. 핏물을 뿌리며 어딘가로 흘러만 갔다. 정만은 따오기들에 손을 뻗다가 땅바닥으로 굴러떨어졌다.

*

군홧발 소리가 마당으로 들어섰다. 점점 가까워졌다.

"빨리 나와. 안 나오면 전부 쏴 죽인다."

젊은 남자가 고함쳤다. 부스럭대는 소리가 들리는 걸로 보아 어른들이 일어서는가 보다. 빨리빨리, 재촉하는 소리가 멀어지기도 전에 우당탕탕, 군화들이 마루로 뛰어들었다. 광문 열리는 소리가 났다. 따발총 소리와 동시에 독들이 와장창 부서지는 소리가 귀청을 때렸다.

"여그 쌀, 쌀 있다."

　　　　　　　　　　　　　　　　　

누군가 소리 질렀다. 차대기(자루), 가맹이(가마니), 하는 소리가 총알처럼 귀를 후볐다.

사랑방 문 열리는 소리와 함께 탕! 총소리가 튀어들었다. 설재동은 움찔 몸을 웅크렸다.

"안 나와? 죽을쳐?"

할아버지? 재동은 자기도 모르게 이불을 밀쳤다.

두루마기 자락이 펄럭이는 소리, 서안*을 짚고 일어나는 소리가 연이었다. 방을 지나 문지방을 넘어서 마루로 나가는 소리가 멀어졌다.

아침밥을 먹고 난 뒤였다. 토벌대가 온다는 소리에 재동은 사랑방으로 건너갔다. 피하자고 청했으나 조부는 고개를 저었다. "어매랑 얼른 성재골로 가니라. 거그라면 괜찮을 것이다." 말했다. "니 애비 찾어야 헐 것 아녀." 막무가내였다. 그러는 새 재균네 집에서 총소리가 들렸다. 조부가 벽장을 가리키며 올라가라 했다. 재동이 버티고 서 있자, 말 들으라며 꾸짖었다. 등짝을 밀어 올렸다. 뒤란 쪽으로 돌아앉으라 이르곤 이불을 덮어씌웠다. 나무판으로 벽을 세우고 문을 닫았다.

벽장문이 열리면서 탕, 탕탕, 총알이 날아들었다. 귀로 통

* 책을 얹어두던 책상을 이르는 옛말.

증이 급습했다. 축축한 것이 목덜미를 타고 흐르면서, 머리가 띵해왔다. 재동은 속이 울렁거려 침을 삼켰다. 머리끝에서부터 발끝까지 싸르르, 훑어내리는 기운에 정신마저 아득해졌다.

누군가 하염없이 손을 까불었다. 어린 자기 같기도 하고 청년이 된 지금의 자기 같았다. 아버지로도 보였다. 가야 할 것 같은데, 가면 끝일 것 같았…… . 재동은 눈을 치떴다. 어머니는 무사할까. 할머니는, 할아버지는…… . 아버진 대체 어디 가셨지…… 재균이랑 여기서 놀았는데…… 한문 책들을 깔고 누워 있다 잠들곤…… . 노곤해지면서 잠이 쏟아졌다. 따갑고 가려운 귀를 이불에 비비적대다 재동은 잠 속으로 혼곤하게 빠져들었다.

쏴아, 쏴아, 대바람 소리 같은 게 들려왔다. 이따금 새소리가 지나가고, 사람 소리가 조금씩 가까워졌다.

"재동아…… 재동아…… 아이고, 내 새끼 어쩠끄나."

묘한 안도감을 느끼며 재동은 등으로 나무판을 밀어냈다. 이불을 걷었다. 어지럼증이 일어 기어서 벽장 아래로 내려왔다. 귀가 근질근질 따가웠다. 만지자마자 주르르, 핏물이 방바닥으로 떨어졌다.

"우리 아덜. 아이고, 우리 아덜이 살었구나…… . 오메, 재동아. 귀가, 귀가……? 들리냐? 들리긴 혀?"

재동은 고개를 까닥였다.

"아이고, 신령님. 감사헙니다. 감사헙니다."

어머니 유성애가 덥석 그러안았다. 무명천으로 재동의 귀를 싸매주었다.

선산은 처참했다. 총알 박힌 나무들이 그을린 채로 울부짖고 땅바닥에는 죽은 사람, 다친 사람, 산 사람들이 한데 엉겨 아비규환이 따로 없었다.

재동은 찌걱찌걱 핏물을 밟으며 뒹구는 머리통을 지나고 나동그라진 팔뚝을 넘었다. 피딱지가 진 몸뚱이를 건너, 시뻘개진 솜옷 덩이 옆으로 내달렸다. 널브러진 아이 앞으로, 숨을 몰아쉬다 고꾸라지는 노인을 흔들며 칠랑팔랑…….

밭고랑에 널브러진 할머니. 총알이 관통한 목덜미에선 여태도 피가 흘렀다. 굼틀굼틀 땅바닥으로 스며들다 돌개바람이 휘몰아칠 때마다 파르르 자지러졌다. 재동은 우뚝 섰다. 어머니가 할머니를 똑바로 눕히고 눈을 감겨드리는 것을 우두커니 쳐다만 봤다. 분노가 치밀어 올라 도무지 발이 떨어지지 않았다.

산비탈에 조부가 거꾸러져 있었다. 미간을 잔뜩 찌푸린 채였다. 허공을 응시하는 눈은 이미 초점이 흐려지고 가슴팍도 불규칙하게 오르내렸다. 어머니가 치마를 찢어 꺾인 손목을 감자 조부가 힘겹게 고개를 저었다.

“배, 배가……."

겨우 말을 만들어 우물거렸다.

아랫배가 터져 휑했다. 쏟아진 내장이 핏물과 흙으로 범벅되어 불그죽죽했다. 재동은 황급히 창자를 받쳐 들었다. 배안으로 밀어 넣으려는데 조부가 얼굴을 일그러뜨리며 숨을 헐떡였다.

“니 할매는…… 그려, 니 애비 꼭……."

조부의 얼굴로 저녁 해가 비쳐 들었다. 콧방울과 광대뼈 새로 음영이 지고, 상투에서 삐져나온 머리칼이 바람에 파들파들 떨었다.

붉게 우는 땅을 맨발로

"오메, 저것이 으짠 일이여."

당뫼 형님이 올라서다 말고 질겁했다. 재동도 형님이 쳐다보는 데로 고개를 돌렸다가 적이 당황하고 말았다. 독수리들이었다. 통곡하는 사람처럼 시신들에 딱 달라붙어 여념이 없었다. 사람들이 멈춰 섰다. 군경 토벌대를 또 맞닥뜨린 것처럼 질린 표정으로, 지게를 짊어진 채로, 달구지가 넘어지는지도 모르고 서서 놈들에게서 눈을 떼지 못했다.

"후여! 후여! 작것들, 얼릉 안 가. 얼릉 가."

생말 아저씨가 곡괭이를 휘저으며 독수리 쪽으로 달려갔다. 막 날아내리던 까마귀들이 놀라선 공중으로 도로 올랐다. 그제야 독수리들이 시신에서 떨어졌다. 굵고 날카로운 부리를 흔들며 몇 발짝 뒤뚱거리다가 마지못한 듯 굼뜨게 날개를 퍼덕였다.

"사내 손잉만. 젊은 손이여."

자룡 당숙이 팔뚝 하나를 집어 들었다. 주먹 쥔 손가락을 하나하나 잡아당겼으나 굳어서 제대로 펴지지 않았다. 손등에 힘줄이 툭 튀어나와 있었다. 푸르죽죽했다. 검고 긴 털이 곤두서 있고 살갗은 민틋했다.

"거시기, 구암댁 아덜, 가, 가 아녀?"

"재균이, 설재균이?"

자룡 당숙 말에 생말 아저씨가 보태었다. 당숙네도 며칠 전에 오늘 같은 일을 겪었다. 장인과 처남이 한꺼번에 희생당했다고 했다.

"정만아."

생말 아저씨가 소리쳤다. 아직 소년티가 나는 남자애 하나가 달려왔다. 껀정했다(껑충했다). 머리칼은 덥수룩하고 얼굴이 온통 겁먹어 푸르뎅뎅했다. 뛸 때마다 바짓가랑이 사이로 얇디얇은 정강이가 드러났다. 정만이 구암댁과 재균이 앞에 주저앉았다. 자룡 당숙이 들고 있던 팔을 재균의 팔뚝에 맞추는 것을 지켜보다 엉엉 울었다. 쓸쓸, 하는 소리가 우악스럽게 들려서 보니 정만의 두 눈에서 시퍼런 불이 번뜩였다.

재동은 지난겨울 집에 내려오던 날 고샅에서 정만을 처음 봤다. 여태 타동네에서 피난 온 사람으로 알고 있었는데 재균의 조카라니, 마음이 더 착잡했다.

"쟈도 참…… 기댈 디라고는 외갓집뿐이라드만."

당뫼 형님이 구암댁을 지게에 지고 가는 정만을 건너다보며 중얼거렸다.

고샅을 내려오는 동안 조용한 집은 하나도 없었다. 지붕마다 사자의 옷이 너풀거리고 마루 한쪽에 영호靈戶: 영을 모신 막가 차려졌다. 붉디붉은 동백꽃도 죽은 이들을 추모하듯 휘몰아치는 골바람에 뚝뚝 제 모가지를 꺾어냈다.

재동은 발아래 뒹구는 꽃송이들을 집어 들었다. 하나하나 고샅가에 줄을 세웠다. 쉰두 송이의 붉은 꽃송이가 바람에 사운거리다(살랑거리다) 와르르, 고랑창으로 나가떨어졌다.

정인재와 미금이 집에 와 있었다. 방금 도착했는지 반암 양반이 마당 한쪽에다 지게를 벗어 작대기로 받치고 있고, 마루에는 보자기로 덮인 채반과 바구니들이 나란했다. 거기에서 삭은 홍어 냄새가 건너왔다.

재동은 정인재 부녀를 영호로 안내했다.

"유엔군이 서울을 되찾았다고는 허드라만, 종전이니 휴전이니 허는 말은 감감허니……. 공음이고 심원이고 해리까지 수백 명이 몰살당했대여. 원인을 캘라고 들면 한없을 텡게, 우선은 할아부지 할무이 모시는 일부터 생각해 봐라. 어무이허고 상의허야겠지만, 관만 모시는 것은 어쩌겄냐.

절차를 따라야 마땅허나 마을마다 생에는 하나뿐일 텐디.”

정인재가 의향을 물어왔다. 그의 말처럼 마을에 상여는 하나뿐이다. 차례가 오기를 기다리자면 한없을 것이다.

“읍내 목재소에다 부탁허고 오는 길이다만, 멫 구나 되드냐?”

“쉰둘인데 다친 사람도 많아서요……. 죽은 사람 중에는 임산부가 둘이고 어린아이도 열두 명이나 되드만요.”

“다들 미쳤구나, 미쳤어……. 이짝뿐 아니라 요 아래 함평도 그렇고, 경상도고 충청도고 모다 생지옥이랑만.”

재동은 인재의 말을 따르기로 마음먹었다. 형식이나 절차보다야 정성 담은 마음이 먼저겠다, 싶었다.

“전시연합대학인가 뭣인가 설립했다던데, 가봐야 허는 것 아니냐.”

“안 그래도 갈라고 했는데 이런 일이 일어나서요. 어무이 혼자 두고 가기가…….”

“그렇기도 허겄다만, 세상이 수상헐수록에 정신 똑바로 차려야 써……. 그러고 아부지 말이다…… 알 만한 사람이 그러던디 북해도로 갔을 것이래여. 사실인지 아닌지 지금으로선 확인헐 방법이 없으니…….”

재동은 고개를 수그렸다. 가슴에 차오르는 무엇인가를 꿀꺽 삼켰다.

*

해는 어느새 중천을 한참 벗어났다. 봄이라지만 해거름은 아직 밭고 무정한데 땅바닥에서 올라오는 비릿하고 역겨운 피 냄새는 더 짙어진 듯했다. 재동은 뻐근해진 어깨를 주무르며 밭두렁에 앉았다.

"죽으먼 이렇고 썩어서 냄새만 풍기는디. 썩고 썩어 혹(흙)이 되믄 그뿐인디……."

생말 양반이 한숨인 듯 말했다. 구시포에서 피신 왔다가 숨진 할아버지 한 분을 관에 넣고 맨바닥에 앉았다. 담배를 말아 입에 물었다.

때맞춰 미금이 소쿠리에 삶은 구광고구마(씨고구마)와 콩나물잡채를 가지고 왔다. 평평한 바닥에 소쿠리를 내려놓고 고구마를 하나씩 건넸다. 잡채도 빈 그릇에 덜어 나누었다. 잡채는 어제 정인재가 반암 양반 편에 가져온 것이다. 홍어찜과 봄동으로 버무린 얼지(겉절이), 삶은 돼지고기 말고도 여러 가지였다. 집집이 돌렸으니 입맛 정도는 다셨을 것이다.

고구마를 받아 든 정만이 순식간에 꼬투리까지 아금박스럽게 먹어치웠다. 손가락으로 잡채를 집어 입에 넣고 질경질경 씹었다. 꿀꺽, 목울대가 힘차게 움직였다. 미금이 신기

한 듯 바라보다 남은 고구마를 그에게 건넸다.

"아버지는 목재소 가셨어요. 바로 올랑가 모르겠다고 허시더만."

재동은 미금의 말을 흘려들으며 그녀의 손을 힐긋거렸다. 애기등을 심던 고사리손이 아니었다. 손등이 갸름해지고 손가락도 길쭉길쭉 어느새 열일곱 살……. 재동은 고구마를 한 입 베어 물었다. 들큼한 물고구마 향이 퍼지면서, 미금을 처음 봤을 때처럼 안에서 물결이 일었다. 물결 속에 물결이, 물결 속에 또 한 물결이 고요하게 여울지며 흘렀다.

미금이 빈 소쿠리를 들고 일어섰다. 걸을 때마다 양 갈래로 땋은 머리 단이 등에서 뜀뛰기 했다. 흰 저고리와 검정 몸빼가 팔랑거렸다. 앞코가 둥글고 발등에 끈이 달린 검정 구두와 바짓가랑이로, 흙 부스러기가 기어올랐다 흩어지며 먼지로 날렸다.

재동은 10년 전쯤에 미금을 처음 만났다. 아버지 설문호를 따라 서당께에 갔을 때였다. 미금은 아버지와 가장 가까운 벗인 정인재의 고명딸이고 재동보다 네 살 어렸다. 네 사람은 그날 산 아래 널따란 밭 한쪽에 애기등 두 그루를 심었다. "재동아, 느그 아부지랑 열다 학교 세우기로 했응게, 너도 미금이랑 와서 학생들 갈쳐야 헌다이." 정인재가 재동의 손을 끌어다 미금의 손등에 올리며 말했다. 재동이 시리고 보드라운 맨살에 놀라 움찔 떠는데 정인재가 자기 손과 아버지 손을 차례로 포개었다. "얼레리꼴레리, 미금이랑 재동이랑 약혼했대요." 놀리듯 말하곤 아버지가 크게 웃었다. 그게 아버지의 마지막 모습이다. 얼마 지나지 않아 읍내에서 도라꾸(트럭)에 실려 갔다는 소문이 들렸는데, 해방과 더불어 사라졌다. 한데 북해도라니. 그 춥고 머나먼 곳으로 끌려갔다니. 생사마저 알 수 없다니.

별안간 재동은 가슴을 움켰다. 미금마저 사라지고 없었다. 그녀가 내려간 길을 따라 풀풀 날리던 흙먼지가 대찬 바람으로 불어 들었다. 가막도를 휩쓸고 온 바람은 구시포로, 전갱이골로, 자룡리와 석남리 가운데를 가로질러 용대저수지 들판으로 몰아쳐 왔다. 눈보라로 돌변했다. 소나무들이 휘우뚱휘우뚱, 금방이라도 쓰러질 듯 몸부림쳤다. 비둘기굴에서, 만돌리에서, 석남리와 자룡리에서 고꾸라진 사람들의 아우성도 세찬 눈발로 몰려오는가. 돌연 들판이 컴컴해졌다.

잣고개 쪽에서 트럭 하나가 올라와 비탈에 섰다. 조수석에서 정인재가 내렸다.

"기다렸다가 널을 맨드는 대로 갖고 올랑게, 미금이더러 느이 어무이랑 자라고 혀."

여남은 개나 되는 관을 길가에 내려놓기 무섭게 도로 올라앉았다.

재동은 어른들과 함께 시신을 관에 넣었다. 관에 들지 못한 시신은 멍석에 말았다. 독수리나 까마귀들이 덤벼들어도 무사하도록. 밤새 불어닥칠 눈보라에 춥지 않도록.

집으로 내려오다 말고 재동은 당뫼로 향했다. 어려서부터 조부의 손에 이끌려 수도 없이 걸었던 길. 느그 증조부는 동학군이셨단다. 말할 때마다 조부는 북쪽으로 눈길을 보내곤 했다.

증조부는 본래 당신의 아버지에 이어서 의원을 했다고 한다. 특히 풍에 걸려 반신불수가 된 사람을 고친 적도 여러 번 있었는데 인중에 침 한 방이면 되었단다. 침 값이 그때 당시로 쌀 한 말이었다던가.

홍농에서 돌아오던 길에 증조부는 구수내에 온 손화중을 만났다. 침을 버리고 바로 훈련에 들어갔다. 녹두장군이 이끄는 부대를 따라 논산으로, 이인으로 북상해 공주 우금치로 올라갔다더니 관군과 일본연합군에 살해당했다는 소식으로 돌아왔다. 시신이라도 찾아야겠다며 공주로 올라간 조부는 용못*에 쌓인 산더미 같은 시체들을 몇 날 며칠 뒤적

---

* 1894년 동학동민운동 우금치 전투에서 전사한 농민군의 시체가 쌓였던 충남 공주시 웅진동의 못. '송장배미'라고도 부른다.

이다가 빈손으로 내려왔다. 증조부가 즐겨 입던 옷 한 벌을 관에 넣고 선산 양지쪽에 둥그렇게 무덤을 만들었다.

훈련장으로 썼다던 묵정밭은 새 풀이 돋아 파릇파릇했다. 나숭개(냉이)며 벌금자리, 민들레가 눈에 띄었다. 괭이밥인지 토끼풀인지 모닥모닥 파랗게 돋은 것이 퍽 귀여웠다. 재동은 이파리를 손으로 어루만졌다. 차지만 여리고 보드라운 기운이 손끝에서 어깨로, 가슴으로, 온몸으로 싱그럽게 스며들었다. 울적한 기분이 잠시나마 가벼워지는 듯했다.

쌩! 굉음이 할퀴고 지나갔다. 재동은 다급하게 귀를 눌렀다. 공중을 가로지른 전투기는 꽁무니만 보이고, 뒤로 길게 늘어진 연기가 바람에 흩어지며 구름에 섞여 들었다. 구름 사이로 별 몇 개가 허옇게 깜박거렸다. 재동은 귀를 후비며 거뭇해진 개울을 건넜다.

"왜 인자 온당가? 어무이가 걱정허시는고만."

집 앞에 있던 미금이 퉁새기(판잔)했다. 뚱하게 쳐다보다 외까풀 진 눈을 내리떴다.

해 돋는 나라

고구마 퉁가리*에는 말라붙은 잔뿌리와 흙가루뿐이다. 옆에 보리쌀 자루가 있었는데 토벌대가 가져갔는지 안 보인다. 부엌 살강에도 빈 그릇만 엎어졌다. 솥도 비고 두멍 물도 겨우 바닥을 덮은 정도다.

장광에도 빈 항아리들뿐이다. 두 개는 그나마 박살 난 채다. 그중 하나에 외할머니가 숨어들었다가 토벌대한테 들켰다. 총탄 맞은 항아리가 챙, 갈라지면서 안에 들었던 외할머니가 소코라졌다(쏟아졌다). 토벌대가 외할머니를 총대로 밀고 나가자, 다른 토벌대가 간장독을 총으로 쏘았다. 투우

---

* 수수깡으로 엮어서 방 한쪽에 세워두고 고구마 등을 보관하던 커다란 둥우리.

웅…… 항아리가 오래 울다가 빠개졌다. 쏴르르, 간장을 쏟
아내며 통곡했다. 어찌까이. 아이고 저것을 어찌까이…….
외할머니가 탄식하다 토벌대가 휘두르는 개머리판에 등짝
을 얻어맞았다.

정만은 주걱으로 항아리 바닥을 닥닥 긁었다. 한 순갈이
나 될까 한 된장을 대접에 담고 물로 풀었다. 손가락으로 바
구미 사체를 걷어내면서 몇 모금 마셨더니 트림이 올라왔
다. 살 것 같았다.

사람들이 논에서 써레질하고 있었다. 그들이 지나간 곳
으로 깃털이 가뭇가뭇해진 따오기 한 쌍이 내려앉았다. 먹
이를 찾아 둔전거리다(서성거리다) 말고 따옥따옥 우짖었
다. 날갯죽지가 축 처져 처량해 보였다. 그날 따오기 날개
를 타고 떠난 아버지 어머니는 어디로 갔을까. 외할머니 외
삼촌과 다른 많은 사람은 핏물을 흘리며 어디로 날아갔을
까……. 저 새가 설마 알을 잃어버린 애들은 아닐겨. 그럴 리
없제. 정만은 미안해지는 마음을 애써 도리질하며 찔레 덤
불로 갔다. 순은 다 쇠어 먹을 만한 게 없었다. 그는 소나무
가지를 꺾어 들었다가 멀리 던져버렸다. 여태 불긋불긋했
다. 아무리 배고파도 핏물이 스며든 것을 먹고 싶진 않았다.

방으로 돌아왔다. 드러누워 졸다가 정만은 꿈에서 외할
머니를 봤다.

외할머니가 두 손을 비볐다. 우리 재균이 살려주쑈. 삼대독자 우리 아덜얼 살려달랑게라. 피가 뚝뚝 떨어지는 손을 비벼대는 할머니한테 외삼촌이 잘린 팔뚝을 디밀었다. 히잇 히잇, 웃었다. 할머니는 어느 순간 어머니로 바뀌었다. 어머니가 초점 없는 눈으로 다가왔다.

정만은 악, 소리 지르며 눈을 떴다. 봉창이 부옜다.

"안에 있냐."

누군가 문고리를 흔들었다. 정만은 무섬증이 일어 이불 속으로 몸을 우그려 넣었다.

"문 조께 열어보니라."

다시 들어보니 자룡 양반이었다. 정만이 문을 열자 두리번두리번 방안을 살폈다. 고봉이 진 보리밥에 삶은 돼지고기와 홍어찜 몇 쪽이 든 옴박지(옹자배기)와 고추장 종그래기(종지)를 방바닥에 내려놨다.

"요 고기는 재동네서 보낸 것이여."

말하곤 어깨를 토닥였다.

구수하면서도 시큼한 냄새가 맹렬하게 식욕을 자극했다. 자룡 양반이 돌아서기 무섭게 정만은 돼지고기와 홍어찜을 단숨에 해치웠다. 보리밥에 고추장을 발랐다. 비비는 둥 마는 둥 숟가락이 넘치도록 밥을 퍼 입에 쑤셔 넣었다. 채 삼키기도 전에 또 입에 쑤셔 넣었다.

아직 반도 더 남았는데 짜구(배탈)가 나버렸다. 장새기(창자)가 뒤틀리고 배가 부글부글 끓는 통에 오밤중까지 뒷간을 들락날락, 기운이 죄 빠져버렸다. 정만은 겨우 일어나 노둣돌에서 비켜섰다. 헛간 벽을 짚고 밑씻개 새끼줄에 엉덩이를 끼웠다. 항문이 쓰린 걸 꾹 참으며 두어 번이나 움직였을까. 줄이 끊어지면서 중심을 잃고 말았다. 하마터면 똥통으로 곤두박질칠 뻔했다.

저벅저벅, 발소리가 들어섰다. 여럿 같았다. 정만은 바지를 추스르다 말고 벽에 붙어 섰다. 씁씁, 바람 빨아들이는 소리에 놀라 입술을 악물었다.

누군가 부엌에서 나왔다. 그의 손에 옴박지가 들려 있었다. 사람들이 그를 에워싸곤 옴박지에 든 밥을 앞다투어 입 속에 몰아넣었다. 우물거리면서 밥으로 손을 뻗었다.

정만은 삽자루를 잡았다. 아버지 어머니 죽인 놈이 저들 같았다. 외할머니와 외삼촌 죽인 놈이 저자들 같았다. 요절내고 싶었다. 난도질한대도 분이 풀릴 것 같지 않았다.

바가지 깨지는 소리가 벼락처럼 들렸다. 발소리도 멀어졌다.

정만은 삽을 떨어뜨렸다. 배를 움켜쥐면서 노둣돌에 쭈그려 앉았다. 죽고 싶었다. 살고 싶었다. 살고 싶어 미칠 것 같았다. 살고 싶어, 죽을 것만 같았다.

미금과 함께라면 살 수 있을까. 해 돋는 나라로 갈 수 있을까.

느닷없는 생각에 정만은 눈을 끔벅거렸다. 미금이 커다란 소쿠리에 고구마와 콩나물잡채를 가져오던 모습이 선명하게 떠올랐다. 납납하게 웃는 얼굴에서 어머니를 느낀 순간 발카닥, 새 세상이 열려버렸다.

정만이 열에 들떠 고구마를 껍질도 벗기지 못하고 아가리에 쑤셔 넣었을 때, 목이 메어 정신없이 잡채 국물을 들이켰을 때 걱정하며 고구마 껍질을 살뜰히 벗겨내어 손에 쥐여준 사람.

"체허겄어요." 이 말은 미금의 어디에 살다 나왔을까. 눈 속에서 살았을까. 머리에, 가슴속에, 심장에, 온몸에서 살다가 한꺼번에 목을 타고 넘어왔을까. 정만은 그녀의 전부가 실린 목소리를 보듬고 싶었다. 와락 껴안고 싶었다.

어디선가 꽃향기가 날아왔다. 정만은 꽃향기를 호흡하며 외갓집을 나섰다. 설재동의 집 문 앞에 서서 기웃거렸다. 초가집이지만 안채와 행랑채가 따로따로 널찍했다. 수육이며 홍어찜과 콩나물잡채를 나눠 줄 만치 잘사는 집이라니. 언제 배탈이 났나 싶게 혀뿌리에 침이 솟았다.

사랑방 앞 마루 한쪽에 키다리 상이 놓여 있었다. 촛불이 너울거렸다. 기다랗게 세워놓은 나무판에 글씨가 쓰인 듯

　　　　　　　　　　　　　　　　　　　　　　　

한 흰 종이가 놓이고, 상 앞에 재동과 미금이 나란히 서 있었다. 부엌에서 나온 중년 여인이 두 사람 뒤로 가 섰다. 보아하니 영호를 모신 제사상 같았다.

해 돋는 나라는 바로 앞에 있었다. 거기에 미금이 있었다. 정만은 설재동이 부러웠다. 그가 잘사는 집 아들이어서가 아니라, 대학생이어서가 아니라 미금의 정혼자라서. 그녀가 내쉬는 숨을 들이마시고 있어서. 자기 숨을 그녀에게 내쉬어 주고 있어서. 해 돋는 나라에 미금과 함께 있어서.

미금의 아버지 정인재는 설재동 아버지와 벗이라 했다. 독립운동하다 옥에 갇혔는데 정인재는 돌아오고 재동 아버지는 행방불명되었단다. 징용에 끌려갔을 거라며 사람들이 쑤군거렸다. 마을 사람들은 정인재에게 공경하는 태도를 보였다. 재동에게도 깍듯했다. 미금과 잘 어울린다며 슬몃슬몃 웃었다.

무언지 모를 격정에 휘말린 채로 정만은 재동의 집 앞을 뱅뱅 돌았다. 미적미적 돌아섰다. 서당촌 집으로 가야겠다, 생각했다. 외갓집에 머물 이유가 없어졌으니. 서당촌에 가면 춘기 아재라도 있으니. 미금도 조만간 신림면 구산촌으로 떠날 테니.

정만은 반닫이를 열고 외삼촌이 입던 적삼과 바지를 꺼내어 갈아입었다. 쓸 만한 게 있을까. 안에 있는 것들을 죄

바닥에 늘어놨다. 탈탈 털고 뒤집어 보다, 외할머니 버선 속에 든 종이돈 몇 장을 발견하곤 부리나케 바지 갯짐(호주머니)에 쑤셔 넣었다.

*

우부룩한 쑥과 망초며 명아주 덤불을 헤치고 정만은 마당으로 들어섰다. 지붕은 움푹움푹 주저앉아 쏟아질 듯 불안하고, 썩은 서까래 토막이 마룻바닥에 떨어져 뒹굴었다.

구멍 숭숭한 방문을 열자 역한 냄새가 코를 찔렀다. 여태도 방바닥은 얼룩덜룩했고, 디딜 때마다 먼지를 일으켰다. 벽에 걸린 옷들마저 혼 빠진 육신처럼 훌렁거렸다.

부엌이며 장독대 세간도 온전한 게 없었다. 댓 평 남새밭도 풀로 새파랬다. 메꽃 뿌리라도 먹을까, 뽑았더니 굼벵이가 딸려 나왔다. 정만은 몇 마리를 손아귀에 그러쥐었다.

부서진 마룻장을 뜯어 아궁이에 불을 지폈다. 석쇠에 굼벵이를 놓고 손잡이를 맞잡았다. 불에 얹자마자 놈들이 꾸무럭꾸무럭 몸부림치다 뻐드러졌다. 정만은 소스라치며 물러났다. 아버지 어머니, 외할머니와 외삼촌 그리고 택동 사람들의 몸부림이, 몸부림치며 토해내던 냄새가 거기서 올라왔다. 저절로 신물이 넘어왔다.

불현듯 그림자 하나가 마당으로 들어섰다. 춘기 아재였다. 정만이 반가워 일어서는데 아재가 마구잡이로 아궁이에 물을 끼얹었다. 어깻죽지를 잡아 일으켰다. 당신 집에 들어서서야 슬그머니 놓았다.

"오지 말랑게 왜 왔냐. 여그 있다가는 너도 경을 칠 텐디."

다짜고짜 꾸짖었다.

"오마, 정만이 아녀?"

매산 아짐이 부엌에서 나오며 반갑게 불렀다. 아짐 치맛자락을 붙들고 나온 여자아이가 아장아장 다가왔다. 명철이도 눈동자를 빛냈다. 알아보겠는 눈치였다.

정만은 아재에게 고백했다. 택동 가면서 보니 아재가 사준 고무신 한 짝이 없어졌더라고. 외할머니와 외삼촌이 토벌대에게 무참히 죽었다고. 그래서 돌아왔다고.

"그러고저러고, 너도 인자 알 만헌 나잉게나…… 머시냐, 긍게로…… 너는 한 번도 들어본 적 없을 것이다만…….."

아재가 속삭였다. 쌍나발등을 건너다보면서 침을 삼켰다.

"느그 징조한아씨(증조할아버지)는 관군였대여."

귀신 이야기처럼 섬뜩하게 들렸다.

"10인 장이라냐 50인 장이라냐, 갑오년에 농민군을 허벌나게 죽였대여. 그 뒤로 집안이 박살 나버렸제. 과부가 된

니 할매가 오밤중에, 핏덩어리 니 아부지를 업고 여까장 도
망 왔는디……."

　아버지와 아재는 먼 친척 간이라 들었다. 마을에서 아버
지와 가장 친하게 지내던 사람도 물론 아재였다. 그래서였
구나……. 정만은 뭔가를 깨달은 것처럼 주억거렸으나 아
재의 말이 실감 나진 않았다. 갑오년이니 농민군이니 하는
것도 낯설거니와, 증조부는 이회인이고 조부는 이병우요,
아버지 이름이 이상의라는 것도 처음 들었다.

　"소문 듣장게, 느그 징조한아씨헌테 당헌 사람들이 어매
아부지를 그맀능갑드라. 이회인허고 피만 섞였다믄 모다
모가지를 비틀어벌겄다고, 아, 시방도 눈에 불을 켜고 댕긴
다 겨. 원한이란 것이 그렇고 무선 것이다."

　아짐이 찐 감자가 든 소쿠리를 마루에 내려놨다. 한 알을
건넸으나 정만은 받지 못했다. 쓥 쓰읍, 바람을 빨아들였다.
머리통만 흔들어댔다.

　"자발머리없기는…… 고것도 집안 내력인갑다이."

　아재가 혀를 찼다.

　"죽고 사는 일이야 하늘에 매였응게…… 너 하나 살리겄
다고 고상고상허다 가버린 느그 부모 생각히서라도 굳건히
야 써."

　무어라 표현할 수 없는 분노가 머리를 꽉 채우고 들었다.

그놈들이 누군지 알아내고 싶었다. 아버지 어머니한테 그 랬듯이 자기도 놈들을 요절내야 속이 시원할 것 같았다. 정 만은 아재의 손을 뿌리쳤다.

"어찌 니 맘을 모르겠냐. 허나, 피는 피를 불러오는 법이 여. 그 대신 느그 집안을 새칠로(새로) 일으켜야제. 고것이 현명허지 않겠냐."

"그리도 누군 중은 알어야……."

"곰곰이 생각해 보니라. 느그 오매 아부지는 그놈들이 죽 였제. 그놈들 조상은 느그 징조한아씨가 죽였고. 긍게로, 느 그 징조한아씨가 느그 어매 아부지를 죽인 것이나 마찬가 지다, 그 말이여. 긍게, 기양 떠나. 세월이 지나다 보믄 니 원 한도, 그 사람들 원한도 다 풀어질 것이다. 암만, 풀어져야 새로 태어나제. 좌우당간 세상으다 몸을 실어야 헌다이. 그 리야 살어."

아무리 아재 말이 맞는다 해도 정만은 받아들일 수 없었 다. 아버지 어머니와 똑같이 그놈들에게 되갚아 주고 싶었 다. 백번 양보해서 얼굴이라도 봐둬야겠다 싶었다. 그래야 세상에 몸을 싣더라도 실을 수 있을 것 같았다.

아재는 끝내 입을 다물었다. 눈에 그렁그렁 눈물을 매단 채로 정만의 등을 떠밀었다.

부풀부풀해진 마음을 어쩌지 못하고 정만은 집으로 돌아

왔다. 쑥대밭 마당을 하염없이 배회하다 방으로 들어갔다. 어디로 가야 할까. 무엇을 하며 살아야 할까. 해 돋는 나라는 정말 있을까……. 짐을 싸다 말고 우두커니 앉아 베랑빡 (바람벽)만 휘둘러 봤다.

환하고 오목조목 예쁘게 생긴 얼굴이 둥실 떠올랐다. 가슴은 어느새 미금으로 꽉 들어찼다. 조금 전까지 가졌던 막막함은 온데간데없이, 두려움마저 사라졌다. 정만은 짐을 마저 싸서 어깨에 메고 쌍나발등으로 올라갔다. 이리 기웃 저리 기웃 아버지 어머니 묻은 데를 찾다 후끈후끈 떠도는 멀구슬나무 꽃냄새를 맡으며 뒤돌아섰다.

읍내 차부에 당도했을 때는 왕림 가는 막차는 가고 없었다. 돌아서든지 20리 길을 걸어가든지 해야 할 판이었다. 정만은 매표원에게 물까지 얻어 마시고 신작로로 나섰다. 토벌대를 피해 산속으로 들어갔다가 산사람들과 마주칠까 봐 도로 나왔다.

오른쪽으로 늘어선 높고 우람한 능선이 방등산*인가 보다. 정만은 그 아래 오뚝하고 둥그런 산모퉁이를 돌았다. 점방에 들어가 구산촌을 묻고 나왔을 때야 미금이 고창여학

* '방장산'을 이르는 옛 지명(백제 시기)으로, 작품에 쓰인 '방등산'은 모두 지금의 '방장산'을 가리킨다.

교 학생이라는 것이 생각났다. 읍내 사는지도 모르겠다 싶었지만 구산촌 길로 내처 올라섰다.

무덤 아래에 커다란 왕소나무 하나가 서 있었다. 쭉쭉 뻗은 가지들이 힘차고 아름다웠다. 드넓은 품을 보자니 정만은 속절없이 든든해지면서 기운이 솟았다.

동구에서부터 미나리 냄새가 물씬 풍겼다. 냄새를 따라 고샅으로 들어서자 난달 가운데 우물이 있었다. 쪽진 여자가 우물가에 쪼그리고 앉아 미나리를 씻고 그 옆에 놀랍게도 미금이 서 있었다. 불과 스무 걸음도 안 되었다. 이렇게 쉽게 만나다니⋯⋯. 정만은 뛰는 가슴을 다독이며 흙담 모퉁이로 가 몸을 숨겼다.

불러낼 방법을 궁리하는데 여자가 일어났다. 함지박에 미나리 바구니를 포개어 들고 고샅으로 걸어갔다. 미금이 두 팔을 높이 들어 기지개를 켜곤 천천히 여자 뒤를 따랐다.

"여그요."

상체만 길 쪽으로 내밀고 정만은 소리 죽여 미금을 불렀다.

미금이 가다 말고 두리번거렸다. 이쪽을 발견하고도 모르겠다는 듯 갸웃했다. 눈에 의혹이 이는가 싶더니 기어이 뒷걸음쳤다.

정만은 잽싸게 다가가 미금의 입을 틀어막았다. 옆구리를 휘감아 안고 산속으로 들어갔다. 밤새도록 고개를 넘고 방죽과 저수지를 지나고 개울을 건넜다. 미금이 이 손 놔, 놓으란 말이다! 소리 질렀다. 놔줘. 놔줘, 하며 울었다. 놔줘요, 놔주란 말여, 제발, 하다가 자지러졌다. 안 도망가요, 안 도망갈 텡게, 제발 이 손 좀 놔줘요, 하소연했다. 버둥거리던 그녀가 마침내 온순해졌을 때 멀리 기찻길이 보였다.

폭격 맞은 천원역사는 엉망진창이었다. 정만은 바닥에 나뒹구는 나무토막과 유리 조각을 발로 치워가며 축 늘어진 미금을 부축해 간이 매표소로 들어갔다. 서울행 기차표를 두 장 샀다.

"거시기, 나랑 가게요. 해 돋는 나라로 가게요."

미금이 눈물이 말라붙어 너저분해진 얼굴로 오꼼하게 정만을 쳐다봤다. 비쳐 드는 햇살을 손으로 흩뜨리다 말고 역사 마당에 주저앉았다. 구역질했다. 나오는 것이라곤 침뿐인데도 그녀는 연방 웩웩거렸다.

제 2 장

곡두

철교가 끊어져 강을 건널 수 없다고 했다. 딱히 그쪽을 생각한 것도 아니면서 길 하나를 잃어버린 것처럼 난감해졌다. 정만은 침울한 얼굴로 오가는 사람들을 쳐다보다 미금의 손을 깍지 꼈다. 한강을 왼쪽에 두고 출발했다. 그녀에게서 풍겨오는 땀 냄새를 들이마시며 동으로, 해가 뜨는 곳으로 걸어 나갔다.

더는 못 걷겠다고 미금이 울먹거려서 보니 서울을 벗어난 것 같았다. 광주군 성안말*이라고 누군가 알려줬다. 늘비한 판잣집과 콧속을 파고드는 지린내를 맡고 있자니 정만은 다 쓰러져 갈 망정 서당촌 집이 그리웠다.

* 현재의 서울 강동구 성내동을 지칭.

주변에 벽돌이나 그릇 만드는 공장이 여럿 보였다. 잘만 하면 배곯을 일은 없을 것 같았다. 정만이 이 근방에 방을 얻자고 운을 떼자 의외로 미금이 순순히 고개를 끄덕였다. 두 사람은 복덕방 사람을 따라 판잣집들을 돌아다니다 그 중 나아 보이는 곳에 짐을 풀었다. 서넛이 누울 만한 방 하나와 방에 딸린 부엌. 다 늦은 저녁이었다.

미금이 쓰러질 듯 방바닥에 주저앉았다. 나무판자를 아무렇게나 누덕누덕 붙인 것 같은 벽체며 천장이며 방문을 둘러보다가 한쪽에 놓인 짐보따리로 시선을 모았다. 손으로 얼굴을 쓸면서 길게 한숨을 내쉬었다.

문틈으로 부옇게 날이 밝아왔다. 정만은 까끌까끌해진 눈을 비비다 말고 옷을 입었다. 밤 내 양쪽 팔을 꽉 붙들고 앉았던 미금이 불안한 표정으로 건너다봤다. 그가 일어나자 주뼛주뼛 따라 일어났다.

정만은 미금을 데리고 시장으로 나갔다. 국밥으로 배부터 채우고, 사글세를 주고 남은 돈을 쪼개어 세간을 장만했다. 쌀과 보리쌀과 푸성귀들을 안고 셋방으로 돌아왔다. 꿈에 그리던 생활과는 멀었으나 마냥 실떡벌떡 웃음이 났다.

이레 만에야 미금이 몸을 열었다. 처녀가 아니었다. 뱃속에 아이도 들었다고 했다.

"누군지는 짐작허겄지요. 죽어도 날 경게……."

하늘이 폭삭 무너지는 것 같았다. 짊어질 것인가 말 것인가. 정만은 갈등했다. 밤새도록 싱숭생숭 한숨도 못 잤다.

"낳아야제. 이 세상으로 목심 하나 오는 것이 어디 가벼운 일이었소. 난 거그를 절대 안 놀 거여. 궁게, 애기도 우리 애기제라."

정만은 받아들였다. 고생고생하면서 넘고 건너온 수많은 고갯길과 물길이 한바탕 가슴을 훑고 지나갔다.

"우리 나란히 갑시다. 손잡고 나란히."

"그 사람한테도 아적 못 알렸는디. 알릴 새도 없이……."

미금이 말하다 말고 주먹으로 눈두덩을 훔쳤다. 아마, 설재동한테 알릴 새도 없이 끌려오고 말았다는 말을 삼키는 것 같았다.

보일 듯이 보일 듯이 뵈지 않는…… 정만은 나직하게 〈따오기〉를 불렀다. 떠나가면 가는 곳이 어디이드뇨, 내 어머님 가신 나라 해 돋는 나라, 읊조리며 피란골짜기를 회상했다. 어머니 아버지를 태우고 날아가던 따오기를 기억했다.

"핵교 문턱도 못 가봤지만, 내가 젤로 좋아허는 노래요. 저…… 거시기, 콩너물잡채요. 거그마냥 발갛고 새코롬달코롬헌…… 맹글어 줄라요?"

정만은 정식으로 미금의 손을 잡았다. 보듬고 등을 토닥였다. 얼굴에 달라붙은 머리카락을 떼어내고 눈물도 닦아

주었다. 울 만큼 울고 나면 개운해지리라. 비 온 뒤라야 해
는 더 환하게 빛날 것이다.

행여 달아나진 않을까 불안했으나 정만은 믿기로 했다.
미금이 자기를 의지할 수 있도록 만들어야겠다고 결심하며
날품을 팔러 집을 나섰다.

목수 노 씨를 따라다니며 정만은 땅 파는 일을 시작했다.
힘들진 않았으나 삽을 들 때마다 까닭 없이 불안하고 두려
웠다. 왜 그러는지 처음엔 알지 못했다. 땅속에서 죽은 비둘
기가 나왔을 때야, 정만은 시신을 맞닥뜨린 것만큼이나 기
겁하고 말았다. 그 뒤로, 땅속에서 나오는 아주 작은 돌덩
이를 보고도 무춤했다. 서덜탕에 든 뼈만 봐도 가슴이 두근
거렸다. 내 그릇이 이 정도였나. 이토록 물량나나(형편없나),
참담한 기분이 들었다.

겨울이 오자 일거리도 얼어붙었다. 굶을 수는 없으므로
다른 일을 찾아야 했다. 설도 가까워지고 있었다. 추석에는
못 갔으나 설에는 꼭 내려가 미금의 부모님께 인사드려야
겠다고 벼르던 참이었다. 정만은 석촌리 벽돌공장 한 군데
를 점찍어 두고 집을 나섰다.

정류장에서 버스를 기다리는데 미금이 뒤뚱뒤뚱 걸어 나
왔다. 가지 말라고 했다. 왜 그러냐 물어도 대답을 안 했다.
"안 벌믄 어뚱고 산당가, 애도 곧 나올 텐디."

정만은 미금을 돌려세웠다. 적어도 설재동보다는 잘 살아야 한다. 기차를 타면서부터 마음속으로 얼개를 짜두었다. 가방끈이야 잡은 적도 없으니 댈 바 아니고, 무조건 부자가 되어야 한다. 부자가 되려면 돈을 벌어야 한다. 떵떵거릴 수 있을 만큼 많은 돈. 미금의 마음을 얻을 만큼의 돈, 장인에게 인정받을 만큼의 돈을. 그러니 나가야 한다. 죽어도 밖에서 죽어야 한다. 세상에 몸을 실어야 산다고 춘기 아재도 말했다.

불뚝 분노가 솟구쳤다. 피는 피를 불러온다고? 겔국은 징조한아씨가 우리 어매 아부지를 죽인 것이나 마찬가지라고? 고것이 말이여 막걸리여?

좀처럼 버스는 오지 않고 끄무레한 하늘에서 눈발이 날렸다. 정만은 자기 기분 같은 하늘을 쳐다보다, 배를 움켜쥐며 주저앉는 미금을 붙들었다.

하루하고 한나절 동안이나 산통에 시달리다 미금이 아이를 낳았다. 계집아이였다. 정만은 직접 탯줄을 끊었다. 아이에게 묻은 양수를 닦고, 미금의 뒤처리도 해주었다. 설을 보름 남겨둔 날의 한낮이었다.

"이름…… 지어줄라요?"

미금이 청해왔다.

정만은 밥상을 들고 들어오다 빤히 쳐다봤다. 이 아이는 내 아이가 아니다. 아니지만 내 손으로 양수를 닦고 탯줄도 묻었다. 생각하기 나름 아닐까. 이 세상에 하찮은 목숨은 없다고 들었다. 이 아이가 내게로 온 데는 특별한 까닭이 있을지 모른다.

"진희는 어쩔랑가. 아니믄 영선이나 영주도 좋을 거 같은디……."

오다가다 들은 이름들이다. 발랄하고 알뜰하게 느껴져 염두에 두었다. 정만은 미금의 의향을 기다리며 미역국을 그녀 앞으로 밀어놓았다. 스무 번이나 숨을 쉬었을까.

"영선이 좋을 거 같소."

미금이 대답했다. 영선, 영선, 읊조리더니 미역국을 한 숟갈 받아먹었다.

봄이 왔다 가고 길기만 하던 여름도 물러나면서 날이 선선해졌다. 종일 누워 잠만 자던 영선이 어느 날 옹알이를 시작했다. 이내 몸을 뒤집었다. 머 음머, 말을 만들어 보이면서 방 안을 기었다. 손을 잡아주면 위태위태 서기도 했다.

추석에는 처가에 내려가기로 했다. 지난 설에 가려다가 정만은 미금이 산후조리를 해야 해서 포기했었다. 집에 여러 번 편지를 보냈는데도 답장이 없다며 불안해하는 그녀에게 직접 가서 용서를 빌자고 말할 용기가 없었던 것도 이유라면 이유였다.

서당촌이 떠올랐다. 피는 피를 불러오는 법이라던 춘기 아재 말을 생각하며 정만은 마음을 돌려먹었다. 문득 비겁 자가 된 것 같았다. 기분이 더러웠다.

추석을 사흘 앞둔 날 처가에 내려갔다. 영선이를 업은 미금이 기저귀 가방을 들고 앞서 걷고, 정만은 선물꾸러미를 들고 어색하고 불안한 마음을 다독이며 뒤따랐다. 이발소를 오른편으로 돌아들었다. 아름드리 왕소나무가 솔향기를 풍기며 반겨주었다. 잊고 있었는데……. 긴장되고 가라앉았던 마음이 좀 풀리는 듯했다.

미금이 그때 그 우물을 지나쳤다. 마을 한가운데 선 커다란 대문을 넘어 들었다. 문 양쪽 담장을 따라 기와를 인 헛간과 소나 말의 우리 같은 집이 길게 늘어서고, 마당 가운데 높다란 지대석에는 누마루가 딸린 일자 기와집이 서 있었다.

마당 건너편 나직한 기와지붕 아래엔 도르래 우물이 있었다. 돌을 깐 바닥이 넓고 판판했다. 그 뒤로 크고 작은 항아리들 수십 개가 늘어선 장독대가 보이고, 왼쪽에 자그마한 문이 나 있었다. 미나리꽝 둘레로 푸성귀 심은 밭이 너렁청했다.

미금이 누마루를 오른쪽에 두고 안마당으로 들어섰다. 낫처럼 꺾인 크막한 기와집 마루 천장마다 들쇠들이 매달려 바람에 슬몃슬몃 간당거렸다. 널따란 마루에 앉은 중년 여인이 기척에 돌아다봤다.

"오메, 미금아. 우리 미금이 맞지야?"

우르르 마당으로 내려섰다. 미금을 부둥켜안았다.

"아효, 애통 터져 죽는 줄 알었구만…… 살어 있응게 보는구나. 아이고 내 새끼, 에미가 돼갖고서나 앙것도 못 해주고…… 빼싹 말러갖고, 젖이나 나오냐?"

눈물과 콧물이 범벅된 얼굴로 미금의 등짝을 쓸었다.

정만은 습 습, 입술을 물곤 바람을 빨아들였다. 머리까지 근들거렸나. 미금이 얼른 옆구리를 잡아끌었다.

장인은 출타하고 없었다. 기내저수지* 공사 현장에 갔다고 했다. 얼마 전에 착공했는데 전쟁통이라 공사가 수월찮다고 장모가 토로했다.

"뭐 조께 먹을라냐? 어이, 반암댁."

젊은 아낙이 아마도 부엌인 듯한 곳에서 나왔다. 우물에서 본 그 여자였다. 놀랐는지 입을 가리고 섰다가 부리나케 돌아섰다. 상을 들고 와 마루에 놓았다. 상에는 송편과 육전, 나물무침, 식혜 그리고 콩나물잡채 그릇이 놓여 있었다.

"미금아. 여그 양해(양하) 묵어봐라. 올랑가 싶어서 전번 설에도 맨들어놨드만……."

* 계내저수지, 지금은 신림저수지로 불린다.

제2장

장모가 나물무침 그릇을 미금 앞으로 당겨놓았다. 포대기를 풀고 영선이를 보듬었다. 눈을 동그마니 뜨고 바라보는 아이를 마주 보면서 빙그레 웃었다. 오야, 오야, 어르는 장모의 얼굴이 금세 환하게 밝아졌다.

처음 배울 때처럼 정만은 서툴게 젓가락을 잡았다. 콩나물잡채 가닥을 조심스럽게 집어 들었다. 대가리를 떼고 데친 콩나물, 채 썬 무와 당근, 삶아 말렸다가 불린 고구마 순, 미나리 줄기, 홍고추, 쪽파, 버섯, 채 썬 미역인가 다시마 들이 입안에서 새콤달콤 퍼졌다. 맛이 설지 않았다. 정만은 그날 미금이 지었던 표정을 기억해 가며 몇 번이고 잡채를 집어 먹었다.

"서울 산담서야? 아부지는 기양 니가 잘 있다고만 허제, 당최 주소를 안 갈챠주시더라. 하이고, 알먼 찾어갈께미(찾아갈까 봐) 그렀능가 어쩠능가……. 아이, 에미헌테는 자석이 다제, 설마 당신이 달라고……?"

연방 미금의 등짝을 쓸며 장모가 장탄식했다. 대뜸 물어왔다.

"거시기, 이씨라고 허등만 이름은 어찌케 되는가?"

"정만이고만요. 이정만."

정만은 아차, 싶었다. 인사부터 올려야 했는데 잊어버리고 있었다.

“고향은?”

“서당춘이오.”

조그맣게 대답하곤 정만은 젓가락을 놓았다. 이 집에도 증조부한테 당한 사람이 있을까. 서당춘만 말했는데도 여간 찜찜하지 않았다.

“서당춘이 한두 군딘가, 어디 서당춘인디?”

“아산면에 있는…….”

“부모님은 다 계시제?”

“두 냥반 다…… 돌아가셨고만이오.”

”오메…… 글먼, 일가는 있는가?”

장모가 말끝을 치켜올렸다. 같잖은 것이 내 딸을 훔쳐가? 하는 표정으로 후려봤다.

“춘기 아재…….”

움찔, 몸을 웅크렸다. 아재한테 불똥이 튀지 않을까. 정만은 골딱지가 지끈거렸다.

육전 조각을 막 입에 물었을 때였다. 누군가 마당 가운데 섰다. 회색 중절모자에 연회색 마고자 차림이었다. 정인재의 얼굴이 하얘졌다. 가느스름하게 뜬 눈에 서서히 분노가 일었다.

정만은 육전 조각을 반은 삼키고 반은 입에 문 채 마당으로 내려갔다. 장인 앞에 무릎을 꿇었다. 쓷, 쓰읍, 입에서 자꾸만 바람 빠지는 소리가 나 아랫입술을 물었다. 흔들리는 머리통을 어쩌지 못하고 땅바닥으로 수그리는데 고기 냄새가 확, 콧속을 후볐다. 에옥질(외욕질)이 올라왔다.

흰 고무신이 코앞에서 들썩였다. 금방이라도 면상을 후려칠 기세였다. 정만은 두 눈을 꾹 감고 토사물에 머리를 박았다. 자포자기 심정으로 눈을 떴을 땐 신발은 사라지고 흙먼지만 폴폴 날렸다. 먼지에 버무려진 노린내가 매캐했다. 재채기 소리에 놀랐는지 영선이 아앙, 울음을 터뜨렸다.

북해도 진달래

애기등 줄기에 돋아난 잎눈이 희푸릇했다. 이 여리고 깜찍한 생명이 사시사철 아랑곳하지 않고 나아가는, 지향하는 곳은 어딜까. 재동은 길쑴하고 도도록하게 올라온 잎눈을 들여다보다 동산고등공민학교로 건너갔다.

방등산과 뺌산을 마주 보고 선 학교는 교실 세 칸에 교무실 한 칸, 강당, 남녀 변소 두 동과 우물과 숙직실 하나가 전부다. 브로크*와 널빤지로 지었다. 노작교육농장勞作教育農場으로 쓸 밭은 운동장 남서쪽 끄트머리, 애기등 너머에 마련했다. 아직 교문이나 담장을 세우기 전이라 야산에 뻘쭘하게 선 꼴이지만 교사 안으로 들어서면 제법 그럴듯하다.

* 가운데 구멍이 세 개 뚫려 있는 회색 시멘트벽돌.

교사 현관 입구에는 '東山高等公民學校동산고등공민학교' 현판을 붙였다. 정인재가 송판 두 개에 친히 써준 것이다. 교문을 세우면 붙이려고 큰 것은 따로 두었다. 교명 '東山동산'은 송천 고예진 선생이 쓴 시 〈東山雅會七律동산아회칠률〉에서 따왔다. 시를 쓴 한지 두루마리도 족자로 표구해 교무실 벽에 걸어놨다.

송천 선생은 아버지 설문호와 정인재가 스승으로 모시던 분이다. 1919년에 프랑스 파리에서 만국평화회의가 열렸을 때 조선에서 간 사람들은 일제의 무단통치를 전 세계에 알리고 조선의 독립 의지를 호소하는 '파리장서'를 낭독했다. 이 청원서에는 전국의 유림 대표 137명이 서명했는데 송천 선생도 그중 한 분이다. 방등산 아래 가평 도동사道東祠에 면암 최익현, 수남 고석진 선생과 함께 배향되어 있다.

아버지와 정인재는 고창보통학교에 다닐 때 읍내 5거리 당산 앞에서 독립 만세를 외치며 시위하던 고예진, 신용수 선생을 보고 따르기 시작했단다. 나중에 안 일이지만 송천과 신용수 선생도 칠보 무성서원에 온 면암 최익현 선생을 보고 따르게 되었다고 한다.

동산학교 개교식에는 많은 사람이 찾아와 축하해 주었다. 택동에서도 당뫼 형님 내외와 일가들이 다녀갔다. 다들 바지락이며 갯장어와 굴비, 박대 같은 갖가지 생선을 지게에 지고 와 음식 장만하는 데 요긴하게 썼다. 미리 와 있던 어머니는 행사가 끝나자마자 아버지가 오실지도 모른다며 일가들을 따라 택동으로 가셨다.

주변 마을 사람들은 물론이고 고창 읍내에서도 여럿이 다녀갔다. 정인재의 지인들인 성내 삼·구회 회원과 흥덕 아 양율계 회원들까지 와서 덕담을 나누었다. 윤도장輪圖匠 김 정의 선생은 당신이 손수 만든 나침반도 선물해 주었다.

"요 자오선子午線은 북과 남을 연결허는 선이여. 우주의 기 본 선이제. 세상의 중심선이고 내 자신의 중심선이고. 그러 고 요것은 묘유선卯酉線인디, 묘는 동쪽으로 한 생명이 태어 나는 곳이요, 유는 서쪽으로 생명이 죽어 사라지는 곳이래 여. 요 자오선과 묘유선은 누구에게나 있단디, 고것이 자기 그릇이고 영역이고 또 한계랑만."

개교식 날, 재동은 구남龜南 김정의 선생이 연주하는 양금 선율을 들었다. 따뜻하고 명랑했다. 현을 두드리는 손놀림 이 어찌나 섬세하고 부드러운지 운동장 밖에서 기웃거리던 봄이 성큼 강당으로 들어온 듯 아기자기하고 화창했다.

명창 박흥남도 당신의 스승 김영대 선생을 모시고 왔다. 춘향가 중에서 사랑가 대목을 두 분이 나누어 불렀다. 원숙 하고 느긋한 김영대 선생과 힘차고 날렵한 박흥남이 서로 주거니 받거니, 춘향이와 이몽룡의 사랑을 질탕하게 빚어

제2장

냈다. 재동은 가슴이 두근거렸다. 잠깐 미금을 생각했던가. 부드러운 미소와 여리고 앙증맞은 두 손을 떠올렸던가. "얼레리꼴레리, 미금이랑 재동이랑 약혼했대요." 놀리던 아버지를 생각했던가.

재동은 서랍에서 나침반을 꺼내었다. 뚜껑을 열자 부르르 자침이 떨었다. 오래오래 떨다가 서는지도 모르게 섰다. 그는 참고 있던 숨을 한꺼번에 들이마셨다. 한숨이 될까 조심조심 뱉어내는 소리가 희미해질 즈음, 어지럽게 떠돌던 불안과 설렘, 기대와 기다림 같은 상념들이 자오축子午軸으로 멀리 밀려났다.

원재현 선생이 교무실로 들어왔다. 뒤따라오던 까까머리 남자아이가 꾸벅 고개를 수그렸다. 머리 군데군데 부스럼 딱지가 까맸다.

"빠이로트가 되고 싶은데 영어 공부를 해야 한다고 들어서 왔답니다."

영어를 가르치게 될 원 선생 입꼬리에 미소가 걸렸다.

"신유성이라고 헙니다. 국민학교는 작년에 마쳤고만이라."

"그래. 빠이로트가 무슨 일 하는 사람인진 어떻게 알고?"

목표를 뚜렷하게 정하고 온 지원자는 이 아이가 처음이다. 자그마해도 눈매며 몸가짐이 다부지게 생겼다. 재동은 나침반을 보자기에 싸서 서랍에 넣었다.

"빠이로뜨는 거시기, 뱅기 운전허는 사람이란디요. 영어를 알먼 쉬웁게 배울 수 있닥혀서요."

"사천서 왔답니다. 제가 듣기로, 그 마을 한 분이 비행사였다고 허던데……. 유성이 너도 그분처럼 되고 싶구나?"

"저는 한눈 안 팔고 기양 하늘만 날고 잪은디요. 뱅기로 이 나라 저 나라에다 소식을 알려주는 사람이 되고 잪고만이라우."

"사천서 여까지 올라먼 꽤 멀 텐디. 흥덕중학교……."

재동은 마저 말하지 못하고 입을 다물었다. 공립중학교 갈 형편이라면 굳이 여기까지 왜 왔겠나 싶었다.

"10리 조께 넘을 것이고만이요……. 거시기 선상님, 한 가지 에로운(어려운) 말씀을 디려야겄구만이라. 저그 집은 찢어지게 가난혀서요. 월사금 낼 돈 있음사 보리쌀 장만허겄담서나 아부지가 펄쩍 뛰셨구만이라. 헌디…… 혹시 모릉게 정인재 선상님헌테 부탁이나 히봐라. 사환 험서나(하면서) 공부헐 방법도 있을 것잉게, 허시드만요. 선상님이 혹시 정인재 선상님이싱게라우?"

"정 선생님은 아니다만…… 그것도 한 가지 방법이겠구나."

정인재라면 무어라 대답할까. 설 선생 학교이니 선생이

알아서 결정하라고 할 것이다. 언제부터 설 선생이라 부르기 시작했더라. 재동은 바뀐 인재의 말투를 생각했다. 자기도 덩달아 아버지라 부르지 못하게 되었다.

"어린 왕자를 만나겠다는 말이네?"

"어린 왕자?"

"아이고, 선생님. 세상 돌아가는 것도 좀 봐감서 사세요. 작년엔가 〈어린 왕자〉란 동화가 신문에 연재됐어요. 작자가 프랑스 사람 생텍쥐페리라던데 항공우편 조종사였다드만요. 동화도, 조종사가 사막에 불시착해서나 어린 왕자를 만난다는 내용 아닙니까."

말하곤 원 선생이 유성의 뒤통수를 쓸었다.

재동은 저녁나절에 구산촌으로 올라갔다. 사랑방에서 대나무를 그리고 있던 정인재가 돋보기 너머로 힐끔 건너다봤다.

"설 선생 학교라고 몇 번을 말했는가."

정인재는 재동을 꾸짖듯 말했다.

짐작이야 갔다. 얼마 전에 미금의 안부를 여쭙고 난 뒤였다. 잘 있네. 정인재는 단 한 마디로 말했다. 어디에서 잘 있는지, 무엇하며 잘 있는지, 어떻게 잘 있는지, 누구와 잘 있는지는 말하지 않고 그냥, 잘 있다고만 했다. 그 무렵부터였다. '자네' 대신 '설 선생'이라고 부르기 시작한 것이.

"선생은 어디에도 치우쳐서는 안 되네. 좌니 우니 그런 것은 어른 몫이제, 어디 배우는 학생들 몫이겄는가. 농사꾼이 논바닥이나 밭을 고를 때마냥, 어덕진 데 흙을 퍼다가 허방진 데를 메워 평평허게 허듯이 선생도 그래야 써. 누구를 막론허고 애정을 쏟아야 헌다, 그 말이여."

화선지에는 어느새 새 대나무가 꿈틀거렸다. 곧게 뻗은 줄기와 먹물을 머금은 댓잎들이 검푸르게 포효했다.

2월 말쯤 되자 지원자가 뜸해졌다. 학교 근처 도림리에서 예닐곱이 왔다. 방등산 아래에서, 뺌산 근처와 임리와 법줄 법지, 송암에서도 왔다. 멀게는 성내면 낙산에서 김정의 선생이 동학농민군 지도자 서상옥 선생의 일가라며 서종오를 데리고 왔다. 시오릿길을 날마다 걸어 다닐 수 있느냐 물었더니 벨 것 아녀라, 했다.

국어와 음악은 정인재가 추천한 김인자가 맡았다. 전에 아버지와도 가깝게 지내던 분의 딸이면서 재동의 사범학교 후배다. 영어에는 원재현, 수학과 미술에 임원규, 과학과 체육에는 성준기를 임용하고 재동은 사회와 노작교육勞作敎育을 맡았다. 원재현 선생은 교과과정에 들어 있지 않은 도덕 과목도 필요하다며 자기가 맡겠다고 했다. 실은 가르치는 일보다 잡일에 더 많은 시간을 할애해야 하는 상황이다. 교문 세우기, 운동장 다지기, 풀 뽑기, 담장 쌓기 등등.

재동은 설렘 반 긴장 반으로 강당에 마련한 단상에 섰다. 풀을 먹여 빳빳하게 다린 흰 칼라에 감색 교복을 입은 여학생 열두 명과 검은색 제복을 걸친 서른여섯 명의 남학생. 열네 살부터 열여덟 살까지 연령대도 다양한 아흔여섯 개의 눈이 생생하게 빛났다.

"공부란 시간과 공력을 들여서 몸과 마음을 닦는 일입니다."

재동은 아버지의 말씀을 그대로 옮겼다.

"기회를 주신 부모님께 감사한 마음으로 공부합시다. 이왕이면 즐겁게 공부합시다."

평소 생각하던 두 가지를 보태었다. 사환 신유성이 교무실로 달려 나가고, 이어 첫 교시 수업 시작종이 울렸다.

개학한 지 사흘째 되는 날이었다. 눈이 부리부리하고 짜리몽땅하게 생긴 사내가 교무실로 들어서더니,

"설재동 선상이 누구요?"

따지듯 물어왔다.

"당신, 넘의 귀헌 자석 갖다가 일이나 시키고 말이여."

으름장을 놓았다. 삿대질까지 했다. 성준기 선생이 마침 들어오다 사내의 팔에 얼굴을 맞을 뻔했다.

"뭣 헐라고 왔소? 여그는 아부지가 올 디 아닌디?"

신유성이 교무실로 들어서다 말고 사내에게 나빡사리(면

박)를 줬다. 그러고는 생각난 듯 종을 쳤다.

"저저, 너갱이 빠진 놈. 날마다 꼭두새복부텀 없어지 등만…… 아, 재도 퍼내고 똥거름도 내야 허고 일 천지고 만…… 얼릉 안 가?"

"아부지가 허쑈. 난 인자 안 헐라요."

"허, 핵교서 그렇고 갈치데 이눔아. 확, 면상 긁어불기 전에 안 가?"

유성 아버지가 유성의 따귀를 올려붙였다. 목덜미를 낚아챘다. 성 선생이 유성을 떼어내고, 버둥거리는 유성 아버지를 붙들어 간신히 의자에 앉혔다.

"날이면 날마닥 술 퍼마시고 쌈박질이나 해대는 것도 모지라서, 인자는 학교까정 와서 행패부리요?"

"신유성. 아버지한테 말버릇이 그게 뭐야?"

"자석들 패고 어무이까정 쥐 잡듯 허는 사람이 어뚷고 아부지라요? 나(낳아)놓기만 허믄 다 아버지라요? 아, 씨벌 족 겉이, 그람 나도 애새끼 하나 까질러서 에헴, 허고 지랄염병을 떨먼 쓰겄고만?"

유성은 성 선생이 다그쳐도 악을 썼다. 교무실이 쩌렁쩌렁 울렸다.

"아이고메, 핵교가 이런 디였고나. 애비 에미도 싹 다 무시허라고 갈치는 디였어. 당신덜, 내 아덜 어뚷게 꼬신 겨?

불효막심헌 놈으로 맹글어서 뭣 헐라고? 속으다 풍선만 잔뜩 불어너 갖고서나 어따 써묵을라고. 어이?”

“유성 아버님, 재 퍼내고 똥거름 내는 것도 필요허지만 공부도 중요헙니다. 세상 이치를 깨달으면⋯⋯.”

“뭣여, 세상 이치? 날마둑 오널은 멋으로 끄니를 떼워야 허끄나 걱정허는 판에 세상 이치? 시방 나가 무식허다고 시피보능(쉬이보능) 겨, 배왔다고 유세허는 거여?”

유성 아버지가 발딱 일어나며 소리 질렀다. 팔까지 휘둘렀다. 옆에 서 있던 성 선생과 임 선생이 움찔 물러났다. 복도를 기웃거리며 지나던 학생들이 교무실 문 앞으로 우세두세 모여들었다.

“긍게, 끄니 걱정허니라고 허구헌 날 술 퍼마시고 우덜헌티 푸닥거리 허는고만⋯⋯. 아이 씨, 아부지만 아니믄⋯⋯. 아이고, 씨벌⋯⋯ 아이, 씨벌 족겉이⋯⋯.”

억울해 미치겠다는 듯 유성이 앙알거렸다. 제 아버지를 아구똥하게(당돌하게) 쳐다보는 모습이 금방이라도 주먹을 내지를 기세였다.

“아부지, 누가 너갱이 빠졌다우? 누가 가남생이* 없다요? 한분 생각히 보쑈. 중정머리 없는 놈이 누구라요? 아부지,

<hr>

* 목표나 기준에 맞고 안 맞음을 헤아려 봄. 또는 헤아려 보는 목표나 기준.

나는 아부지맹이로 살고 짚든 안 혀요. 하늘이 어뜿고 생겼는지도 몰름서나 살고 짚든 않다고요. 땅바닥으 딱 달라붙어 각고 고래고래 소락빼기나 질름서 사는, 고런 인간이 되고 짚든 않단 말여…… . 기양 훨훨 날고 짚단 말여.”

유성은 주먹으로 눈두덩을 훔치며 교무실을 뛰쳐나갔다. 유성 아버지가 운동장을 가로지르는 자기 아들을 쳐다봤다. 우멍한 눈을 끔벅거리며 복도로 나갔다. 그에게서 웃음인지 울음인지 모를 탄식이 들려왔다.

점심시간이 끝나갈 무렵에야 유성이 돌아왔다. 교무실 바닥에 무릎을 꿇고 앉았다.

“거짓깔혀서 죄송헙니다. 정인재 선상님 야그는 지가 꾸며냈구만이라.”

“얼른 종부터 쳐야지?”

재동은 속으로 안도의 한숨을 쉬었다.

“유성아, 오늘부터 선생님이랑 숙직실에서 지내는 게 어떻겄냐?”

“말씀은 감사허지만, 기양 집이서 댕길라요. 밭 뒤 떼기 백이는 안 되아도 어매 혼자서는 심들 것잉만요.”

유성이 고개를 수그렸다.

초로의 사내가 열두어 살쯤 되는 까까머리 사내아이를 앞세우고 현관을 기웃거렸다. 수업을 마치고 오던 재동은 두 사람을 교무실로 안내했다. 김만호라고 사내가 자기를 소개했다. 김만호는 다리를 심하게 절었다.

"엊그제야 핵교 생긴 것을 알았구만이라. 지 아덜인 디……. 얼렁, 김정국입니다, 인사디려야제……. 너머 늦었으끄라우?"

"며칠 안 됭 게 따라가는 데 지장은 없을 것입니다만, 국민학교는 졸업했지요?"

"아면요. 열니 살인디, 원체 못 묵어놔서요."

김만호는 부안절에서 왔다고 했다. 처음 들어보는 마을이었다. 거리가 얼마나 되는진 몰라도 저런 다리로 걸어왔을 것을 생각하니 재동은 마음이 짠했다.

"부안절 가찹소. 신작로를 타고 학동으로 돌아갈람사 시오리도 더 될 것이제만, 구산춘 욱에 왕골산이라고, 고 너메 요강바우재만 넘으믄 바로 나오닝게요."

재동은 김만호를 통해서 구산촌 북쪽 왕골산이며 요강바우재와 성내면 신대리에 있다는 부안절도 새로 알게 되었다.

"배와야 살겄습디다. 지도 핵교라고는 문턱도 못 가봤는

디라. 어떤 사람헌티서 기역니은도 배우고 하늘천따지며 히라가나도 배우고, 또 셈도 배와놨드만 잘 써묵고 있소."

원재현 선생이 호기심 가득한 얼굴로 들어와 자리에 앉았다. 임원규와 성준기 선생도 오고, 김인자 선생이 지원서를 가져와 정국에게 연필을 쥐여주며 쓰는 법을 알려줬다.

다리는 태어날 때부터 절었느냐, 원 선생이 물었다. 김만호가 큼큼거리며 저는 쪽 다리를 난로에 바짝 들이댔다.

"요 다리는 일정 때 북해도서 다쳐부렀소. 시방도 날 궂고 쌀쌀허먼 차꼬(자꾸) 시리고 에리고만이라."

"아이고, 학부형께서도 강제징용 갔다오셨구만요이. 저희 마을 한 분도 남양군도로 끌려갔다는데. 살었는지 죽었는지도 모르는 모냥이던데."

"어디 남양군도뿐이오. 쩌그 화태樺太: 사할린까징 끌려간 사람도 있다등만. 지는 북해도 슈마⋯⋯ 거그 우루땜인가, 우류땜인가 허벌나게 큰 공사장서 일허다가 해방 맞어서 왔지라. 돌아보믄 꿈만 같으요."

지원서를 다 쓴 정국이 옆으로 다가앉았다. 난로에 닿을 듯 들이댄 제 아버지 발을 바깥으로 밀었다.

"여럿 죽었는디 지는 용케 살어났지라. 하널이 도와주신 덕분 아니겄소. 우리 조선 사람 말고도 쪽바리 떼국놈 수백 명이 그맀소이. 공사장이 무너짐서나 가고, 도망가다 총살당

허고, 맞어서도 뻗어벌고……. 지금 생각해도 징상스럽소.”

김만호가 진저리를 쳤다.

“그리도 한 냥반이 지시는 동안에는 우리 숙소 사람들 모다 열심으로 공부혔지라. 언문도 배우고 일본말도 배우고 산수도 배우고……. 그 냥반이 노상 그럽디다. 공부라고 허는 것은 시간과 공력을 딜여서 몸과 마음을 닦는 일이라고.”

“어마, 교장 선생님?”

김인자 선생이 놀라는 목소리로 재동을 불렀다. 재동이 미처 반응을 보일 틈도 없이 다시 김만호를 불렀다.

“정국 아버님, 혹시 그분 성함…… 아세요?”

“글씨라. 그 냥반 함자는 암도 몰랐을 것이오. 먹을 때 허고 갈칠 때나 입을 열었을까, 딴 때는 당최……. 그러고저러고 많이 배운 냥반 같습디다.”

재동은 영문을 몰라 김 선생을 빤히 쳐다보다 귀를 붙들었다. 별안간 한쪽 귀가 앵앵, 울었다. 통증이 밀려왔다. 사람들의 말소리가 아득해지고 어지럼증까지 일었다. 그는 한쪽 귀를 막았다. 통증이 가라앉기를 기다리며, 어서 어지럼증이 가시기를 기다리며 고개를 수그렸다.

“나 겉은 사람이야 돈 벌 수 있다는 말에 혹혀서 배를 탔제만은, 그런 냥반이야 어디 그렀을랍뎌……. 공사장 무너졌을 제 가졌지라. 수십 명이 항꾸네(함께) 파묻혀 부렀응게요……. 하이고, 가슴 한짝이 쥐어뜯기는 것 같소……. 베락 맞어 뒤져도 모지랄 세상.”

정말 아버지일까. 재동은 믿기지 않았다. 아버지처럼 말하는 사람이, 그러니까 공부라고 하는 것은 시간과 공력을 들여서 몸과 마음을 닦는 일이라고 말하는 사람이 어디 아버지 하나뿐일까. 그럴 리 없다. 아버지가 그런 식으로 돌아가실 리 없다. 아버지는 어딘가에…… 계실 것이다.

“오메, 바람이 미친년맹이로 부네이……. 쩌그 하늘 조까 보쑈. 금방 시퍼레져 부렀어라우?”

김만호가 눈을 휘둥그레 뜨곤 창밖을 건너다봤다. 저는 다리를 무릎에 올리고 발을 주물렀다. 구멍 난 양말이 때에 절어 만질만질했다.

“그날 북해도 하늘도 저렇고 퍼렜당게요. 퍼렇다 못해 시푸렇게 죽은 것 같었제라.”

“그날이라뇨?”

임원규 선생이 책상 앞으로 바짝 당겨 앉으며 물었다.

“아, 공사장이 무너져서나 사람덜이 죽었을 적으 말여라. 명색이 초상이라는 것을 치렀는디, 그날 하늘도 저렜당게요. 하악하악, 뭔 놈의 새들이 그렇고 피 토험서나 울어제끼든지. 아, 피가 쏟아지는 디마다 진달래가 펄럭거리드랑게요. 사방천지에 피 겉은 진달래뿐이드랑게. 고개를 발딱 치켜든 꽃숭어리들이 미친년맹이로 자지러짐서나 푸르죽죽헌 하늘로 쑥쑥 빠져드는디……. 그날 우덜은 진달래 옆으다가 멧등을 썼소이. 봉분도 못 맹글고 펭장을 했어라우. 메칠 지나믄 여그서도 진달래가 필 것이요만, 난 인자 진달래 안 묵소. 못 묵어요. 묵을 수 없드랑게요. 그때부텀은 따오기도 지대루 못 보겄드라고.”

느닷없이 김 선생이 밖으로 뛰쳐나갔다. 어지러운 바람 속에 몸을 내맡겼다. 이리저리 서성일 때마다 긴 머리카락도 그녀와 함께 너풀거렸다.

아니, 내가 그 애보다 더 잘생기고 많이 배웠는데 왜? 하는 생각이 불쑥 치밀었다. 재동은 깜짝 놀라며 눈을 치켜떴다. 다 부러워하는 선생까지 하는데 왜? 이정만 그 작자 어디가 얼마나 좋아서 따라가냐고? 기껏 목수 따까리나 한다던데, 도대체 왜……? 쪼잔한 생각들은 한없이 뻗어나갔다.

이 시점에서 왜 정미금과 이정만이 생각났는지 도통 알 수 없었다. 한편으로는 알 것도 같았다. 어느 순간부턴가 김인자가 자기 안으로 들어와 있었다. 들어와 비질을 시작했다. 긴 머리칼로 가슴 복판에 쌓인 무엇인가를 연방 쓸어내고 있었다. 재동은 낯선 감정을 어쩌지 못하고 주저주저했다.

근본도 모르는 놈

언덕에 올라 노래를 부르리라 그대 창가에, 하고 부르는 영옥의 노랫소리가 골목까지 흘러나왔다. 어린 녀석이 뭘 얼마나 안다고, 사뭇 못 잊는다고, 못 잊는다고, 점차로 목소리를 키웠다. 사랑이 메아리친다…… 길게 늘여 빼는가 싶더니 키득키득 웃었다. 일곱 살 먹은 영은이 손뼉 치며 환호성을 지르자 감사합니다, 코맹맹이 소리로 화답했다.

"야, 시끄러워서 편지를 못 쓰겠잖아."

영주의 짜증에도 아랑곳하지 않고 영옥은 또 떠들썩 노래를 불러댔다.

정만은 마당으로 들어섰다. 아빠, 부르며 영은이 안겨들었다. 열세 살 영주는 앉은뱅이책상 앞에 앉은 채로, 열 살 영옥은 마이크 삼았던 숟가락을 거꾸로 잡고서 다녀오셨어

요, 아빠? 고개만 까딱했다. 서서 공손하게 인사해야지? 미
금이 혼내도 그때뿐이다.

"아빠, 영주는 지금 위문편지 쓰고 있어요. 쓰기 싫어 죽
겠대요."

영옥이 일러바쳤다.

"언니라고 불러야제……. 너는 만날 노래나 나불거리고,
공부는 언제 헐래?"

정만이 꾸짖자 입을 비쭉 내밀고는 윗방으로 달아났다.

"아빠, 들어보실래요? 어…… 안녕하세요, 국군 아저씨.
저는 구서국민학교 6학년 2반 이영주입니다……. 아침저
녁으로 쌀쌀해지는 날씨이지만 나라를 지켜주시는 아저씨
가 계셔서 저희는 올해도 알록달록 쓸쓸하고 예쁜 단풍을
만났어요. 아저씨, 저는……."

영주가 제가 쓴 편지를 또박또박 읽어나갔다. 어디에 늙
은이가 들었을까. 쓸쓸하고 예쁜 단풍을 만나다니. 영주는
늘 책을 끼고 다녔다. 입버릇처럼 시인이 꿈이라며 영옥에
게 곧잘 네가 가수 되면 내가 노랫말 지어줄게, 말했다.

"어쩌다가 저런 것이 생겨났능가 몰라."

방으로 들어오며 미금이 중얼거렸다. 영옥이를 두고 하
는 말 같았다.

"없어져서 찾어보믄 경로당에 있질 않나, 점방 앞에서 얼

쩡거린당게요. 노래 한 자락 부르고 5원 받는다요……. 누구 타겼나(닮았나), 낯짝 한번 두껍다니게.”

“내비둬, 지 밥벌이는 허겄구만그려.”

“뭔 말을 그렇게 허요? 나는 내 자석들, 근본 몰르는 놈으로 키우고 싶든 안 혀?”

미금이 버럭 화를 냈다. 방바닥을 닦다 말고 걸레를 패대기쳤다. 정만은 무안해져서 그만 얼굴을 훔쳤다. 농으로 한 말인데 그리 들리지 않았나 보다. 장인의 말이 가슴에 사무쳤던 모양이다.

장모 생일에 맞춰 구산촌에 내려간 날 저녁이었다. 정만은 누마루에 장인과 처남들과 상을 가운데 놓고 앉았다. 장인 눈치를 보느라 술도 양껏 마시지 못한 채, 숨바꼭질한다며 마당 여기저기로 뛰어다니며 부딪치고 넘어지는 아이들만 데면데면 내려다봤다. 큰처남 정일기는 서울에서 신문사 기자로 있다. 둘째는 수리조합 직원, 셋째는 집에서 농사를 짓고 막내처남은 아직 학생이다 보니 서로 나눌 만한 얘기가 마땅치 않았다.

큰처남도 무료했을까. 노래를 가장 잘하는 사람한테 주겠다며 산도 봉지를 흔들었다. 누르스름한 포장지 가운데에 동그랗게 박힌 검은 글씨가 눈에 확 들어왔다.

사춘기 영선이는 어디론가 내빼고, 고만고만한 아이들이

지대석 아래로 모여들었다. 영주가 먼저 〈반달〉을 불렀다. 가장 어린 둘째 처남 딸내미가 〈산토끼〉를 부르고 나자 드디어 영옥이 차례가 왔다. 맨 나중에 부른다고 삐졌나, 볼이 똥똥했다.

자그마한 두 손을 가슴 앞에 깍지 끼고 선 영옥이 산 너머 남촌에는 누가 살길래, 부르기 시작했다. 꽃 피는 4월이면, 하고 끝을 살짝 올리면서 시선을 멀리 보냈다. 정말로 5월의 보리 이삭을 보기라도 했는지, 영옥의 목소리는 어느새 여리게 살랑거리며 저녁 바람과 함께 마당을 흘렀다. 하염없이 흐르다 기어이 기와 담장을 넘어갔다.

노래는 영옥이 부르는데 왜 자기 가슴이 뛰어대는지. 정만은 눈과 귀를 활짝 열고, 달빛을 받아 보얘진 아이를 바라다봤다. 노래야 두말할 것 없이 절창이었다.

앵콜, 앵콜. 처남들이 환호했다. 처남댁들과 장모 고유자도 박수했다. 그러면 그렇지, 하는 표정으로 영옥이 고개를 까딱하고는 흠흠, 헛기침했다. 두 손을 가슴 앞에 모았다.

영옥이 문득 간절한 표정을 지었다. 헤어지기 섭섭하여 망설이는 나에게, 하며 굿바이 하듯 손을 내밀었다. 아쉬움을 담은 듯 목소리가 애틋하게 들렸다. 돌아서는 내 모양을 저 달은 웃으리, 할 때는 호야 등불이 비친 얼굴에 음영이 지면서 꿈꾸는 듯한 표정으로 몽롱해졌다.

마침내 노래를 마친 영옥이 가슴에 모았던 두 손을 허공으로 뻗었다 거두면서 나붓이 고개를 수그렸다. 5원이라니, 500원도 아깝잖구만. 정만은 자기도 모르게 볼통거렸다.

— 어디서 근본도 몰르는 것이 와가지고…….

장인이 혀를 차고는 일어나 방으로 들어갔다. 영옥이 영문 모를 얼굴로 장인의 뒤통수를 건너다보더니 큰처남이 쥐여주는 산도를 획 뿌리쳤다.

— 외할아버지. 할아버지가 얼마나 유명하신진 몰라도요, 저는 할아버지보다 더 유명해질 거예요. 두고 보세요.

앙칼지게 들이댔다. 정만은 비어져 나오려는 웃음을 베어 물었다. 시원한 바람까지 불어 들었다.

"아이, 몇 번이나 말해야 알아듣겠소. 방으서는 냉갈(연기) 핑기지 말랑게나. 옷이고 이불이고 댐배 쩐 내 땜시 못 살겄고만?"

미금이 역정 내는 소리에 정만은 기억에서 빠져나왔다. 재떨이엔 어느새 담배꽁초가 세 개나 구겨져 있었다.

저녁 뉴스 시간인가 보다. 라디오에서는 오늘도 중국 천안문광장에 모인 홍위병의 소식을 들려주었다. 100만 명이 모택동에게 충성을 맹세했다는 이야기 끝에, 이 광장에서 5·4운동과 중화인민공화국 정권 수립식 같은 행사를 치렀다고 기자가 덧붙여 전했다.

"장인어른은 결심허셨대여?"

뉴스를 듣다 생각난 것이 있어 정만은 미금에게 물었다.

"사회당으로 출마허실랑갑디다. 주변서는 모두 반대허는 모냥인디. 서당께 김 선생 아부지까지도 사회당은 아니람서, 그렇고 세상을 못 읽는 사람이 무신 정치냐고 헌단디⋯⋯. 어무이가 편지에 쓰셨드만요."

미금의 입에서 서당께가 나오자마자 설재동의 얼굴이 커다랗게 떠올랐다. 정만은 동요하지 않은 척 표정을 꾸몄다. 미금의 마음속에도 여태 그가 들어 있을까. 그래서 열 몇 번의 봄이 오도록 저리도 꽁꽁 얼어붙어 풀리지 않을까.

적금을 깰까. 정만은 다른 생각으로 빠져들었다. 미금이 좋다고 할까. 싫다 해도 장인을 돕는 게 도리 아닐까. 이번 일을 계기로 혹시 두 사람의 마음을 돌릴 수 있지 않을까. 하지만 겨울에는 일이 거의 없는데, 내년이면 영선이 고등학교 올라가는데⋯⋯. 라디오 소리와 미금이 부엌에서 달그락거리는 소리가 먼 곳으로 밀려났다. 안방과 윗방을 부산스럽게 오가는 영옥이와 영옥을 뒤쫓는 영은이도 현실감이 없어 보였다.

겨울이 다 가도록 정만은 이랬다저랬다 갈피를 못 잡았다. 처음 말을 꺼냈을 때는 단호하게 거절하던 미금도 언제부턴가 표정이 골똘해졌다.

"적금 헐어서 구산춘 보내소. 굶기야 허겄어. 내가 더 열심히 뛰지, 뭐."

정만은 출근길에 미금에게 말했다. 그녀가 뚱한 얼굴로 쳐다봤다.

날이 풀리면서 공사 현장에도 활기가 돌았다. 여기저기 연립주택이며 신축 상가도 늘어나 자연 터파기공사가 많아졌다. 정만은 불편하고 긴장되는 마음을 다독이며 길동 네거리 상가 신축 현장으로 나갔다. 터파기는 안 가겠다 마음먹었으나 목수가 안 가면 안 되는 현장이 있게 마련인데 오늘이 그런 곳이었다.

흙을 몇 삽 뜨기도 전에 썩은 쥐새끼가 걸려 나왔다. 정만은 삽을 내던지며 물러났다. 토할 것 같아 점심도 못 먹고 일하다 오후가 되어서야 건물주가 새참으로 건네준 크림빵을 몇 입 다시고 말았다.

몸도 마음도 녹초가 되어 집으로 돌아왔다. 고기 냄새가 진동했다. 어찌나 비위가 상하던지, 정만은 다른 날보다 여러 번 콧속을 파내어 가며 얼굴을 씻었다.

미금이 밥상을 들여왔다. 상 가운데 시뻘건 돼지고기 두루치기가 놓여 있었다. 상으로 몰려든 아이들이 한꺼번에 그리로 젓가락을 뻗었다.

"따옥이가 하도 노랠 불러서나……."

미금이 우물우물 말했다.

육전을 토한 이후로 정만은 고기를 입에 대지 않는다. 미금도 잘 알고 있어서 웬만하면 밥상에 올리지 않았고, 고기를 먹을 만큼 형편이 넉넉하지도 않다. 아이들한테 얼마나 보대꼈는지 알 만했다.

"잘했네. 먹어야 크제."

정만은 밥을 먹는 둥 마는 둥 숭늉을 마셨다. 몇 번이고 입안을 가셨다.

"아빠, 정석 사주세요."

"고것은 고등학교 참고서 아녀?"

"맞는데, 엄마. 조금씩 예습해 놓으려고요."

영선은 반에서 일이 등을 다툰다. 사범대학 국어교육과에 가는 게 목표라고 했다. 국어 선생. 선생은 미금의 꿈이라고 했었다. 잘 어울렸을 텐데……. 정만은 새삼 미안한 마음이 들었다.

둘째 영주가 태어나기 전까지 정만은 미금한테서 한글과 한문을 배웠다. 그녀가 자기를 사랑해서가 아니라, 아이들한테 아버지 노릇 잘하라고 그러는 줄 알면서도 그는 상관하지 않았다. 미금은 사칙연산도 가르쳐 주었다. 라디오 뉴스나 연속극이나 광고도 세상을 아는 데 도움된다며 꼼꼼하게 들으라고 했다. 없는 살림에 신문까지 구독해 주었다.

아이들에게도 읽기를 권했으나 영선이나 읽을까, 다른 녀석들은 그것을 잘라 밑이나 닦을 뿐이다.

"큰언니는 우리랑 놀아주지도 않고 만날 공부만 해."

영은이 입을 비쭉거렸다.

"넌 아직 어려서 뭘 모르는 거야. 사람은 말이지, 다 자기 생활이 있거든. 아빠는 땅 파는 사람이고 엄마는 살림하는 사람이야. 큰언니는 공부하는 사람, 영주 아니 둘째 언니는 시 쓰는 사람, 나는 노래하는 사람……. 근데 따옥이 넌 뭐 하는 사람이야?"

영옥이 밥알이 튀어나오도록 잘난 체했다.

"셋째 언니, 나는 어, 착한 사람이랬어."

"에효, 바보. 착한 사람은 멍청한 사람이야."

영옥이 영은에게 꿀밤을 먹였다. 영선이 잡으려 하자 숟가락을 던지곤 윗방으로 달아났다. 영은이도 따라갔다.

"우리 따옥이는 온순헌 사람이여. 친절허고 따뜻허고, 엄마 아빠 말도 잘 듣고."

정만은 영옥이 들으라고 일부러 큰 소리로 말했다. 미금에겐 한 번도 말한 적 없지만 영은이를 보면 종종 그날 아버지 어머니를 태우고 날아간 따오기가 생각나곤 했다.

"착허기만 허믄 멋 헐 것이오. 자꼬 흰옷만 입을락 혀서 걱정이고만. 옷에 깜장 묻을께미 맘대로 뛰놀지도 못허는 것 같던디……. 아이, 무단시 고런 말은 해갖고서나?"

"무슨 말, 따오기마냥 흐거고(하얗고) 온순허게 생겼단 말? 아, 말이야 바른말이제. 따오기가 어디 앙칼지기를 혀, 논밭을 암치케나 쑤시고 댕기길 혀? 기양 순리대로 착허디 착허게 살잖여. 그렇고 사는 나라가 해 돋는 나라 아니당가. 우리 따옥이가 딱 그렇드만."

"아이, 때로는 승질도 부릴 줄 알어야지, 허란 대로 고대로 허는 것이 착허다요?"

미금이 눈을 흘겼다.

"아빠, 따오기가 진짜로 따옥이, 아니, 영은이처럼 생겼어?"

윗방에서 고개만 쑥 내밀고 영옥이 물어왔다. 동그란 눈에 호기심이 잔뜩 들었다.

"아먼, 우리 따옥이처럼 깨깟허고 순허게 생겼제."

"얘, 따옥아. 따오기가 너보다 훨씬 더 이쁘고 착하게 생겼대."

영옥이 말하곤 깔깔깔 웃었다. 영은이도 웃었다. 정만도 빙그레 미소지으며 영선이 앞으로 두루치기 그릇을 밀었다.

앉아서 신문을 들고 보던 정만은 바닥에 내려놓았다. 오늘의 사자성어로 '희기동소喜忌同所'란 말이 실려 있었다. 기쁜 일과 꺼리는 일은 같은 데서 나온다? 알 듯 말 듯 고개를 갸웃거리는데, 저녁상을 치우고 들어온 미금이 봉투를 내밀었다. 지난달에 장인에게 보낸 우편환 봉투였다.

"자고로 세상에다 몸을 실으라고 혔어. 자존심이 어디 세상이길 성불러?"

정만은 언성을 높이고 말았다. 동산학교가 떠오르면서 불쑥 설재동의 얼굴이 나타났다. 여태 그 작자한테 미련을 두고 있다고 생각하니 심장이 벌떡벌떡, 주체할 수 없이 뛰었다.

콩나물잡채

서울에 올라온 지 17년 만에 집을 마련했다. 풍납동에 신축한 경당연립주택. 3층 중에서 가운데 2층을 샀다. 방 세 개에 거실 겸 주방과 욕실이 있는 집. 정만은 눈시울이 뜨거워 눈을 붙일 수 없었다. 앉았다 일어났다, 방에서 부엌으로 아이들 방으로 기웃기웃, 밤내 몽유병자처럼 서성거렸다.

이사하고 어느 정도 정리가 되자 전부터 계획해 오던 건설회사를 차렸다. 대형 건설회사가 최종 목표지만 일단 고급 빌라를 지어 분양하는 것부터 시작할 생각이다. 정만은 애초에 미금의 이름을 그대로 해서 미금빌라건설이라 할 생각이었는데 당사자가 반대했다. 굳이 이름을 넣고 싶다면 두 사람 이름을 합해서 만금빌라건설로 하는 게 좋겠단다. 일만 萬만에 비단 錦금, 회사 이름으로 좋지 않으냐며.

뜻밖이었다. 말투나 행동이야 세월이 흐르면서 스스럼없어지기는 했으나 몸은 달랐다. 어떤 때는 부드럽고 어떤 때는 긴장했다. 팔을 내주면 품으로 들었다가도 잠자리가 끝나고 나면 언제 그랬냐는 듯 돌아눕기 일쑤였다. 진심을 알긴 어려웠으나 정만은 내심 기분 좋았다. 작명소에 가 상담하자 회사 이름으로 잘 어울린다고 했다.

송파동 상가 2층에 자그마한 사무실을 얻고 직원을 수소문했다. 회사를 총괄 운영할 만한 사람이 필요했다.

"경영학 전공한 사람이야. 배포가 커서 콩알만 한 자네완 죽이 잘 맞을 거네."

걱정하는 그에게 큰처남 정일기가 자기 대학 후배라며 김수병을 데리고 와 소개했다.

현장소장으로 오게 된 이재남은 목수 때부터 안면을 터 온 사이다. 매사 치밀하고 정확해서 믿고 맡길 수 있겠다 싶어 불렀다. 김장신은 부동산 중개소 직원으로 있다가 왔고 박수자는 공사장 함바집 딸내미다. 여상을 졸업했다는데, 틈틈이 제 엄마를 돕는 게 여간 기특하지 않아 눈여겨보던 참이었다.

정만은 미리 준비해 둔 현판을 가져와 사무실 입구에 달았다. 폭 한 자에 길이 넉 자 반짜리 오동나무 판. 미금이 특별히 주문한 것이다. 영선이 나무판에 잣대를 대어 연필로

칸을 만들고 칸 안에 여섯 식구가 한 자씩 썼다. 커다란 붓에 먹물을 찍어 자기가 먼저 萬^만을 쓰고 미금이 錦^금을 썼다. 영선이 빌, 영주가 라, 영옥이 建^건, 영은이 맨 끝에 設^설을 그림 그리듯 심각한 표정으로 정성을 다해 썼다. '萬錦빌라建設^{만금빌라건설}' 삐뚤빼뚤, 크기도 모양도 제각각이었으나 가족의 염원을 담은 현판이 그는 마음에 들었다.

장인 장모도 현판 다는 날에 맞추어 다녀갔다. 큰처남이 모시고 왔다. 장인은 선거에서 진 이후로 바깥출입은 처음이라 했다. 여전히 무뚝뚝하고 불친절했다. 남산에 올랐을 때던가. 장모와 나란히 뻥튀기를 들고 카메라를 응시하는 장인의 얼굴에 어색하게 미소가 번지는가 싶었다. 영옥이 팔락거리는 두루마기 자락을 오므려 드리려는데 야멸치게 뿌리쳤다. 그 바람에 장모 손에 들렸던 과자가 튀어 날았다.

현판식이 끝나고 보름쯤 지나 정만은 신천동으로 땅을 보러 갔다. 김장신이 추천한 곳으로, 판잣집과 초가집들 가운데 있는 밭인데 넓고 평평해 연립주택 부지로 안성맞춤이었다.

늘 그랬듯 정만은 터파기를 시작하면서부터 좌불안석이었다. 현장을 부목수에게 맡길 수도, 사무실에 마냥 앉았을 수도 없었다. 땅속에서 혹시 시신이 나오면 어쩌지. 뼈가 나오면 큰일인데⋯⋯. 골조를 세울 때까지 몸 둘 바를 몰랐다.

우려와는 달리 별 탈 없이 건물을 완성했다. 하자가 몇 군데 생겼으나 사소한 것들이어서 쉽게 수습할 수 있었고, 기대에 부응하듯 다 팔렸다. 근처에 새마을시장이 있어 도움이 된 성싶었다. 정만은 1차 옆에 바로 2차와 3차를 지었다. 김장신이 자기 혼자로는 버겁다고 해 전문대를 졸업한 안승모를 채용했다. 발랄하고 긍정적인 성격이었다. 무엇보다 내담자를 편안하게 대해주어 믿을 만했다.

국민학생이 된 영은이 날마다 '국민교육헌장'을 외우고 영옥이 라디오에서 나오는 유행가를 따라 부르느라 집은 늘 시끄러웠다. 영선은 밤늦도록 학교에 남아 공부하는 것도 모자라 공휴일에도 영주를 데리고 남산도서관으로 갔다. 영선이야 공부에 관심이 많고 또 열심히 하지만 영주는 소설책과 시나 좋아할 뿐 학교 공부에는 관심이 없었다. 얼마 지나지 않아 영선이 혼자 집을 나서는 날이 많아졌다.

정만은 3차 분양 완료 소식을 접하고, 퇴근 후 직원들과 회사 근처 음식점에서 회식했다. 빠가매운탕에 막걸리를 마셨다. 배가 부르고 기분도 알딸딸했다. 봄바람까지 살랑댔다. 흥얼흥얼 돌아오는데 집 앞에 영주가 서 있었다. 스물예닐곱 살이나 되는 청년과 함께였다. 술이 확 깼다.

"둘째야?"

깜짝 놀란 영주가 안절부절못하는 표정으로 이쪽과 청년

쪽을 번갈아 살폈다.

"아빠, 그러니까, 저기, 국군장병 아저씨 위문편지로 알
게 된 오빤데요……."

주섬주섬 소개하자 청년이 꾸벅 인사를 해왔다.

"대학원에서 석사과정을 공부하고 있습니다."

목소리가 퍽 따뜻했다. 생김새나 허우대도 단정하고 훤
했다.

"석사, 뭣을 공부허나?"

정만은 약간 거리감을 두고 물었다. 대학원이라면 대학
다음 과정일 테니 영주와는 열 살은 차이가 날 것이다. 나이
가 너무 많으니 만나지 말라기에는 좀 아까웠다.

"문화인류학과에 다니고 있습니다. 고고학을 전공합니
다."

"고고학이라면 구체적으로 뭔 공분가? 몰라서 묻는 거여."

"쉽게 말씀드리자면…… 오래된 무덤이나 절터 같은 곳
을 파고, 거기서 나온 유물들을 연구허는 학문입니다."

"뭣이여, 멧등을 파? 옛날 멧등을 판다고?"

청년의 대답은 기상천외였다. 마치 쌍나발등을 파헤쳐
어머니 아버지를 도로 끄집어낸다는 소리로 들렸다.

"멧등 파는 사람헌테 내 딸 맽길 순 없네. 두째야, 가자."

정만은 영주의 손을 붙들고 돌아섰다. 너무 앞질러 가나

싫었지만 열 살이나 더 먹은 놈한테, 더군다나 멧등 파는 놈
한테……. 아니 될 말이었다.

"대학 가면 더 많을겨. 긍게 아까 그 청년은 포기혀이? 멧
등은 아무나 파는 거 아녀."

"세 번밖에 안 만났는데. 좋은 오빠던데……."

영주는 집에 오는 내내 훌쩍거렸다.

영은이 현관문을 열어주었다. 검지를 입에 대고 쉬 하면
서 방으로 들어가는데, 거실에 앉은 미금이 왔소? 인사해
왔다. 손에 회초리를 들고 있었다. 몸을 비비 꼬아대며 앞에
서 있는 영옥에게 눈을 치떴다.

"언제까지 구멍가게 앞에서 얼쩡거릴 거냐고. 5원 10원
받어서 뭣 헐라고? 엄마 아빠가 용돈을 안 줘, 먹을 것을 안
챙겨줘? 다시는 안 그러겠다고 약속허랑게?"

미금이 혼찌검을 내며 회초리로 바닥을 쳤다. 영옥이 움
찔 몸을 떨었다.

"영선 아부지, 우리 싯째 소리 갈칩시다. 민감허고 성량
도 풍부헝게로, 노래헐라믄 그 길로 나서는 것이 좋을 것 같
어요."

"싫다니까. 판소리는 죽어도 싫어요. 난 가수 되고 싶다고.
몇 번이나 말했는데 엄마는 내 말은 귓등으로만 듣고……."

영옥이 소리소리 질렀다. 오만상을 쓰면서 욕실로 들어

가더니 문을 닫아걸었다. 아무리 혼내도 고집을 꺾을 아이가 아니었다. 이후로 구멍가게 앞에서 얼쩡거리진 않는 눈치였으나 '최신 포켓가요'가 책상 한쪽에 자꾸 늘어만 갔다.

저녁 밥상머리에서 미금이 은근한 목소리로 영옥을 불렀다. 판소리를 배우고 나면 가요학원에 보내주겠다고, 용돈도 올려주고, 피아노를 사 줄 수도 있다고 간을 쳤다.

"일주일에 하루나 이틀이면 된대여. 유행가를 부르더라도 다방면으로 관심을 가지면 좋을 것이다, 선생님도 그러셨담서. 엄마 생각으로도 니가 서양 클래식 음악도 배우고 가야금이랑 피아노도 배우면 쓰겠다 생각허는디……."

피아노를 사 주겠다는 말에 솔깃했을 것이다. 한두 달 지나면서부터 영옥의 노랫가락이 달라졌다. 둥둥 내 딸이야. 어허 둥둥 내 딸이야, 하고 퍽 굵고 진지하게 내는 소리를 듣노라면 제법 소리꾼 같았다. 내 딸이야. 내 딸 배부르구나, 손바닥으로 제 엉덩짝을 쳐가며 장단을 맞추는 것이, 그쪽으로는 문외한인 사람이 들어도 날이 갈수록 소리에 탄력이 붙는 듯했다.

정만은 사는 게 즐거웠다. 비록 미금이 사랑스러운 눈길 한 번 제대로 주지 않아도 네 딸이 있다. 회사도 퍽 활기차게 돌아갔다. 김수병이 탄천 건너편 봉은사 근방에다 고급 빌라를 짓자고 했을 때 그는 흔쾌히 땅을 보러 갔다.

수도동에서 막 청담동으로 이름이 바뀐 그곳은 허허벌판
이었다. 논밭 가운데 봉은사 전각들만 우쭐우쭐하고 주변
엔 납작한 초가집 몇 채와 작달막한 나무 몇 그루가 다였다.
정만은 갈등했다. 어느 누가 이사 올까. 아무리 고급으로 짓
는다 해도 거들떠나 볼까.

먼저 시작하자는 게 김수병의 논리였다. 큰처남 정일기
도 앞서 나가는 자만이 살 수 있다면서 김수병의 편을 들었
다. 모든 자재를 최고급으로 쓰고 평수도 넓게 설계하자며
김장신도 거들었으나 정만은 계속 망설였다. "우리가 이사
헙시다. 지은 사람이 들어가 잘 살면 올 것 아니오." 미금의
말에 용기를 얻어 부동산 중개소로 찾아갔다.

봉은사 근처 땅을 매입하고 경계측량에 들어갔다. 담당
관서에 전기와 상수도를 공급해 줄 것을 신청하고 지반 조
사까지 마쳤다. 정만은 자기에게 목수 일을 가르쳐준 노 씨
에게 연락했다. 설계 도면을 건넸더니 전쟁통에서 헤어진
가족을 만난 듯 그가 덥석 두 손을 부여잡았다.

노 목수가 인부들을 이끌고 기초공사에 착수했다. 먼저
잡목들을 잘라내고 굴삭기 기사가 와서 뿌리까지 모조리
뽑아낸 뒤 곧바로 터파기를 시작했다. 연일 비가 내리는 바
람에 중단했다가 진행하는 일이 반복되었다. 굴삭기가 들
어가지 못하는 곳은 인부가 따로 삽으로 파내고 너무 깊은

곳은 무너지지 않도록 흙막이까지 하다 보니 자연 공사가 지연되었다.

오후 작업이 끝나갈 무렵이었다. 가장자리를 파 내려가던 인부 하나가 삽질을 중단했다. 땅이 물러진다고 알려왔다. 정만은 아무 생각 없이 노 목수를 따라갔다.

개의 사체였다. 송아지만 한 게 세 마리나 되었다. 형체를 알아볼 수 없을 정도로 훼손이 심하고, 삽날에 내장이 터져 썩은 물이 주변에 흥건했다. 이후의 일은 기억나지 않았다. 눈을 떴을 땐 병실이었고, 정만은 처음으로 죽음을 생각했다. 왜 그런진 모르겠으나 영선에게 친아버지에 대해 말해 줘야겠다고 마음먹었다.

정만은 일주일 만에 퇴원해 집으로 돌아왔다. 미금과 애들이 주방 바닥에 둥그렇게 모여 앉아 나물을 다듬는 모습을 바라보자니 정말 내가 살아 돌아왔구나, 실감이 났다. 그는 오랜만에 입에 도는 군침을 삼키며 밥을 기다렸다.

"뜨겅게 천천히 드쏘이."

미금이 혹임자죽을 호호 불어가며 서너 번 입에 떠 넣어 주고는 수저를 건넸다.

"엄마, 이게 잡채라고. 이런 잡채도 있어?"

영옥이 한 가닥 입에 넣고 오물거렸다. 갸우뚱했다.

"맛 되게 독특하네. 시고 달고 맵고. 뭐랄까, 시원하고?"

숟가락으로 국물까지 떠먹었다.

"매울 텐디 괜찮겠소?"

미금이 숟가락에 잡채 몇 가닥을 올려주며 물어왔다. 퍽 쑥스러운 듯 미안한 듯 묘한 표정이었다.

정만은 눈을 감았다. 가슴이 북받쳤다. 그간의 외로움이랄까, 외떨어졌다는 생각 같은 게 한꺼번에 녹아내리면서 잊어버리고 있던 어머니가 생각났다. 미금의 품이 어머니처럼 한없이 커 보였다. 그 품에 안기고 싶었다.

"당신이 돌아오닝게 집이 살어난 것 같소. 아그들 눈빛도 안 달라졌소……. 미안허요. 당신이 그렇게 힘들고 외로워허는지 왜 몰랐을까."

미금이 고백했다. 온몸을 송두리째 안겨왔다. 정만은 자기의 39년을 바쳐 미금을 부둥켜안았다. 앞으로의 39년도 옴스라니(전부) 다 줄 것이라 마음먹었다.

사나흘 뒤 정만은 저녁밥을 먹고 영선이를 데리고 강으로 나갔다. 매립공사가 한창인 송파강 주변은 트럭이며 굴삭기들로 어수선했다. 옛날 무덤들이 늘비했다던데 지금은 보이지 않고, 산더미처럼 쌓인 모래 더미와 돌들만 공동묘지처럼 우북했다.

사람보다 두 배도 더 큰 비석 하나가 거북이 받침대 위에 뚱하게 서 있었다. 머리통에 용 같은 게 조각되고 몸통에도

'大淸皇帝功德卑^{대청황제공덕비}' 글씨와 그림인지 뭔지가 새겨져 어지러웠다.

"아빠, 저게 삼전도비예요. 병자호란 때 청나라 태종이 조선 인조한테 항복받고 만든 전승비."

영선이 비아냥대지 않아도 비석은 이질적이었다. 병자호란이란 말도 낯설었다. 정만의 눈에는 오직 살려고 몸부림치는 사람들만 보였다. 자기와 다를 게 없는 사람들이 고향을 등지고 올라와 겨우겨우 입에 풀칠하고 사는 꼴이 그저 딱해 보였다.

"지난 7월로 서울 인구가 500만 명이 넘었대요, 아빠."

정만은 건성으로 고개를 끄덕였다. 서두를 어떻게 꺼내야 할지 몰라 걷기만 했다. 집에 거의 다 와갈 때야, 어떻게 미금과 살게 되었는지 입을 열었다.

"큰애야. 너도 느꼈을랑가 모르겠다만, 아빠는 평생 엄마와 너그들만 봄서 살어왔어. 엄마는 얼마 전에야, 긍게 20년 만에…… 콩나물잡채를 맹글어 주시더라. 감격스러웠지. 한잠도 못 잘 정도로……. 아빠는 근본도 모르는 사람인디, 느그 친아부지 설 재 자 동 자 그 냥반은…… 느그 친가 내력을 외면허믄 안 되야. 받아들이고 안 받아들이고는 니 몫이지만, 고것은 실제 있었던 일잉게."

털어놓고 나니 개운했다. 하면서도 정만은 가슴이 더 무거워졌다. 영선에게 상처가 된 게 아닌가 싶고, 혹시라도 주눅이 들어 웅크리고 살게 되면 어쩌나 근심도 커졌다.

"아빠는 엄마 만난 것을 최고 행운이라고 생각혀. 이 세상에서 젤로 잘헌 일이라고. 큰애 너를 얻었응게. 세상에서 최고로 이쁜 우리 딸을 만났잖애……. 큰애야. 아니 영선아. 니 이름, 아빠가 지어준 거여……. 알어?"

영선이 물끄러미 바라봤다. 일렁이던 눈물이 똑, 아이의 손등으로 떨어졌다.

제 3 장

동산아회 東山雅會

재동은 고창 읍내로 가는 완행버스에 올라탔다. 가운데쯤
에 해인이 앉아 있었다.

"아빠랑 차 타고 싶었어요."

목을 잔뜩 움츠리면서 해인이 말했다.

"해인아, 아빤 오늘……."

경찰서에 가야 한다는 말이 나오지 않았다. 내리라고 하
기에는 녀석의 표정이 너무도 진지해 주춤거리는데 아가씨
하나가 할딱거리며 들어왔다. 차도 곧 출발하려 했다. 재동
은 하는 수 없이 차 창문을 열고 정류소 사람을 불렀다. 학
교에 알려달라 부탁하곤 옆에 앉았다.

읍내 차부에서 내려 걸어가는 동안 두리번두리번, 해인
의 걸음이 마냥 늘어졌다. 재동은 녀석을 번쩍 안아 들고 시

계점으로 갔다. 눈을 뚱그렇게 뜨고 두리번거리는 녀석을 임 사장에게 맡기고 곧장 경찰서로 향했다.

방에서 기다리고 있자니 중년 사내가 들어왔다. 정보과장이라며 명함을 내밀고는 대뜸 박은호를 아느냐 물어왔다.

"동산공민 출신 맞지라? 지깐 게 잘나믄 얼매나 잘났간디, 데모는 허고 지랄이여. 고향 망신은 다 시키고 자빠졌어, 새끼가."

서류를 들여다보며 정보과장이 구시렁댔다.

동산고등공민학교 출신 중에서 대학에 들어간 제자는 지금까지 딱 둘이다. 1회 김정국과 10회 박은호. 박은호는 옛집 근방에 살던 아이다. 어려서부터 천재 소리를 들었다. 여섯 살에 국민학교에 들어갔으나 가정 형편이 어려워 중학교에 진학하지 못했다는 얘길 전해 듣고 재동은 은호를 학교로 불렀다. 소문대로였다. 3학년 1학기에 검정고시를 통과하고 바로 고등학교에 합격해 서울로 올라갔다. 일류 대학교에 장학생으로 입학했다며 올봄에 다녀갔었다.

"유신 철폐? 장학생이란 놈이 헌다는 짓거리가……. 누구 영향이라고 생각허요? 가만, 제우(겨우) 얄야답(열여덟) 살? 어떻게 된 거요?"

"원체 특출난 아이였소."

"긍게, 공부만 잘하면 다냐고. 귀때기에 피도 안 마른 것이?"

삿대질까지 해대며 정보과장이 소리를 높였다.

"욱에서 선생을 알아보라고 공문이 내려왔어요. 박은호 선생이고 정인재 씨 일도 그렇고……. 증조부가 갑오농민군이었담서요? 선친은 일정 때 행방불명되고. 사실이오?"

재동은 마지못해 고개를 까닥였다.

"선생 조부가 육이오 때 말여, 우리 대한민국은 인민이 피눈물 흘리고 되찾은 나라다. 우리는 다 한식구 한 동무다, 말했다던데 알고 있었소?"

"글쎄요, 내 직접 들은 적은 없소만, 그게 이것과 무슨 상관이오?"

"허! 인민, 동무가 얼마나 불온헌 말인지 몰라서 그요. 우리 군경 앞에서 고래고래 소리 질렀답디다."

"그리서, 창자가 다 드러나도록 총을 쏴댔소?"

그날이 떠올라 재동은 분노가 치밀었다. 찢긴 오른쪽 귓불로 저절로 손이 올라갔다. 금방이라도 통증이 달려들 것만 같아 신경이 곤두섰다.

"왜 나헌테 소리 질르요. 내가 그랬소?"

정보과장이 따지듯 되물었다. 거칠게 서류를 넘겼다.

"정인재 씨가 사상적으로 문제 있다는 것은 선생도 알지라? 남한만의 대한민국은 있을 수 없다. 통일만이 살길이다. 이승만이가 베려놨다……. 나도 똑똑히 들었당게로. 미륵당산 앞에서 두 팔을 치켜들고서나 침 튀겨감서 소리 질릅디다?”

“통일만이 살길 맞지 않소?”

“워매, 사회당서 말허는 통일이 뭣인지 몰라서 그요, 시방?”

재동은 대꾸하지 않았다. 가리방(등사판)에 철필로 쓰다만 시험지가 떠올랐다. 마쳐놨어야 김인자가 등사라도 해 둘 텐데……. 국회의원 선거에서 낙선한 이후로 정인재는 정치에 관심을 접었다고 했다. 그런데도 소위 위라고 하는 데서는 그를 여전히 요주의 인물로 찍고 있고, 불똥이 자기한테까지 튀었다. 이따위 일에 인력과 시간을 소모하다니, 재동은 한심하기 짝이 없었다.

“다 헐어빠진 인간들이 모여서나 풍류라도 즐기는 척허던디, 내 예사로 안 보요.”

“헐어빠지다니, 그분들이 무슨 물건이오?”

서류철을 덮다 말고 정보과장이 눈을 치떴다. 일말의 미안함도 없이 다그치고 들었다.

“학생들한테 국민교육헌장은 제대로 가르치겠지라. 동산공민에 못 외는 학생이 많다고 들었는데, 혹시 선생이 못 외서 그러는 것 아녀?”

하도 어처구니가 없어 재동은 픽 웃고 말았다.

"하따, 자신만만허네이. 한번 읊어볼라요?"

정보과장이 눈을 가느스름하게 떴다. 그가 이로 위아래 입술을 질근질근 씹어가며 고개를 한쪽으로 젖혔다.

"내 말이 농담으로 들리는가 빈디……. 자, 내가 몬자 시작헐 텡게 이어서 읊어보드라고. 우리는 역사적 사명을 띠고 이 땅에 태어났다. 그다음."

재동은 10여 년 전까지 교과서에 수록됐던 〈우리의 맹서〉를 기억했다. '첫째, 우리는 대한민국의 아들딸, 죽엄으로써 나라를 지키자. 둘째, 우리는 강철같이 단결하여 공산침략자를 쳐부수자. 셋째, 우리는 백두산 영봉에 태극기 날리고 남북통일을 완수하자.'

"우리는 역사적 사명을 띠고 이 땅에 태어났다. 그다음."

"이보시오, 정보과장. 동학군도 독립군도 이 나라 사람입니다. 한때 사회당원이었던 정인재 선생도, 나도, 또 당신도 이 나라 사람이기 전에 하늘에서 낸 사람들이오. 어디 사람뿐이오. 목숨 붙은 것은 모두 저마다 고유헌 격이 있어요."

"허따, 누가 격을 논허락 혔나. 아, 국민교육헌장 외우라고요?"

"공산당보다 이 나라 체제가 우월허다믄 고것을 보여주면 됩니다. 고 체제란 것을 유지헐라고 자유를 강탈헌다면 사람들이 걍 있을 것 같소? 사람이 없으면 나라도 없어요. 내 선친이 허신 말씀이오. 내가 박은호헌테도 그리 말했소.”

“그려어? 계속 지켜봐야 쓰겄고마이. 거시기, 올해도 암송대회가 열릴 것잉게, 못 외는 학생 없도록 유념허쑈. 그러고 고 말, 체제란 것을 유지헐라고 자유를 강탈헌다면 기양 안 있겄다는 말, 욱에다 고대로 보고헐 것잉게 그리 알고.”

경찰서에서 나오니 해가 한 뼘이나 기울어 있었다. 재동은 나부끼는 바람을 맞으며 차부로 가다가 해인이 생각나 시계점으로 달려갔다.

“아빠, 시간이 이렇게 많아요? 벽에도 있고 문 속에도 있고 서랍에도 있어요?”

벽이며 진열장에 있는 시계들을 가리켜 가며 해인이 물어왔다.

“아까부터 물어쌌는디이, 아, 시간은 하나뿐이란 것을 알려줄 방법을 모르겄어. 자네는 선생잉게 잘 설명해 주겄지?”

“아니 시간이 왜 하나뿐이당가. 당신 시간, 내 시간, 우리 해인이 시간 다 따로따로 있잖여.”

“허, 그 아부지에 그 아들일세.”

임 사장이 허탈하게 웃으며 해인을 덥석 안아 들었다.

정보과장도 자기만의 시간으로 사나? 문득 궁금해졌다. 각자의 시간을 오롯하게 사는 그것이 격이라면 그 사람 또

한 자기 격대로 살겠거니, 싶었다. 격이란 게 어디 옳고 그름으로 따질 무엇이겠는가. 재동은 해인의 손을 잡고 시계점을 나섰다.

버스 안은 초만원이었다. 은전동에 가서야 빈자리가 하나 나와 해인을 창 쪽에 앉히고 재동은 옆에 섰다. 차창에 뭉갤 듯 얼굴을 바짝 붙이고 있던 녀석이 신림저수지를 손으로 가리켰다.

“아빠, 물도 싸워요?”

재동은 대답하지 못했다. 한 번도 궁금하게 생각한 적이 없었다. 홍수가 났을 때 보면 싸우는 것 같고 잔잔할 때는 평화로워 보이고.

“아빠도 잘 모르거든. 우리 같이 알아볼까.”

“아니에요. 아빠는 맨날 맨날 바쁘시니까, 해인이가 물한테 물어볼게요.”

말하곤 녀석이 하르르 웃었다.

김인자가 불안한 표정으로 운동장을 서성이고 있었다. 얼굴에 수심이 가득했다.

“아부지도 조심허라 이르시더만…… 지금이라도 구산촌허고는 확실허게 선을 긋으랑게요. 불안해서 어디 살겠소?”

재동은 쏘아붙이는 인자의 어깨를 가만히 두드렸다. 해인이 손을 쥐여주고 구산촌 길로 올라섰다. 구산재^{龜山齋} 마당으로 들어서는데, 마침 사랑방에서 나오던 고유자가 빈 쟁반을 흔들어가며 반겼다.

"아이고, 왜 인자사 오는가……."

말하다 말고 놀라는 표정을 지었다.

"왜요, 무슨 일……?"

"아녀, 아녀……. 언능 들어가 보소. 날밤 새워감서 바돌만 놓으신다네."

얼버무리곤 정인재의 근황을 전했다.

방 안은 담배 연기로 자욱했다. 정인재와 장필성이 바둑판을 앞에 두고 마주 앉아 있고 한동네 사는 유금석과 시조창 잘하는 정성재, 소리꾼 김정남이 옆에 앉아 곰방대를 빨아댔다. 한쪽에 놓인 두레상에는 주발마다 부옇게 가라앉은 식혜가 잘람잘람했다.

'일하면서 싸우고 싸우면서 일하자.' 담배 봉지에 새겨진 문구가 이들을 빤히 쳐다봤다. 삼·구회와 아양율계 회원 중 남은 사람들. 정인재 또래거나 몇 살 위인 이들은 이제 늙어 초라하고 궁색해져 결코 일하거나 싸우기는커녕 작당할 힘조차 없는 나이가 되어버렸다.

"여보, 구산謳山. 오늘은 잠 조까 자야 쓰겄는디. 아, 궁뎅이가 삘거게 부풀었담서 걍 던지제 그려."

장필성이 정인재에게 농을 던졌다. 아닌 게 아니라 흰 돌이 몰리고 있었다. 괘종시계 초침이 네댓 바퀴나 도는 동안 어깨를 좌우로 흔들며 바둑판만 내려다보던 정인재가 마침내 검은 돌의 호구에 흰 돌을 놓았다. 득의만면해졌다.

"시상 일이 그렇고 간단허담사 얼매나 좋을꼬. 허나, 불어 터져야 비로소 새살이 돋는 법 아니라고. 어뗘, 이러면 쓰겄는가."

"하따, 장고에 숨넘어가는 종 알었드만 참말로 묘수네, 묘수여. 어이, 장필성이. 오늘은 자네가 던져야겄는디."

김정남이 입에서 곰방대를 빼내며 장필성을 골렸다. 손바닥으로 자기 장딴지를 힘껏 치더니 그 손으로 식혜 그릇을 집어 들었다. 벌컥벌컥 들이켰다. 이 산 저 산 꽃이 피니, 하다 말고 냅다 트림을 해댔다. 손으로 입 주변을 훔치곤 입맛을 다셨다. 나도 어제는 청춘일러니 오늘 백발 한심허다며, 〈사철가〉에 당신의 심정을 기대는 소리가 퍽 쓸쓸하게 들렸다.

유금석과 정성재도 빙긋빙긋 웃어가며 주발을 들었다. 식혜를 들이켤 때마다 주름이 깊게 팬 이마와 입 주변 근육이 연방 씰룩거렸다.

재동은 그만 일어나 허리를 수그렸다.

"설 선생, 온몸으로 고생헌 사람은 달븐 법이네. 제 경험의 무게를 견뎌낸 사람만이 누릴 수 있는 뭣인가가 있을 것이여. 반드시, 고것을 찾어야 써."

정인재의 말이 뒤통수를 쳤다.

*

교문 쪽에서 사람들이 왁자지껄했다.

"어느 누가 산골학교 야구부가 3등이나 헐 줄 알았겄어. 라디오서도 어찌나 떠들썩헌지, 나까장 기분 좋드만."

"종오가 와요. 두 사람이 더 오는데, 누구지?"

밖을 내다보던 김인자가 두런거렸다. 갸웃거리며 복도로 나갔다.

"어마. 너, 아니 자네 신유성 아닌가. 자네는…… 정국이, 김정국 맞지?"

"아이고메, 두 분은 15년 전이나 시방이나 똑같구만이오."

얼굴이 동그랗고 땅딸막한 젊은이가 안으로 들어오며 인사를 해왔다. 큼지막한 종이 상자를 바닥에 내려놓곤 허리를 수그렸다. 신유성이 분명했다.

"찾아뵙지 못해서 죄송헙니다."

신유성 뒤에 선 젊은이가 퍽 수줍어하며 꾸벅 고개를 수그렸다. 환타 상자를 과자 상자 옆에 내려놓았다.

"김정국여요. 부안절 살던."

서종오가 대신 소개하자 얼굴이 발개졌다.

"잘 있었구나. 되았다, 되았어."

여러 감정이 뒤엉키는 것에 당황스러워하며 재동은 세 사람을 얼싸안았다. 눈시울이 뜨거워졌다.

"아따, 선생님도…… 이렇고 좋은 날 웬 눈물 바람이시데."

유성이 포옹을 풀면서 코를 훌쩍거렸다. 수줍게 바라보고선 해인을 번쩍 안았다.

김인자가 책상 주변으로 의자를 갖다 놨다. 쓰다 만 교내 반공대회 표창장이며 볼펜과 노트들을 다른 책상으로 옮겼다. 제자들이 가져온 음료수를 물컵에 따르고 과자 봉지를 뜯어 펼쳤다.

고속버스 기사로 일한다며 유성이 떠들썩 말했다.

"고등학교 졸업허자마자 비행기 조종사 학교로 갔지라. 절차를 밟어서 다 배왔는디, 마지막 한 가지, 젤로 중요헌 것이 안 되드랑게요. 아, 뱅기에 올라타기만 허믄 어질어질 똑바로 설 수가 없드라고요. 고소공포증이라데요. 아이 진짜, 하늘이 무너지는 종 알었당게요. 몇 달이나 속을 끓이다가 뻐스회사를 찾어갔는디, 아이고메, 차장부터 시작혀서 날마다 딲고 쪼이고 지름치고……. 시방은 고속뻐스 운전허고 있고만이오. 하늘을 날진 못혀도 지상을 달링게나, 고

것으로 위안 삼고 있습니다."

결혼까지 해서 네 살 된 딸아이를 두고 있다고 했다.

"뻐스 안내양 허던 사람여요. 가난허고 못 배우고…….
비슷헌 처지라 그런가, 서로 마음이 통허드만요"

제 아내까지 자랑했다.

서종오는 신림면사무소에 면서기로 있다. 오며 가며 종
종 들른다. 작년에 결혼할 때 주례를 섰는데, 재동은 그 일
로 종오가 해를 입지는 않을까 늘 마음이 쓰였다.

"그간이는 먹고살기 심들어서 찾어뵙지도 못허고 동창
들도 못 만났는디……. 아, 종오가 신임면(신림면) 면서기로
있응게나 좋은 점이 한두 개 아니랑게요. 종오 덕분에 오늘
정국이도 만나고……. 시방 대학원 댕긴당만요."

유성이 제 일처럼 떠들어대자, 정국이 머리를 긁적이며
어색하게 웃었다.

"문화인류학과 박사과정에 있습니다. 고고학을 전공허
는구만요."

재동은 훤칠해진 정국을 바라다봤다. 시선이 퍽 깊었다.

"수어, 억만 년 나, 날아온 하얀 새 한……."

올해 들어 글자를 배우기 시작한 일곱 살 해인이 더듬더
듬 신문에 난 동시 〈아침에 온 새〉를 읽어나갔다. 원희네서
보내오는 신문에 소년신문도 한 부썩 딸려 오는데 날마다

기다렸다.

"파란 연못에 내려앉았네. 물 푸, 풀 사이 강 종 강종 유윤……."

"윤슬 쪼던 새."

김인자가 거들어주자 환하게 웃었다. 몇 번이고 되풀이 읽었다.

"물에 비친 서로를 골똘히 바라보네 // 물 박차고 날아오르는 / 하얀 새 노래 / 맑은 연못에 고이 흐르네."

"뭔 뜻인지 알겠어?"

"아니…… 헌디 노래 부르는 것 같어. 엄마, 노래여?"

"시라고 하는 거여. 재밌어?"

해인이 고개를 끄덕였다, 손가락을 볼에 갖다 댔다. 눈을 깜빡깜빡, 무언가를 생각하는 눈치다.

"엄마, 어른 되면 이거 할쳐."

자기가 읽은 시를 가리켰다.

"시인?"

"아니, 이거 시."

"그건 시고, 시 쓰는 사람을 시인이라고 하는 거여."

김인자가 바로잡아 주었다.

"싫어. 시 할쳐."

입을 앙다물었다. 시 할쳐. 시 할쳐, 하다가 울어버렸다.

"해인아, 그려, 시 혀. 허면 되제, 울긴 왜 울어? 남자는 말이여, 절대 울어선 안 돼야. 왜냐면…… 애인이 안 생기걸랑."

유성의 말에 모두 웃음을 터뜨렸다. 해인이도 배싯배싯 제 엄마에게 안겨들었다.

"야, 이거 봐. 신문에도 났네. 사진까지 실렸는데."

종오가 동시 아래를 가리켰다. 지난 6월 1일부터 6월 4일까지 대전에서 열린 1973년 제2회 전국스포츠소년대회에서 고창 가평국민학교 야구부가 3등 했다는 기사와 야구부 사진이었다.

"정국이 너도 기억나냐? 가을 체육대회 때 마라톤도 했는데. 5키로였을걸. 운동장서 출발해 갖고서나 도산으로, 송촌, 신촌저수지, 만화동, 임리, 화룡 앞으로 해서 운동장으로 돌아왔잖애."

"맞어. 남학생들만 뛰지 않았나. 유성이 니가 3년 동안 내내 1등 했지?"

"아이참, 쑥스럽고만이. 나 말고 누가 1등 허겄냐. 다 사천서 학교까지 뛰어댕긴 덕분 아니겄어. 그러고 봉게 울 아부지, 학교 가지 마람서 에지간히 말겼는디……."

유성과 정국의 아버지 두 분 모두 돌아가셨단다. 유성 아버지는 간암으로, 정국 아버지는 아픈 다리가 썩어 들어서.

"선생님, 다음 달에 서울서 첨으로 동산고등공민학교 동

창회를 열기로 했어요. 모시고 잪어서 겸사겸사 왔고만이
오. 선생님들도 세 분 다 계신담서요.”

재동은 고개를 저었다. 지난번에 종오가 왔을 때 가지 않
는 게 좋겠다고 말해두었다. 요즘도 가끔 경찰서에서 다녀
간다. 정인재 집에도 들락거리고 박은호도 아직 수감 중이
다. 섣불리 움직였다간 제자들한테 피해가 갈 게 뻔했다. 김
인자도 같은 생각이었다.

“고맙지만…… 다음엔 꼭 가겠네.”

“동창회 이름도 동산아회라고 정했는디…… 선생님이
안 오시면 의미가 없는디요이.”

유성이 무척이나 아쉬운 듯 볼통거리며 벽에 걸린 ‘東山
雅會七律’ 족자를 가리켰다.

“처음 교무실에 들어섰을 때요. 선생님보다 저 글씨들이
먼저 눈에 들어오드만요. 졸업할 때까장 다 읽고 쓰고 풀어
야겠다 맘묵었는디. 인자, 그냥저냥 풀 수는 있을 것 같은
디…….

杏花飛盡柳絲長 행화비진유사장

緩緩行行到此堂 완완행행도차당

座上衣冠明似洗 좌상의관명사세

軸頭珠玉艶濃香 축두주옥염농향

靑山不俗胸襟濶 청산불속흉금활

白髮無情歲月忙 백발무정세월망

宴落風流兼契事 연락풍류겸계사

優遊永日共酣觴 우유영일공감상

松川 高禮鎭 作 東山雅會 七律 書於 謳山齋 戊子春 鄭仁宰

송천 고예진 작 동산아회칠률 서어 구산대 무자춘 정인재

살구꽃 떨어져 날리고 버들가지 늘어졌구나.

천천히 걸어서 이 집에 당도허니

집 주인장 의관이 씻은 듯 깨깟허네.

두루마리 시 첫 구절은 주옥같이 짙고 고운 향기 풍기고

청산은 속되지 않아 가슴은 시원헌디

백발은 무정하여 세월을 재촉허네.

잔치 끝나고 풍류와 맺은 일

한가롭고 긴 봄날을 술잔 들어 함께 즐기세.

송천 고예진이 동산계에서 지은 칠률 시를 구산재에서

무자년(1948년) 봄에 정인재가 쓰다.”

읽고 풀이까지 했다.

“야, 신유성. 그만하고, 온 김에 방등산 가자. 정국이 넌 어

뎌?”

종오가 유성의 어깨를 툭 쳤다.

“방등산? 맞어, 3학년 때 육백고지로 소풍 갔잖애. 그러

고 봉게 나도 그 뒤론 한 번도 못 가봤구나.”

유성이 금세 표정을 밝혔다.

"이 시간에 갔다간 오밤중 되겠다. 그냥 뼘산으로 해서 가평까지만 가. 오랜만에 도동사 가보자. 고인돌도 보게."

정국이 두 사람을 말렸다. 고고학을 전공한다더니 고인돌도 예사로 보이지 않는 모양이다.

"해인아. 설해인. 삼춘들이랑 가평 가자. 선생님, 괜찮으시죠?"

유성이 해인을 번쩍 안아 무동을 태웠다.

재동은 제자들이 교문을 나설 때까지 건너다봤다. 체취를 맡듯 깊게 숨을 들이마셨다.

꽃 같은 시절

"엄마 아빠도 그 장면을 봤어야 한다니까요."

신발을 벗는 둥 마는 둥 거실로 올라선 영옥이 두 손으로 자주색 가방을 들고 서서 나불나불 떠들어댔다.

"검정 세단이 운동장으로 들어서잖겠어요. 나이방(색안경) 쓴 운전사가 뒷문을 여니까, 여학생이 나와요. 교실 여기저기에서 환호성이 터지더라고. 여학생이 교실로 사라질 때까지, 잘했군 잘했어. 잘했군 잘했군 잘했어. 그러게 내 마누라지, 하고 남학생들이 합창하는데, 엄마, 나도 자신 있단 말이야."

"아이고, 에지간히 짜갈거리네(조잘거리네). 애기 깽게나 조용히 혀."

미금이 영옥을 흘겨보곤 안방으로 들어갔다.

대학교는 안 갈 건데 고등학교는 가서 뭐 하냐고 따지고 드는 애를 꼬드겨 겨우 실업계 학교 시험이라도 보게 했다. 간당간당 합격했다. 두어 달 잘 다니는구나 안심하던 차인데 하필 유명 가수가 그 학교에 다니는 모양이다.

영옥이 주르르 눈물을 쏟으며 제 방으로 갔다. 곧바로 문을 벌컥 열고 도로 나왔다.

"아빠는 왜 엄마한테 암말도 못 해? 내 편 아녔어요? 차라리 칭찬이나 하지 말든가…… 지금부터 밥도 안 먹고 학교도 안 갈 거야."

악을 썼다. 말릴 새도 없이 영옥이 문을 닫아걸었다.

안방에서 아들이 옹알거리는 소리가 들려왔다. 정만은 저절로 입이 벙글어졌다. 수열은 작년 가을에 태어났다. 확신하건대 미금이 처음으로 콩나물잡채를 만들고, 잡채 가닥을 수저에 얹어준 그 밤에 생겼다. 여기 청담동 만금빌라로 이사 온 것도 순전히 수열이를 위해서다.

만금빌라는 최고급 자재를 써서 지은 집이다. 동남향으로 되어 있고 방 네 개에 욕실도 두 개나 된다.

새벽 갓밝이에 세상이 꿈틀꿈틀 일어나는 모습을 볼라치면 마음이 경건해진다. 뒤 베란다로는 한강 물이 건너다보이고 멀리 여의도 너머로 흐르는 저녁놀도 큰 볼거리다. 조만간 봉은사 근처로 경기고등학교가 이사 온단다. 큰처남 정일기가 알려준 바에 따르면 앞으로 지하철도 건설될 예정이라니 생각할수록 탁월한 선택이 아닐 수 없었다.

사실 큰처남 정일기가 건네주는 정보가 회사를 키워가는 데 크게 도움을 주었다. 선점이 중요하다는 것을 잘 아는 기자답게 누구보다 민첩하게 움직였고, 그때마다 정만은 그가 건네준 소식을 토대로 부지런히 갈퀴질했다.

갈퀴에 걸려든 것이 물론 돈만은 아니었다. 수시로 아버지와 어머니의 죽음을 캐내고 싶은 충동이 걸려들었고 외할머니와 외삼촌의 죽음이 가엾고 안쓰러워 괴로웠다. 얼굴도 모르는 증조부와 눈을 부라리며 총칼을 휘두르던 군경 토벌대는 아무 때나 걸려들어 중심을 놓치게 했다. 물매가 가파르게 쏠릴 때마다 정만은 주문을 외웠다. 피는 피를 불러오는 법이다. 그 대신 집안을 일으켜라. 세상에 몸을 실어야 산다.

정만은 안방 문을 열었다. 아들의 옹알이를 듣고 싶었으나 미금이 나가라고 눈치 주는 바람에 도로 나왔다. 얼쩡거리다 영선의 방문을 열었다. 정갈했다. 흰색 침대보가 깔리고, 같은 색깔 창문 커튼이 하늘거렸다. 옷걸이에 걸린 외투도 단정하고 책꽂이에 꽂힌 책들도 가지런했다. 웬 와이셔츠 상자 몇 개가 선반에 포개어 있어서 들여다보니 카세트테이프들이 그득했다. 죄 꼬부랑글씨였다. 책상 왼쪽에는 카세트 라디오가 있고 옆에 잡지도 한 권 놓였다.《思想界^사상계》. 펼쳐 엎어놓은 것이 읽는 중인가 보다.

사상계라면…… 라디오에서 떠들썩했던 그것 아녀. 반공법을 어겼네, 폐간하네, 들려오던 뉴스가 떠올랐다. 정만은 얼굴이 화끈거렸다. 무슨 일이든 찬찬하고 야무지게 잘하는 영선이 이런 엄청난 잡지를 읽으리라곤 상상해 본 적 없거니와 걸리면 학교에서 퇴학당하는 건 아닌가 노심초사해졌다.

치울까 말까, 고민하다 정만은 그대로 두고 나왔다. 영주와 영은이 쓰는 방문을 열었다. 연분홍색 이불이며 베개가 어질러진 침대 위로 오후의 햇살이 환하게 비쳐 들었다. 옆집에선지 텔레비전 소리가 들려왔다. 안 그래도 애들이 조르는데 아직은 형편이 못 된다며 미금이 반대했다. 영옥이 때문이란 걸 알기에 그도 가만히 있는 중이다.

최고급 '공병우 타자기'를 사주겠다, 부기학원에 가라, 주산을 잘하면 머리가 잘 돌아간다더라, 미금이 어르고 달래도 영옥은 고개를 저었다. 학교는 가되 판소리 강습소에는 절대 안 가겠다고 선언했다. 먹지도 않고 학교에 도시락도 싸 가지 않았다. 열흘도 안 되어 미금이 손을 들었다.

"김소희 명창이 어떻게 최고가 된 줄 알어. 두암초당서 목에서 피 넘어올 때까지 연습했대여. 소리가 마음대로 안 되면 선운사 내원궁에 올라가서 기도도 허고……. 고것이 겨우 열다섯 살 때였단다. 고 정도로는 공을 들여야제, 라디오서 나오는 노래 조께 부를 줄 안다고 뎀비믄, 이 세상에 가수 아닌 사람 어딨겄냐.”

미금의 말에 영옥이 비실비실 웃었다.

“몸부터 맹글어. 얼굴에 덕지덕지 찍어 발르고 옷만 번지르르 입는다고 노래가 나와? 몸이 기억허게 공부허고 연습허란 말이여. 암 디나 꼬집으면 수돗물 나오듯기 좌르르, 쏟아지게.”

“야호! 엄마, 명심할게요. 나 정말 최고 가수가 될 거야. 이미자 패티김 하춘화보다 더 최고 가수가 되고 말 거야.”

영옥이 환호성을 질렀다. 영은을 끌어안았다. 빠져나가려 몸부림치는 제 동생을 놓더니 미금에게 달려들었다. 보듬고서 볼이고 머리고 제 입술을 들이대다가 기어이 울음을 터뜨렸다. 그렇게도 좋을까. 영옥은 일어나 두 팔을 벌리곤 거실 안을 빙글빙글 돌았다.

현관으로 들어서던 영선이 오뚝 섰다. 영문을 모르겠다는 얼굴로 정만을 건너다봤다.

“아빠, 왜요? 뭐 묻었어요?”

손바닥으로 제 얼굴을 쓸면서 물어왔다.

“우리 큰애는 볼수록 귄이 쫙쫙 흘른당게. 아, 볼때기 짜장 국물도 매력 점으로 보일 것잉만."

은연중에 뚫어지게 보고 있었나 보다. 정만은 후딱 엉너리 쳤다.

"엄마, 오늘부터 내 방 따옥이랑 같이 쓸게요. 저도 안 치우면서 맨날 구박한다잖아. 영주 개 되게 웃긴다니까."

"너나 잘혀, 이년아."

미금이 영옥의 머리통을 쥐어박았다. 영옥이 날래게 일어나며 영은이 손을 잡았다. 제 방으로 들어가기 무섭게 가방이며 책들을 복도로 내어놓기 시작했다. 까르르까르르 웃어대는 것이 제가 세상을 다 가진 것 같았다.

한 달이나 지나서야 정만은 영선을 안방으로 불렀다. 자초지종이 궁금하다 했더니 얼굴이 금세 어두워졌다.

"세상이 어떻게 돌아가는지 알고 싶었을 뿐이에요. 안 그러면 이탈될 것 같아서……."

이탈될 것 같다니, 무슨 말인지 알아들을 순 없었으나 정만은 가슴이 철렁했다. 친아버지 일로 방황하는 것은 아닌지 여간 걱정스럽지 않았다.

"데모허지 말란 얘기가 아녀. 니 스스로 고민했다면 엄마 아빠도 당연히 찬성허지. 좋은 세상 만들겄다는디 돕지는 못헐 망정 반대헐 부모가 어딨겄어. 헌디 다들 나선다고 덩달아 따라가믄 곤란허잖애."

간담이 서늘했다. 부모 된 자가 자식더러 데모대에 나서라고 노골적으로 등을 떠밀다니. 정만은 미금에게 홰홰 손을 저었다.

"영선아. 엄마 아빠도 지금 니 심정, 충분히 알고 또 이해혀. 미안허고……. 헌디 갈팡질팡헌다고 달라질 것은 없잖애. 고 마음을 공부에 쏟으면 안 될까. 어차피 시험은 봐야 닝게……. 엄마가 생각허기에, 사람은 저마다 길 하나씩은 갖고 태어나는 갑드라. 고 길들이 모여서나 세상을 이루는 것 아니겄어. 긍게로 넘의 길 쳐다볼 시간에 니 길을 찾어가는 것이 현명헐 것 같은디. 아무도 니 길을 대신 가줄 수 없다는 것은 너도 알제. 아닌 말로, 니가 배고프다고 엄마 아빠가 대신 먹어줄 수 있가니?"

"그려, 함부로 누구 편들지 말고 비난도 말고. 풍문에 혹하지도 말고 의연해야 써."

정만도 거들었다. 영선이 피식 웃었다. 눈물이 말라붙은 볼에 허연 가루 같은 게 붙었다가 비그르르 떨어졌다.

초인종이 울렸다. 색색거리며 자던 수열이 와랑, 울음을 터뜨렸다. 영주였다. 어깨가 축 처져 있었다. 영선이 밥을 차리려 하자 생각 없다며 제 방으로 들어가 안았던 책을 책상에 내려놓고 문을 닫았다.

영은이랑 같이 쓸 때나 저 혼자 쓰는 지금이나 영주 방은 난장판이다. 아침마다 치우는데도 옷장 속까지 뒤죽박죽이라며, 곡헐 노릇이네, 청소 때마다 미금이 두런거린다. 야무진 구석마저 없어서 어려서는 늘 또래한테 연필이나 신발을 빼앗기기 일쑤였다.

딸들의 미모는 넷이 엇비슷하다. 영옥이 그중 낫고 영주가 가장 처지는데, 우편함에 든 봉투는 반이 영주한테 오는 편지다. 거의 남자 이름이거나 이름이 안 쓰인 것도 많다. 학원 수업이 늦어져 노량진으로 데리러 가면 주변에는 남학생들만 얼쩡거렸다. 그렇다고 그걸 즐기는 것 같지도 않았다. 책만 읽어서 그런가, 현실감이 떨어져도 너무 떨어졌다.

영주는 결국 삼수에도 실패하고 말았다. 미금은 물론 애들까지 실망하고 말았으나 드러내놓고 비난하기엔 영주 몰골이 말이 아니었다. 날마다 방에 틀어박혀 나오지 않았다. 제대로 먹지도 않고 잠도 못 자는 듯했다. 어쩌다 마주치면 눈물부터 찔끔거렸다. 저러다 잘못되는 건 아닌가, 걱정돼 정만은 미금과 상의했다.

"영주를 회사로 들이면 어쩌겠는가."

"그려도 될랑가 모르겄소. 다른 애들은 안 그러는디 어째자는 볼 때마다 불안불안혀서……. 회사 사람헌테 폐 끼칠께미 걱정도 되고 또 당신 말을 들을랑가도 모르겄고."

정만은 이불을 뒤집어쓰고 누운 영주를 거실로 불러냈

다. 앞으로 어쩔 셈이냐 묻자 영주는 푸, 한숨부터 쉬었다. 소파에 앉아서는 두 손으로 턱을 받쳐 들었다.

"나도 모르겠어요, 아빠. 세상은 왜 내가 생각하는 대로 안 돌아갈까……. 책이 틀렸을까, 세상이 틀렸을까?"

하소연하듯 말하곤 턱을 받쳤던 두 손으로 머리칼을 쓸었다. 드라마 여주인공처럼 고개를 외로 꼬더니 눈을 지그시 내리떴다.

"둘째야, 아빠 회사에 들어올래? 우리 둘째는 목소리가 이뿡게나 전화 받는 일이 잘 어울릴 것 같은디…… 어뎌?"

영주가 주르르 눈물을 흘렸다. 외로 꼬았던 고개를 거실 바닥으로 숙이면서 또 한숨을 쉬었다. 한숨과 눈물에 얻어맞은 카펫이 터럭을 한쪽으로 누였다 일으켰다, 누였다 일으키기를 수십 번은 했을 것이다. 영주가 마침내 힘없는 목소리로 주절거렸다.

"그러죠, 뭐. 나도 다 버리고 초야에 묻히고 싶은 심정이니까."

하도 어실력없어(어처구니없어) 정만은 혀를 차고 말았다. 딴따라 병에 걸린 사람은 영옥이 아니라 영주만 같았다.

전화벨이 울렸다. 미금이 수화기를 들고 여보세요, 불렀다. 구산촌에도 전화가 설치되었다고, 방금 큰처남이랑 통화했다고 말하는 장모 고유자의 목소리가 전화기 너머로 수선스럽게 들려왔다. 축하한다며 미금이 화답했다. 아버지를 바꿔달라고 하더니 몸은 어떠시냐고 여쭈었다.

정만은 수화기를 건네받았다. 목소리를 가다듬었다.

"장인어른, 저 시방 바둑 배우고 있습니다. 설에 대국 한 번 허실까요?"

내심 도전했으나 묵묵부답이다.

"제 실력도 만만찮을 텐디요이. 기원서도 거반 이기거든요."

대거리해도 조용했다. 숨소리가 들리는 것이, 수화기는 붙들고 있는 게 틀림없었다. 여태껏 단둘이 대화를 나눠본 적이 없던 터라 정만은 약간 긴장되었다.

"기원 바둘로 어디 동네 바둘을……. 우습게 알다간 큰코 다쳐."

나무라듯 장인이 두런거렸다. 이내 뚜뚜뚜, 소리가 들렸다. 정만은 속으로 쾌재를 불렀다. 드디어 장인이 자기 말을 들어줬다. 대답도 했다. 새로운 국면으로 접어드는구나, 정만은 본능적으로 감지했다.

"영선 아빠. 거시기, 한마디해도 될랑가 모르겠소."

수화기를 내려놓는데 미금이 불렀다.

"넘의 제사에 감 놔라 배 놔라, 허는 것은 아니랍디다만…… 당신 부모님잉게 내 일이기도 허고……. 인자 좋은 곳으로 모시는 것이 어쩌겠소.”

생각지도 못한 말이었다. 사실 아예 생각을 안 하고 산 건 아니다. 정만은 해마다 기일이나 양 명절이 다가올 때마다 조바심쳤다. 기회를 엿보다 지금까지 허송세월하고 말았다. 미금도 내내 지켜봤을 것이다.

그런 채로 설을 맞이했다. 정만은 약속대로 정인재와 바둑판을 사이에 두고 마주 앉았다. 장인이 백돌을 잡고 정만은 흑돌을 잡았다. 첫 번째 대국에서 정만은 다섯 점이나 졌다. 장인이 다섯 점을 깔고 두라 생색을 냈지만 석 점 깔기로 합의하고 두 번째 대국에 돌입했다. 또 졌다. 세 번째 대국에 가서야 천신만고 끝에 정만은 장인을 반집* 이겼다. 딴에는 지금까지 배운 규칙을 총동원했으나 장인이 두는 방식은 변수가 무궁무진해 여간 헷갈리지 않았다. 논리적으로 두기보다는 상당히 감각적으로 접근하는 것 같았다. 무엇보다 장고**로 질리게 만드는 데는 당해낼 재간이 없었다. 두는 사람의 내력이 바둑 한 알 한 알에 고스란히 담겼다는 말을 정만은 처음으로 실감했다.

올라오기 전에 서당촌에도 들렀다. 오막살이는 사라지고

* 바둑에서 비기는 일을 없애기 위하여 만든 계산법.
** 다음 수를 두기 전에 길게 고민하는 행위.

없었다. 정만은 방죽 제방에 서서 쌍나발등을 건너다보다 마을로 갔다. 춘기 아재한테 세배라도 드리고 싶어 고샅으로 들어서는데 우르르 사람들이 몰려나왔다. 누가 알아볼까 봐 그는 허둥지둥 돌아서고 말았다.

새봄이 당도하니 집안도 화사해졌다. 영선이 중등교사 임용시험에 단번에 붙어서 발령을 기다리고, 영옥이는 노래는 물론이고 피아노와 가야금을 배우느라 24시간도 모자라는 눈치였다. 사춘기를 맞은 영은이도 하루가 다르게 처녀티가 나고 수열이도 곧잘 엄마 아빠 언니, 말을 배우며 아장아장 돌아다녔다. 가끔 입술을 앙다물고 바람을 들이마셨다. 어깨까지 흔들었다. 병원에서는 틱장애라며 걱정할 필요 없다고 했으나 정만은 기분이 좋진 않았다.

일은 엉뚱한 데서 터졌다. 4, 5개월 잘 다닌다 싶던 영주가 영업과장 안승모와 연애질하다 임신까지 해버렸다. 석 달이나 돼간다니 낭패도 이런 낭패가 없었다. 저보다 아홉 살이나 어린아이를 꼬드긴 놈이 괘씸했으나 영주가 울고불고 난리를 피우는 통에 이러지도 저러지도 못하고 한 달을 허비했다. 난데없이 무덤 판다던 젊은이가 떠올랐다. 지금쯤 박사가 됐겠지. 차라리 그 젊은이…… 아이고, 이름이라도 알아둘걸……. 정만은 뻗어나가는 생각을 싹둑 잘라냈다.

배가 불러오기 전에 식을 치러야 한다며 미금이 서둘렀

다. 안승모 부모와 상견례하고, 결혼 날짜를 잡고, 예식장을 정하고, 혼수를 장만하기까지 채 두 달이 걸리지 않았다. 안승모가 자기는 집을 마련할 돈도 겨를도 없다며 지금 사는 데다 신혼살림을 차리겠단다. 봉천동 달동네였다. 방 하나짜리 전세방에 영주를 살게 하려니 정만은 속에서 천불이 났다.

이래저래 어수선했으나 신부만큼은 아리따웠다. 신부 화장을 받은 덕분이겠지만 자랑스러웠다. 안승모에게 영주의 손을 쥐여주던 정만은 주책없이 눈물을 찔끔거렸다.

레이스가 달린 하얀 블라우스에 무릎까지 오는 보라색 원피스를 입은 영옥이 앞으로 나왔다. 양 갈래로 땋은 머리카락이 조명을 받아 윤기가 흘렀다. 얼굴도 자신감에 차 있고 꼿꼿하게 세운 자세도 단정하고 당당해 보였다.

사회자가 신부 동생이라며 영옥을 소개했다. 결혼을 축하하는 노래를 부를 거라고 하자 하객석이 웅성웅성 소란해졌다. 그때 누군가 박수를 보냈다. 이내 소란은 잦아들고 너도나도 손뼉을 치면서 고개를 쑥 빼고 영옥을 쳐다봤다.

영옥이 허리를 수그리곤 피아노 앞에 앉았다. 직접 반주하며 축가를 부르기 시작했다.

결혼식에 축가가 있다는 말은 들어본 적 없었다. 미금이나 영선은 말도 안 된다며 말렸으나, "이제부터 만들면 되

　　　　　　　　　　　　　　　　　　　　제3장

지.” 영옥이 큰소리쳤다. 철없는 영주는 “내 결혼식이야. 특별해 보이고 싶어.” 턱을 치켜들곤 영옥에게 꼭 불러달라 부탁했다. 거실에 네 딸이 둘러앉았다. 영선이 〈물새 우는 강 언덕〉을 추천하자, 영주가 언제 적 노래냐며 타박했다. 〈사랑이 메아리칠 때〉는 어떠냐는 영선에게, “나야 고상하고 품위 있는 노래가 좋지. 하지만 잔칫날에 그런 노래는 분위기 팍 깨버릴 거야.” 영주는 또 고개를 저었다. 당신을 알고부터 당신을 알고부터 사랑을 알았습니다…… 하고 영옥이 〈난생처음〉을 불러 보였다. 어떠냐며 영주를 보는데 “셋째 언닌 무슨 노래든 다 잘 불러.” 영은이 탄성을 질렀다. “평범하지만 히트한 노래니까.” 영주 결정에 다들 입을 다물었다.

사실 영옥에게는 다른 속셈이 있었다.

“우리 싯째 말여. 노래만 잘허는 게 아니라 눈치한질라(눈치조차) 빠삭허드랑게. 따옥이가 그러는디, 음반회사 사람이 하객으로 올지 모릉게나, 최고로 잘 불러야겄다고 별렀대여.”

정만은 영은이 말을 고자질하며 미금의 손을 잡았다. 미금이 손등을 꼬집었으나 다행히 정만의 비명은 하객의 환호성과 박수 소리에 숨어들었다.

애기등꽃

재동은 복도를 오락가락 배회했다. 교실마다 덩그렇게 놓인 책상과 의자들이, 물 빠진 저수지 바닥에 뒹구는 말조개들처럼 을씨년스럽고 거뭇거뭇했다.

'동산고등공민학교 제1회 졸업생 김정국의 박사학위 취득을 축하합니다.'

교문에 걸렸던 현수막이 뇌리에서 펄럭였다. 재학생들과 서종오와 신유성, 박사학위를 받은 김정국의 얼굴이 웃으며 다가왔다. 돌이켜 보면 동산고등공민학교 생애 중 그때가 가장 이진(활짝 핀) 시절이었다.

현관 앞에 서자 햇볕 쟁한 운동장 너머로 뺨산과 방등산이 올려다보였다. 폐교를 앞둔 학교와 푸릇푸릇한 산이라니. 재동은 생경하고 아팠다.

어떻게 가르치길래 학생들이 국민교육헌장도 제대로 못 외우냐. 공민학교 애들이 주막거리를 껄렁껄렁 돌아다니며 위화감을 조성한다더라. 산림녹화사업에 동참하지도 않았으면서 보조금을 신청하다니 제정신이냐. 경찰서나 교육청에서 딴지를 걸어와도 재동은 꿋꿋하게 버텼다. 신림면 소재지에 공립중학교가 생기면서 입학생이 줄어들었어도 의기소침하지 않았다. 다만 선생들의 봉급 날이 다가올 때마다 신경이 날카로워졌다. 농협도 은행도 사채도 더는 어렵다며 김인자가 소리 높여 울었을 때야 그는 현실을 직시했다.

구산촌에도 여러 번 갔었다. 폐교를 결정했다고, 내년부터 신입생을 받지 않을 거라고, 재학생은 공립중학교나 타지 공민학교로 보냈노라고 알리고 싶었으나 꺼내지 못했다. 이리 쉽게 가실 줄 알았다면……. 재동은 정인재에게 한없이 송구하고 죄송했다.

폐암 말기 진단을 받았을 때 정인재는 어떤 기분이었을까. 온몸으로 고생한 사람만이, 제 경험의 무게를 이겨낸 사람만이 누릴 수 있는 무엇을 찾았을까. 궁금했으나 재동은 여쭙지 못했다. 구산은 병원에 다녀온 뒤로 딱 한 달 살았다. 장필성은 지난겨울에 먼저 떠나고 동갑네 유금석과 소리꾼 김정남이 마지막을 지켰다고 한다.

여자아이 하나가 교문으로 들어섰다. 꽃무늬 회색 포대

기에 아이를 업고 이쪽저쪽 기웃거리면서 교사로 올라오다
가 꾸벅 절을 해왔다. 흰 얼굴에 하얀 블라우스가 잘 어울리
는 소녀였다. 사글사글 귀여웠다.

"학교예요?"

물었다. 한마디뿐이었으나 말씨나 차림새로 보아 이 근방
아이는 아니었다. 재동이 고등공민학교라 하자 갸우뚱했다.

"중학 과정을 배우는 데여. 학생은 여기 안 사나 보네?"

"서울 살아요. 외할아버지가 위독하시대서 왔는데, 돌아
가셨어요. 저기 구산촌이요."

재동은 소녀를 다시 봤다. 구산촌이라면…… 외할아버지
가 돌아가셨다면…… 아, 오랜만에 기억하는 사람……. 정
미금의 딸이 눈앞에 서 있었다.

"이영은이에요. 중학교 3학년이구요, 앤 제 남동생이에
요. 와, 이쪽은 처음 와봐요. 외갓집 동네에 학교가 있다니,
신기해요."

아빠, 하면서 해인이 달려왔다. 옷자락이며 손에 흙이 잔
뜩 묻어 있었다. 목까지 올라온 파란색 도꼬리*가 조금 더울
듯 보였다. 언제 저리 자랐는지, 소매 끝이 손목 위로 쑥 올
라붙었다.

* 목까지 올라오는 스웨터.

　　　　　　　　　　　　　　　　　　　　제3장

"누구예요, 아빠?"

해인이 영은에게 호기심을 보이며 물어왔다.

"영은이 누나여. 해인아, 아빠는 나가봐야 헝게, 니가 누나한테 학교 좀 소개해 줘."

"아빠, 물이 대답을 안 해줘요."

"물?"

영은이 되묻고는 환하게 웃었다.

재동은 둘을 운동장에 남겨두고 교문을 나섰다. 영은이 계속 자기를 지켜보는 것 같아 서둘러 집으로 들어갔다.

"나도 가봐야 허나…… 안 가면 안 되겠지요."

검은색 두루마기를 건네며 김인자가 물어왔다. 퉁명스럽게 들렸다.

"낼 저녁에 해인이 데리고 같이 가지 뭐. 지금 가봐야 정신 없을 텐디."

재동도 툭 뱉고 말았다.

며칠 전에 원재현, 성준기, 임원규 선생 모두 뿔뿔이 떠났다. 가뜩이나 미안하고 심란한데 인자마저 사립학교에 이력서를 냈다고 했다. 어떻게 상의 한마디 없이 그럴 수 있느냐, 재동은 화내고 말았다. 그녀의 심정을 모르진 않았으나 혼자만 살고 싶은 모양이다, 힐난까지 했다. 속상한 마음이 그리 표출될 줄 자신도 미처 몰랐다.

“아빠, 다녀오세요.”

구산촌 쪽으로 걸어가는 자기 아빠 뒤통수에 대고 해인이 인사를 건넸다. 퍽 자랑스러운 얼굴로 영은을 올려다봤다.

“누나, 우리 학교여. 동산고등공민학교. 우리 아빠가 교장 선생님이고 우리 엄마는 국어 선생님이여.”

해인이 뻐겼다. 학교를 소개하겠다며 영은의 손을 잡아끌었다. 이렇게 작은 학교는 처음 봤다고 말하려다, 영은은 꼬맹이가 기죽을까 봐 참았다.

학교 뒤로 갔더니 양철지붕 아래에 도르래 우물이 있었다. 해인이 자기만 한 바가지를 우물에 던지고 줄을 잡아당겼다. 올라오다 도로 내려갔다. 영은은 녀석의 손을 잡고 함께 바가지를 끌어 올렸다. 물맛이 좋았다.

운동장가에 등나무도 있었다. 양쪽에서 올라간 줄기가 지붕을 다 덮고 있고 그 아래에 나무 벤치 두 개가 나란했다. 영은은 포대기를 끌러 수열이를 벤치에 앉혔다.

“해인아, 물한테 뭘 물어봤어?”

“서로 싸우냐고. 내가 직접 물어보겠다고 아빠랑 약속했거든.”

해인이 벤치에 앉아 파란색 운동화로 땅바닥을 쓸었다.

“물은 대답했는데 네가 못 알아들었을 거야. 사람이 하는 말이랑 물이 하는 말은 서로 다를 거거든. 나무랑 새가 하는 말도 우리랑 달라. 아, 너 새 좋아하니? 난 좋아하는데. 우리 아빠가 나더러 따오기 닮았대. 본 적 있어?”

“지난번에 마래 냇갈서 따오기 봤어. 택동 할머니네 갔다가. 깃털은 희고 머리는 빨갛던디. 주둥이 꼬랑지도 빨갛고. 쩌 아래 왕소나무에도 와.”

“주둥이 꼬랑지가 어딨어. 부리 끝이라고 하는 거야. 난 대학에 가면 새를 공부할 거야. 따오기 연구할 거야.”

“헌디 누나가, 거시기, 사람허고 물허고 말이 다르단 거 어뜿고 안당가?”

“어떻게? 우리 사람이랑 물소리가 다르잖아. 식물이나 동물 소리도 다르고. 참, 식물 소리는 못 들어봤는데. 물에도 소리가 있나……?”

영은은 식물 소리와 물소리를 기억했으나 한 번도 들어본 적 없는 것 같았다. 식물은 바람이 불거나 무엇엔가 닿았을 때 소리가 나고, 물도 흐르거나 출렁거릴 때 소리가 날 뿐 가만히 있을 때는 조용했다. 그렇다면 식물이나 물에는 소리가 없나? 영은은 고개를 갸우뚱했다.

“글먼 물은 식물이여, 동물이여?”

“글쎄, 식물도 동물도 아닌가 봐. 생물 시간에 선생님이 그러시는데 화합물이래. 수소 알갱이 두 개랑 산소 알갱이 한 개가 합해져서 생긴 물질이래. 우리 몸은 70퍼센트 이상이 물로 되어 있대. 한데 물은 날마다 몸에서 빠져나가니까 마시지 않으면 죽고 말 거래. 지구도 70퍼센트 이상이 물이라던데?”

“70퍼센트먼 얼마큼이여?”

영은은 곰곰이 생각하다 일어났다. 해인의 머리에서부터 등짝까지 손으로 뼘을 재어보다 말고 바닥에서 딩구는 등나무 이파리를 집어 들었다. 잔잎을 따서 열 개를 만들었다.

“이게 100퍼센트라면.”

열 개를 다시 일곱 개와 세 개로 나눈 다음 영은은 일곱 개 쪽을 가리켰다.

“이만큼이 70퍼센트.”

“와, 허벌나게 많구나.”

해인이 탄성을 질렀다.

“우리 몸에서 빠져나가는 물에는 뭐가 있을까.”

“오줌? 눈물?”

“하하하, 너 울보구나. 똑똑한데? 음, 오줌이나 눈물도 있고 또 땀이나 피도 물이야. 너, 물이 싸우는지 궁금하다고 했지? 결론은, 물도 싸운다. 왜냐면 우리 아빠가 그러시는데, 물속에는, 우리가 먹은 마음이 들었을 거래. 사랑하고 미워하고 좋아하고 싫어하는 마음이…… 우린 맨날 웃고 울고 사랑하고 또 싸우면서 살잖아. 너도 친구들이랑 그러지. 내가 보기엔 그게 삶인 것 같아……. 해인아, 왕소나무로 정말 따오기가 와?"

"어저끄도 왔었어."

"우리 보러 가자."

영은은 포대기로 수열을 업었다. 해인의 손을 잡고 고등공민학교를 나섰다.

"헌디 누나, 삶이가 뭐당가?"

"삶? 어…… 어려운 말인데, 삶이란……."

머릿속으로는 알 것도 같은데 말로 설명하기란 퍽 어려웠다. 영은은 눈을 끔벅끔벅, 생각에 잠겼다. 옆에서 걷는 해인을 봤다. 가슴팍이 오르락내리락했다.

"맞아, 숨쉬기야. 왜냐면 우리 외할아버지가 숨을 안 쉬는데, 돌아가셔서 그렇대."

"돌아가셨다고?"

"응, 죽으면 숨을 못 쉰대. 움직이지도 못하고. 숨을 안 쉬고 움직이지 못하니까 죽었다고 하나……. 아무튼 죽으면 땅에 묻는대. 땅에 묻으니까 볼 수 없겠지. 그러니까 우리 외할아버지를 다시는……."

외할아버지는 사랑방에 누워계셨다. 머리맡엔 쌀이 담긴 커다란 함지박이 놓이고 외할머니와 엄마 아빠, 외삼촌과 외숙모들, 할아버지 친구분들이 빙 둘러앉아 있었다.

푸…… 외할아버지가 숨을 길게 내쉬더니 더 이상 들이마
시지 않았다. 내쉬지도 않았다. 강하디강한 무엇이 할아버
지의 눈까풀을 아래로 잡아당겼다. 그러곤 끝이었다.

　영은은 깜짝 놀랐다. 울먹울먹 눈물을 쏟았다. 외할아버
지를 다시 볼 수 없다는 것이, 앞으로는 절대 만날 수 없다
는 사실이 믿기지 않았다.

　등에서 수열이 언니, 언니 부르며 목을 잡아당겼다. 와랑,
울음을 터뜨렸다. 해인이도 얼굴을 찡그렸다. 입을 비죽거
리다 말고 냅다 소리쳤다.

　"누나, 수열이 물 흘려. 봐봐."

　수열의 볼을 훔쳐서 보여줬다. 해인의 손바닥이 샛노랗
게 반들거렸다.

*

　교사 오른편에 붙은 '東山高等公民學校' 현판을 바라다
보다 재동은 복도로 향했다. 교무실 문을 열고 들어가자마
자 우, 햇빛이 일어났다. 책상과 의자에 얄브스름하게 앉았
던 먼지가 기둥을 이루다 흩어졌다.

　재동은 서랍 안에 든 자그만 보따리를 꺼내어 풀었다. 조

각된 거북의 윤곽이 무뎌지고 자침도 휘어진 나침반이 책
상 위에 횡뎅그렁 드러났다. 무엇이든 관심을 받지 못하면
낡고 늙는 법인가. 전에는 자주 꺼내봤었다. 자침이 떠는 모
습을 보면서 얼른 제자릴 찾아야지, 마음속으로 수도 없이
기도했다. 학교 운영이 어려워지면서부터는 보는 게 두려
웠다. 차츰차츰 보는 횟수가 줄어들고, 기어이 처박아 두고
말았다.

"요 자오선과 묘유선은 누구한테나 있는 것이여. 고것이
자기 그릇이고 영역이고 또 한계랑만." 구남 선생의 말이
지금도 귓전을 맴돌았다. 이 나침반에는 동산고등공민학교
의 개교 때부터 지금까지의 역사가 다 들었을 것이다. 시끌
벅적했던 잔칫날과 학생들의 웃음소리와 함성, 몰락한 지
금까지가 다.

아버지에게 미안했다. 정인재한테도 그랬다. 두 분의 약
속을 어기게 돼버린 자기의 처지가 너무도 얄궂어 재동은
헛웃음이 났다. 먼저 약속을 어긴 사람은 미금인가. 30년도
훨씬 전의 일이, 재색 구름이 방등산 허리를 감듯 몽실몽실
밀려들었다.

재동은 여기 서당께에서 미금을 처음 만났다. 얼굴이 환
했다. 잘사는 집 애들은 다 그럴까. 야무지고 영리하고 자
신만만해 보였다. 그 애가 애기등 밑동에 흙을 덮을 때 그는

작고 귀여운 손등을 살며시 눌렀다. 어찌나 몰캉하고 부드러운지 가슴이 연거푸 방망이질 쳤다. 작년에 구산 선생 문상 가서 봤을 때도 별반 달라진 것 같지 않았다. 연륜이 더해 원숙하고 더 품위 있어 보였다. 특별한 기분은 들지 않았다. 특별한 기분을 느낄 만큼 공유한 것도 없으려니와 사랑이란 것에 채 닿기도 전에 미금은 떠나버렸으니까.

다만 그날, 할머니 할아버지의 위패를 모신 영호 앞에 서 있던 미금, 열일곱 살 그녀는 한없이 정결했다. 희었다. 재동은 정결하고 희디흰 그녀를 부둥켜안았다. "아직 학생여요. 어쩔라고요……." 손까지 비비며 거절했으나 그는 기어이 그녀의 품을 파고들었다. 결합은 강렬했다. 삶과 죽음을 동시에, 온몸으로 맞닥뜨린 기분이랄까. 죽음 직전까지 갔다가 생생한 삶으로 돌아온 것 같았다. 단순하게 희열이라 말해서는 안 되는, 그것은 한 줄기 빛이었을까. 강물이었을까. 길이었을까.

쭉쭉 뻗은 호남고속도로가 시원하다던 신유성의 말이 상념을 잡아챘다. 서울에서 조문객을 태우고 내려왔다고 했다. 이정만이 버스를 석 대나 불렀다던가. 지루하지 않게 음식도 푸짐하게 준비해 주더라고. 건설회사를 운영하는데 알아주는 부자라더라, 덧붙이던 말소리가 하나하나 허공으로 날아갔다. 먹구름이 되어 내려앉았다.

재동이 정인재를 조문하고 음식상 앞에 앉았을 때였다. 정만이 다가와 앞에 앉았다. 예전의 모습이라고는 윤곽 정도뿐, 말쑥하고 단정했다. 가지런한 머리칼에 윤기 흐르는 얼굴로, 자기 딸이라며 스물서너 살 돼 보이는 처녀를 소개했다.

옛일이야 수백 번도 더 미안하게 생각허지요. 어쨌든지 간에 내 40년 남짓헌 인생 중에서 선생을 본 것은 딱 한 번뿐이오. 선생도 나에 대해 아는 것은 벨라 없을 텡게…… 헝게나 옛일을 갖고서나 서로의 인생을 왈가왈부허지는 맙시다.

자기 딸을 돌려보내고 정만이 말했다. 구구절절 맞는 말이었다. 목소리도 당당하고 넉넉하게 들렸다.

정만은 왜 자기 딸을 인사시켰을까. 넷이나 된다면서 왜 하나만 데려왔을까. 혹시…… 재동은 고개를 흔들었다. 세 딸이 뒤따라와 인사하던 게 생각났다. 잠깐, 자네는 아들은 못 두었구먼. 속으로 두런거리다 영은이라나, 그 애 등에 업힌 아이를 떠올리곤 찔끔했다. 당치도 않은 일을 상상하다니, 멍청이가 된 것 같았다.

방등산 능선으로 몰려간 먹구름이 산을 넘지 못하고 비로 쏟아졌다. 사방이 거무튀튀 흔들리면서 빗발 속으로 숨어들었다. 뺌산도 방등산도 까무룩 사라져 버렸다. 재동은 나침반을 보자기에 쌌다. 서랍에 넣어두고 서류들을 자루

에 담아 현관에 내놓았다. 교무실로 들어가려는데 벤치 위
에서 애기등이 어른거렸다. 축 늘어진 넝쿨 사이로 꽃송이
몇 개가 희게 매달려 있었다. 깜부기불처럼 깜박였다. 향기
도 건너오는 듯했다. 그는 현관을 나섰다.

쓩…… 쾅 쾅 콰당탕탕 콰르르, 폭발음이 세상을 집어삼
켰다. 우우웅…… 방등산이 울었다. 고막이 터졌나, 깊고 예
리한 통증이 귓속을 파고들었다. 어질머리가 일면서 세상
이 기우뚱 기울었다. 재동은 귀를 틀어막다가 중심을 잃고
넘어졌다.

*

미금이 수화기를 막았다. 코를 훌쩍거리며 천장을 올려
다보다 창밖을 내다보다, 고개를 떨구었다. 전화기를 고쳐
잡았다.

"모레…… 알겠어요, 엄마."

전화기를 놓고 주방으로 갔다. 의자에 앉아 양팔로 머리
를 감싼 채로 미금은 한참 동안 미동도 하지 않았다.

"영선아, 서당께 아버지가…… 아까 저녁때 방등산으로
헬기가 추락했다는데, 넘어져서나……."

미금이 두런두런 알려왔다.

영선은 텔레비전을 끄고 일어났다. 식탁에 고개를 숙이고 앉은 미금과 미금의 어깨를 붙잡고 선 정만을 무연히 건너다봤다.

"헬기 땜시 넘어져? 그리서?"

"모레 출상이랑게…… 낼 아침에 차 좀 빌려야겠소."

"아이고, 한창 일헐 나인데 안되았구만……. 같이 가세. 낼 갈 것 없이……."

"낼 아침에 가요, 아빠."

영선은 쏘아붙이듯 말하곤 제 방으로 들어왔다.

"낼은 조까 일찍 왔으면 허네. 일곱 시, 괜찮겠나? 지방 갈 일이 생겼구만."

문을 닫는데, 김 기사에게 전화하는 정만의 목소리가 건너왔다.

안 가겠어. / 가고 싶잖아. / 안 갈 거라고. / 넌 지금 거짓말하고 있어. / 진짜 안 갈 거야. 내가 왜 가? / 정말로 안 갈 거야? / 안 가고 싶다니까. 절대, 안 갈 거야. / 마지막인데? / 마지막이라도……. 끊임없이 싸워대는 자신을 혼내기라도 하듯 영선은 형광등 스위치를 거칠게 눌렀다. 등불이 깜빡거리는 그 잠깐의 시간 동안 머릿속은 가, 안 가로 뒤엉켜 버렸다. 아무리 머리를 흔들어도, 흔들면 흔들수록 가안가가

안가가안가…… 잠식해 들었다.

문득 가슴속으로 새가 날아들었다. 날개를 퍼덕일 때마다 느리고 침통한 선율이 부유하면서 가슴 밑바닥으로 쌓였다. 영선은 그 음악을 찾아 테이프 상자를 뒤졌다. 어디에도 없었다. 큰언니, 비장미가 뭘 말하는지 몰랐는데 이런 아름다움을 말하나 봐. 며칠만 듣고 줄게. 영은이 가져간 게 생각나 영선은 방문을 열었다. 주방 식탁에 앉은 채로 미금이 건너다봤다. 손에 진통제 '뇌신'을 들고 있었다.

"눈 좀 붙여야제. 일찍 출발헌다는데."

영선은 고개를 끄덕이곤 영은의 방으로 가 테이프를 찾아 들었다. 카세트 라디오에 테이프를 넣고 재생 버튼을 눌렀다. 들릴 듯 말 듯, 콘트라바스^{Kontrabass}의 느리고 둔중한 선율이 오래된 나무에서 뿌리를 타고 새어 나왔다. 나무에서마다 나온 첫 물은 곧 가느다란 골짜기를 이루었다. 오랜 세월을 흘러야 할 것을 아는 듯 깊고 조붓했다. 그녀는 침대에 무릎을 세우고 앉았다. 눈을 감았다.

헨리크 구레츠키의 교향곡 3번 〈슬픔의 노래〉를 알게 된 것은 영선이 엄마한테서 친아버지 설재동에 대해 들은 다음 날인가 그랬다. 동숭동 음악다방 구석진 곳에 처박혀, 세상에서 가장 비통한 음악을 들려달라고 신청했을 때 디제이가, 최근에 나왔다며 소개한 음악이었다.

콘트라바스가 무겁고 길게 흐르는 동안 첼로가 다가와 선율을 살짝 위로 올렸다. 분위기가 조금 가벼워졌다. 중간에 비올라가 비집고 들자 이제 선율은 계곡과 바위를 휘돌아 시내로 흘러내리며 또 누군가를 불러왔다. 바이올린이 높으면서도 애잔하게 흐느꼈다. 몸서리치듯 비명인 듯 자지러졌다. 현악기들은 오직 한 소리로, 바이올린의 통곡 속에 빠져 깊고 예리한 물결을 이루며 흘러나렸다.

땅땅, 피아노가 물결을 흩뜨렸다. 이따금 맛보는 행복처럼 놀라게 하곤 사라졌다. 그 자리에 앉은 소프라노가 홀연 침묵으로 노래했다. 고요하게, 느리고 격정적으로, 만가挽歌가 되어 슬픔과 고통의 강물에 녹아 흘렀다.

설씨 집안에 흐르는 비극을 떠안기고 싶지 않다고 미금이 말했다. 오직 당신 딸로만 키우고 싶었다고. 정만은 다르게 말했다. 너는 내 자식이 분명하나 친가의 내력을 잊으면 안 된다고. 영선은 미금과 정만의 말에 우왕좌왕 흔들렸다.

음률도 격정적으로 굽이쳤다. 낮디낮게 비장하게, 헤아릴 수 없이 많은 소리가 강물 위를 부유했다. 불쑥 치솟다 곤두박질쳤다. 깊이깊이 침잠했다. 강은 종래 구도자가 되어 흘렀다. 삼보일배三步一拜, 삼보일배로 흘러가는 콘트라바스의 선율에서 영선은 어둡고 침울하던 재동의 눈동자를 보았다.

어느 새벽, 영선은 영등포역으로 가 호남선 기차를 탔다. 정읍역에서 내려 왕림 가는 완행버스를 타고 외가에 갔을 때는 점심시간이 다 되어 있었다. 어쩐 일이냐 묻는 외할머니 고유자에게 영선은 그냥 왔어요, 얼버무렸다. 마당에 들어서다 말고 돌아 나왔다. 고유자가 따라 나오며 외할미랑 갈끄나? 물어왔으나 그녀는 고개를 흔들었다. 서당께로 걸어가는데 그쪽에서 설재동이 내려왔다. 버스에 올라탔다. 그녀도 맨 뒷자리로 가 앉았다. 해인아. 재동이 가운데쯤 앉은 꼬맹이를 불렀다. 주저하더니 차 창문을 열었다. 가게 앞에 선 사내에게 학교에 전해달라 부탁하는 동안 버스가 출발했다.

읍내 터미널에서 내린 영선은 거리를 유지하며 재동을 미행했다. 해인의 손을 잡고 시계점인가 들어간 그가 금세 나왔다. 혼자였다. 경찰서에 가선 두어 시간 만에 나왔다. 터미널로 향했던 재동은 시계점으로 갔다. 해인을 앞세우고 나오는 그의 얼굴에는 두껍고 어두운 구름이 깔려 있었다.

영선은 두 사람과 같은 버스를 탔다. 그들이 주고받는 대화를 엿들었다. 끼어들고 싶었다. 아빠, 부르고 싶었다. 두 사람은 왕림주막에서 내리고, 그녀는 창문을 열고 두 사람이 시야에서 보이지 않을 때까지 고개를 쑥 빼고 돌아보다 차가 고개로 올라섰을 때야 문을 닫았다. 자기 세계와 두 사

                                   제3장

람의 세계가 그토록 동떨어져 있다는 게 영선은 믿기지 않았다.

외할아버지가 돌아가셨을 때야 영선은 정식으로 설재동을 만났다. 정만이 인사하라 일러서였다. 재동의 검은 눈동자 속에선 강물이 흘렀다. 강물 속에 또 강물이 흘렀다. 중첩되어 흐르는 깊고 검은 물결에 휩쓸릴까 봐 그녀는 불안했다. 설재동이 자기 친아버지란 사실이, 설문호는 조부이고 설성환은 증조부이며 설도윤은 고조부란 사실이, 외할아버지 정인재는 사회당원이었고 아버지 설재동은 정인재를 당신 아버지처럼 따랐다는 사실마저도 두렵기 짝이 없었다.

관악기와 소프라노가 굽이쳤다. 거칠게 파도가 일어났다. 현악기가 큰 물살을 타고 출렁출렁, 방황했다. 어느새 소프라노도 현악기도 흔적 없이 사라지고 관악기만 남았다. 뚱한 채로 굽이굽이, 적막의 강을 흘렀다. 하염없이 흘렀다.

새야, 어디 있느냐. 어디로 갔느냐……. 언제 왔을까. 소프라노가 돌아와 뜨겁게 울부짖었다. 새는 말이 없고 이제 물결도 소리 죽여 흐느꼈다. 세상에는 감당할 수 없는 슬픔만 가득하다는 듯 우, 강물이 불어났다. 큰물에 놀란 소프라노가 오래오래 울었다. 어디 있느냐. 어디로 갔느냐…… 절규하며 강의 끝에 다다랐다.

이따금 들리는 피아노와 하프 소리가 새소리 같다고 전

에 영은이 말했다. 영선은 설재동의 눈동자 같다고 지금 생각한다. 눈동자 속에서 흐르는 깊고 어두운 강, 세상의 모든 슬픔을 돛폭에 매달고 강을 건너는 배, 배에서 울리는 쓸쓸한 고동 같다고.

"큰애야, 일어났냐? 준비해야제."

정만의 목소리가 '슬픔의 노래'를 두드렸다. 영선은 아주 느리게 설재동에게 말을 건넸다.

"이따 만나요, 아…… 아……."

아버지란 말이 안 나왔다. 머릿속에서만 커다랗게 맴돌 뿐 입 밖으로는 도무지 발음되어 나오지 않았다. 영선은 옷장 문을 열었다. 아…… 아…… '아버지'를 발음하려 애쓰며 검은 원피스를 입었다.

제4장

세월에도 요철이 있어

"지난봄에 남의 고기잡이배에 돈벌이 가셨던 아……
아…… 아빠가 오늘 오셨다."*

"해인아, 아빠가 아니라 아버지 아녀?"

"아…… 아…… 아빠가 오늘 오셨다. 돈은 한 푼도 못 벌
고 빈털터리로 오신 아빠가 미웠다. 친구들의 아빠는 모두
돈을 벌어서 식량도 팔아오고 옷이랑 학용품도 사 오는데
우리 아빠는 돈이 좀 생기면 술부터 마셔버린다."**

"읽으려거든 똑바로 읽어야지. 아버지와 아빠는 다르잖
어. 이리 줘봐."

* 김예자, 『차라리 이 섬이 없었더라면』, 감일출판사, 1968, 45쪽.
** 위의 책, 45쪽.

엄마가 손에 든 대바늘을 놓고 책을 가져갔다. 예전에 아버지가 사 주신 책이었다. 진도에서도 멀리 떨어진 작은 섬 외병도에 사는 여자아이가 쓴 일기였다. 엄마 손에서 놓여난 털실 뭉치가 데구루루 굴렀다. 도꼬리 몸판과 대바늘이 덩달아 끌려가며 실뭉치와 엉겼다.

"다시 읽어봐."

"안 읽어져."

이상하다. 왜 아버지란 말이 안 나올까. 학교에서도 매번 선생님에게 혼나는데. 해인은 갸우뚱하면서 책을 놓고 일어났다. 오후 네 시가 되어가고 있었다.

"얼릉 읽으라고."

엄마가 붙들어 앉혔다.

"아버지, 아버지. 아빠가 아니라 아버지……."

"라디오 들어야 혀. 노래 신청해 놨단 말여."

"시방 노래가 문제여? 6학년이나 됨서 왜 못 읽어? 얼른 읽어봐."

해인은 도로 앉아 책을 들었다. 엄마가 을렀으나 끝내 '아버지'는 발음하지 못했다.

"책 속 아버지나 느그 아부지나."

"우리 아빠는 술 안 드셨어. 빈털터리도 아녀. 학교도 있고 학생들도 많았고……."

"그래서, 빚만 잔뜩 늘어놓고 가버렸고만? 너는 누나가 생겨서 좋겠다?"

엄마가 왜 아버지를 비난하는지 해인은 알 수 없었다. 엄마를 쏘아보는데 마루 괘종시계가 다섯 시 종을 쳤다. 군산서해방송에서 들려주는 〈네 시의 희망가요〉는 물 건너가버리고 신청했던 노래마저 못 듣고 말았다.

다음 날 학교가 끝나자마자 해인은 집으로 달려왔다. 돼지 저금통을 헐었다. 모자란다면 그만큼 일하겠다고 해야지, 다짐하면서 동전을 양쪽 주머니에 쑤셔 넣고 신작로로 나섰다. 도산 모퉁이를 돌았다. 송촌을 지나자마자 신림저수지 물이 푸른 하늘과 단풍을 품어 울긋불긋했다. 물도 서로 사랑하고 싸운다던 따옥이 누나의 말이 떠올랐다. 해인은 잠시 서서 호수를 바라봤다. 너울거리는 물결을 두고 말했을까. 아리송했다.

성두 군부대 앞에는 군인 아저씨들이 기다란 총을 메고 문 양쪽에 서 있었다. 전에는 두 명이 보초를 선 것 같은데 오늘은 여섯이나 되었다. 며칠 전에 대통령이 죽었다고 하더니 표정들이 엄하고 딱딱해 보였다.

청룡사를 올려다보다 해인은 동아예식장 쪽으로 내려갔다. 군청 앞 5거리에서 모양성으로 가는 다리를 건넜다. 시계점을 기웃거리다 인쇄소 앞을 지나쳤다. 시장 입구에서 제과점이 손짓했으나 고여드는 침을 삼키며 레코드 가게로 곧장 갔다.

해인은 반은 달려서 집으로 돌아왔다. 카세트 라디오에 정태춘의 〈시인詩人의 마을〉 테이프를 넣었다.

하모니카 소리가 바르르 떨며 날았다. 해인은 저 높은 곳에 푸른 하늘 구름 흘러가며, 들려오는 선율에다 두런두런 제 소리를 더했다. 좀체 익숙해지지 않아 여러 번 되감기 해가며 따라 불렀다. 당신의 부푼 가슴으로 불어오는 맑은 한 줄기 산들바람, 부르고 나서야 겨우 노랫말의 뜻을 짐작할 수 있었다. 그는 지그시 눈을 감고 처음부터 다시 듣기 시작했다.

가슴이 벅차오르며 마냥 웃음이 났다. 노래를 따라 부르다 말고 해인은 방을 나왔다. 아버지 무덤가를 빙빙 돌았다.

겨울방학이 되도록, 중학교에 입학해서도 테이프 속에 든 노래들을 따라 부르며 봄을 보냈다. 〈시인詩人의 마을〉의 노랫말처럼 고독은 자기의 친구 같았다. 상념이나 번민을 벗 삼아 밤을 지새우노라면 너무도 가슴이 아파 어디론가 훌쩍 떠나고 싶은 마음이 간절해졌다.

화시봉으로 넘어가는 저녁 해는 오늘따라 왜 저리도 붉고 처연할까. 해인은 일몰의 고갯길을 넘어가는 저녁 해처럼, 쓸쓸하게 저녁놀을 등에 지고 가는 고행의 방랑자처럼 하늘의 비낀 놀을 바라보며 동산학교 마당을 서성거렸다. 엄마가 부르는 소리에 터덜터덜 집으로 들어갔다.

책상 앞에 앉아 노래를 따라 부르는데 누군가 냅다 등짝을 쳤다. 해인은 깜짝 놀라 돌아다봤다.

"엄마 말도 안 들릴 정도로 좋은가 비다이. 좋아헐 거리 생겨서 다행이네."

열어둔 문으로 멀구슬나무인지, 아카시아인지 꽃향기가 날아들었다.

"낼 수업 끝나고 광주 갈까? 여자중학교서 면접 볼 건데, 이모네서 하룻밤 자고 일요일에 오자."

"학원은 어쩌고?"

"딴 선생님허고 바꿨지."

"기양, 엄마 혼자 댕겨오소. 난 집 지킬라네."

"혼자 안 무섭겄어?"

"엄마도 참…… 중학생인디."

엄마가 빙그레 웃으며 고개를 끄덕였다.

일요일 저녁에 엄마는 오지 않았다. 해인은 풀이 우거진 운동장을 돌다 어둡고 휑한 학교 건물을 바라다봤다. 언제부턴가 사람들이 하나둘 널빤지를 뜯어가면서 벽에 구멍이 생기더니 이제는 거의 브로크만 남았다. 엄마가 말려도 그때뿐이다.

월요일 저녁에도 엄마는 오지 않았다. 연락도 없었고, 이모네도 전화를 받지 않았다. 해인은 불안한 마음을 누르며 따옥이 누나한테 편지를 썼다. 엄마가 집을 나갔다고는 차마 못 쓰고 그냥 밤이 깜깜하다고만 썼다. 밤이 깜깜한 것은 당연하다는데 왜 당연한지 모르겠다고. 두 장 썼다. 한 장은 편지 봉투에 넣고 한 장은 책상 서랍에 넣었다.

화요일 저녁에도 엄마한테서는 소식이 없었다. 해인은 그제야 구산촌 할머니 댁으로 달려갔다. 할머니가 밥을 챙겨주었다. 혼자 보내기가 안 잊혔을까. 할머니는 집까지 따라왔다. 옆방에 이부자리를 펴고 눕나 싶었는데 얼마 지나지 않아 코를 골았다. 해인은 당황스러우면서도 속상했다. 그러다 어느 순간 불안한 마음이 누그러지는 것을 느꼈다. 이상하다고 생각하며 그는 따옥이 누나한테 또 편지를 썼다. 예전에 아빠가 사 준 하모니카를 찾았다고. 〈시인詩人의 마을〉을 연습하고 있다고. 악보가 있다면 쉽게 불 수 있을 텐데 아쉽다고.

누나한테서 소포가 왔다. 상자에는 새 테이프와 손에 쏙 담기는 '포켓가요'가 들어 있었다. 새 테이프 비닐을 벗겨내다가 해인은 〈사망부가思亡父歌〉를 발견했다. 몇 소절 듣지 않았는데 가슴속으로 슬픈 강물 하나가 흘러들었다. 끝날 때쯤엔 하늘색 체육복 앞자락이 눈물로 얼룩져 칙칙했다. 남자는 울면 안 된다고, 애인이 안 생긴다고 하던 신유성의 말이 떠올랐다. 그런 사람이 아버지 돌아가셨을 때는 왜 그리도 서럽게 통곡했을까. 해인은 유성이 삼촌이 그리웠다. 종오와 정국이 삼촌도 보고 싶었다.

12일 만에 엄마가 돌아왔다. 저녁때였다. 엄마는 운동장 가운데 덩그렇게 서 있었다. 두 눈은 쑥 들어가고 머리칼은 아무렇게나 묶인 채였다. 팔뚝도 상처투성이였다. 찢어지고 얼룩덜룩해진 옷자락에선 이상한 냄새까지 났다. 왜 이제 오느냐고 따져 묻기에는 엄마가 너무도 엉성하고 위태로워 보였다. 뼈대만 남은 동산학교처럼 엄마가 다가왔다. 해인을 와락 끌어안았다.

"우리 아들, 우리 아들 다시는 못 보는 줄 알았어. 혼자 있게 해서 미안해. 무서웠지…… 엄마도 무서웠어. 무서워 죽는 줄 알았어……."

뜨겁게 말했다. 온몸을 흔들며 우는 엄마는 광주에다 혼을 빼두고 온 게 분명했다.

2주나 수업을 빼먹은 미술 선생님도 학교에 다시 왔다. 흑백사진들을 보여주었다. 헬멧을 쓴 사람의 얼굴에 핏물이 흥건하게 묻은 사진이었다. 뒤에는 여러 사람이 널브러져 있었다. 한쪽 가슴이 없어진 여학생이 절규하는 모습도 담겨 있었다. 해인은 마지막 사진을 멍청하게 쳐다봤다. 늘어선 관들, 그 속에 들었을 시신. 그들의 꼴을 상상하는 것 자체가 너무나 버거웠다.

"광주에서는 지금 이런 일들이 벌어지고 있다. 라디오나 텔레비전 뉴스에 속지 마라."

선생님이 말했다.

저기에 엄마도 있었을까. 생각뿐인데도 해인은 온몸에 소름이 돋았다.

'누나, 난 우리 엄마 노랫소리를 듣고 싶어. 전에, 아빠가 계실 때는 곧잘 부르셨는데. 누나, 서울의 밤도 울퉁불퉁해? 꾸불꾸불해서 앞이 안 보여?'

잠 못 이루는 밤마다 해인은 편지를 썼다. 누나의 답장을 기다리는 동안 여름방학을 맞이했다. 날마다 노래를 듣고, 풀이 우북해진 동산학교 운동장 가운데 서서 별을 올려다 봤다. 아버지 무덤까지 들려오는 엄마의 주정을 들었다.

전주로 이사할 거라고 엄마가 말했다. 내년부터 사립중학교에 들어가게 됐다면서.

"여기서 계속 살면 안 돼, 엄마?"

"구산촌 할머니네 땅이여. 우리 땅이라면 진작 팔아서 빚 갚았지."

"그럼 택동으로 가면 되잖어."

"택동 집도 논밭도 산도 다 아빠가 팔아갖고 학교에 꼬라

박었어. 우린 거지여…… 빨갱이 소리 듣고 싶으면 너 혼자 가든가.”

엄마는 뼈대뿐인 학교가 마치 아버지이기라도 하듯 오래오래 쏘아보았다.

아버지 제삿날 친지들이 양푼에 쌀을 담아 안고 찾아왔다. 택동에서, 읍내에서, 구산촌에서. 윗목에 펴놓은 상에 쌀 그릇을 올려놓고 앉아 서로의 안부를 주고받았다. 엄마가 양푼에 담긴 쌀로 제삿밥을 짓는 동안 해인은 구산촌 할머니가 가져온 햇밤을 씻었다. 껍질을 벗겨내고 예쁘게 쳐서 제기에 담아 상에 올렸다.

엄마가 겨울방학에 이사할 거라고 친지들에게 알렸다.

“기양 살랑게로? 누가 땅을 내놓으라고 혀, 집세를 달라고 혀. 펭생 내 집이다 생각험서 살아도 암시랑토 안 헐 텐디, 문…… 지랄허고.”

“고마운 말씸이지마는 당사자로서야 가시방석 아니겄소. 세월에도 요철이 있다등만…… 아이, 해인 어매야. 젊음이 재산 아니겄냐. 인자부텀은 앞길이 훤헐 것이다.”

구산촌 할머니 말에 택동 사는 당뫼 당숙모가 역성을 들었다.

제사를 모시고 난 뒤 택동과 읍내에서 온 분들은 남고, 다른 친지들은 엄마가 떡이며 과일을 나누어 담은 양푼을 들고 각자의 집으로 돌아갔다. 해인은 그들을 배웅하고 운동장에 섰다. 애기등꽃 향기를 맡다가 컴컴한 하늘을 올려다보다가 아버지 무덤으로 갔다.

"아빠, 전주로 가기 싫어요. 아빠가 엄마 말리시면 안 돼요?"

몇 번이고 부탁했으나 아버지는 말이 없었다.

저 산꼭대기 아버지 무덤…… 무심코 흥얼거린 모양이다. 해인은 화들짝 놀라며 두 손으로 입을 막았다. 손을 떼고 소리를 자그맣게 내면서 천천히 입을 열었다. 아버지 무덤 모진 세파 속을 헤치다…… 부르다 말고 와, 해냈어! 환호성을 질렀다. 자기도 모르게 아버지 무덤 주변을 뱅그르르 돌고 돌았다. 운동장으로 달려 나갔다가, 애기등을 끌어안았다가 아버지 무덤으로 되돌아왔다.

"아버지…… 아버지……."

불렀다. 목이 메어 흠흠 가누면서 불렀다. 난데없이 턱이 근질거렸다. 해인은 턱을 긁작이며 또 아버지를 불렀다. 대답 없는 봉분을 물끄러미 쳐다보다 집으로 들어갔다.

엄마 얼굴이 어두웠다. 쌍꺼풀이 더 두꺼워진 것 같고 눈알도 빨갰다. 해인은 갸우뚱, 엄마에게 얼굴을 디밀었다.

"엄마, 들어봐 봐요……. 아버지, 아버지…… 잘하지, 엄마. 됐지?"

옆방에서 자고 있을 친척들이 깨지 않도록 해인은 조용히 속삭였다. 어리둥절 쳐다보던 엄마가 웃는 듯 우는 듯 표정을 일그러뜨렸다. 얼른 자라 이르곤 방문을 닫았다.

따옥이 떠나간 저녁

현관에 들어섰을 때 텔레비전에서 저녁 뉴스가 나오고 있었다. 〈9시 탤런트〉가 사라지고, 경기도 광주와 여주 일대에서 출몰한 곰을 사살했다는 뉴스가 이어졌다. 지역 주민들의 피해가 막심하다는 말과 함께였다.

"언니. 아참, 막내 누나. 곰이 단군할아버지를 낳았다고 했지?"

10살 수열이 물어왔다.

"단군할아버지를 낳은 곰이면 엄마잖아. 죽이면 안 되는 거 아냐?"

"그 곰은 벌써 옛날에 죽었어."

"그러면 저 곰은 그 곰과는 상관없어?"

"후손일지도 모르지."

영은은 화면에 나타났다 사라지는 까만 곰을 보면서 거실로 들어섰다. 어깨에 묻었던 벚꽃잎 하나가 소리도 없이 바닥으로 떨어졌다.

"쏘기 전에 곰이 하는 말을 들어봤을까. 인간들 웃긴다니까. 왜 지구가 자기들 거라고 착각하는지 모르겠어."

"곰도 말해, 누나?"

"응? 당연히 말하겠지. 인간과는 다른 말을 쓰겠지만."

내일부터 '국풍81' 축제가 여의도광장에서 개막된다는 뉴스가 뒤를 이었다. 젊은이의 가요제도 열린다니 영옥이 알면 속상해할 것 같았다. 전문대를 다닐 때 딱 한 번, 막 생겨난 대학가요제에 출전했다가 결선에서 탈락했다. 회사 소속으로 활동 중인데 아직 음반 낸다는 소식은 들리지 않았다.

조금 전에 다방에서 만났던 선후배의 얼굴들을 떠올리며 영은은 방으로 들어갔다. 말끝마다 '씨발'로 마무리하는 정치외교학과 남학생 선배와 그를 추종하는 여학생 후배, 세상 짐을 모조리 떠안고 사는 생물학과 여학생 선배와, 선배와는 반대로 모든 걸 낙관한 나머지 언제나 생글생글 웃으며 다니는 여학생 후배, 거친 말이나 행동을 박력으로 착각하는 사회학과 남학생과 점잖고 선비 같은 박은호 선배.

영은이 왜 회비를 안 내는지 모르겠다고 투덜대자 타이

르듯 박은호 선배가 말했다. "각자 자기 자리에 제대로 있으면 돼. 그게 자유고 민주 아니겠어. 그날이 오면 세상은 꽃이 만발할 것이고, 영은이 너는 속상해하지 않아도 돼. 그깟 회비 좀 안 걷힌다고 깨끗하고 예쁜 얼굴을 찡그려서야 되겠어. 느네 아버지 부자라며. 우리, 후원금도 받는 거 알지?" 온몸을 훑었다. 선배의 눈동자로 몰려드는 열기에 그녀는 당혹감을 감출 수 없었다. 문을 열고 나서는데 키득거리는 소리가 꼭뒤를 잡아챘다.

작년 5월에 영은은 박은호 선배를 처음 만났다. 10만 명이나 운집한 서울역 광장에서, 이대로 밀고 나가야 한다고 목청 높여 외치던 사람. 선배는 다른 학교에 다녔다. 법대생인데 7년째 다니는 중이라 했다. 사람들 말로는 어려서부터 천재 소리를 들었다나. 여섯 살에 학교에 들어가 줄곧 1등만 해왔는데 운동에 정신을 쏟다 보니 학점에는 신경 쓸 겨를이 없었을 거라고 했다. 딴은 맞는 말 같았다. 대표 자리를 내놓았어도 후배들을 뒤에서 잘 받쳐주었다. 묵묵히, 명랑한 얼굴로 용기를 주는 선배를 어느 누가 싫어할까.

깨끗하고 예쁜 얼굴…… 느네 아버지 부자라며…… 영은은이 두 말 사이를 오락가락하며 거울을 들여다봤다.

학교 앞 다방으로 모이라고 연락이 왔다. 영은은 햇볕이 따갑게 내리쬐는 밖을 쳐다보다 욕실로 들어갔다. 미국 캔

　　　　　　　　　　　　　　　　　　　

자스에서 대형 사고가 났다는 텔레비전 뉴스가 열어둔 문 틈으로 들려왔다. 하얏트 리젠시 호텔에서 2층 구름다리가 무너져 100여 명이 죽고 수백 명이 다쳤다고. 사상자는 대부분 티댄스 경연대회에 몰려든 사람들인데, 폭스트롯Foxtrot이라는 음악을 듣다가 변을 당했다고 했다.

영은은 옷장 문을 열고 두리번거리다 영옥의 방으로 건너갔다. 이 옷 저 옷 꺼내어 거울에 비춰보다, 레이스가 달린 하얀색 반소매 블라우스에 무릎까지 닿는 하늘색 플레어스커트를 옷걸이에서 내렸다. 자기 방으로 가, 긴 머리칼을 말리고 블라우스와 스커트를 입었다. 짙은 남색 숄더백에 분홍색 꽃무늬 손수건을 넣으면서 거실로 나왔다.

폭스트롯? 그런 트롯도 있나. 영은은 영옥의 회사 번호를 누르다 말고 영선의 집으로 전화했다. 결혼해 여의도에 사는데 윤중로 벚꽃이 한창이던 지난봄에 조카를 낳았다. 엄마가 요즘 매일 출근하다시피 한다.

"너도 뉴스 봤구나. 어떻게 그런 일이 일어날 수 있니…….암튼 폭스트롯은 일종의 사교춤인데 해리 폭스라는 사람이 만든 거래. 그게 일본으로 가서 엔카가 되고 우리나라로 와서는 트로트가 됐다던데. 영화 〈위대한 개츠비〉(1977)에서도 나왔지 아마. 이것만 봐도 영은아, 세상은 모두 다 서로서로 연결돼 있다는 걸 알겠지. 그러면서도 자신만의 개성으로 사는 게 얼마나 신비롭니. 우리 영옥이도 머잖아 자기 스타일을 만들어내겠지.”

언니 목소리에서 해인이 느껴졌다.

“큰언니, 지금 언니 말을 듣고 있자니까, 해인이 편지가 생각났어.”

“어머, 지금도 편지를 주고받는구나?”

“책을 읽는데 아버지란 말이 안 나왔대. 아무리 애써도 발음이 안 되더래.”

영은은 해인이 즈이 엄마한테 혼났다더라는 말은 뺐다.

“아, 아버지…… 나도 전에는 잘 안 나오더라. 아빠는 잘 나왔는데.”

“물을 공부할 거래. 물 박사가 되고 싶다던데…….”

요즘엔 갤러그에 빠졌나 봐, 말하려다 영은은 전화를 끊었다. 정면으로 부딪쳐야 쉽게 적응할 수 있을 텐데. 아버지가 자기에게 했던 말을 생각하며 집을 나섰다.

다방에 모인 사람은 모두 다섯이었다. 다음 주중에 노동자 연맹 측과 모이기로 했다고, 과 선배가 소식을 전했다. 구체적으로 논의하느라 박은호 선배는 참석하지 못했다고 덧붙였다.

영은은 힘이 쭉 빠졌다. “세상이 바껴야 허는 것은 맞어. 헌디 나부터. 자기 양말짝 하나도 세탁 바구리에 안 넣는 사

람이 어떻게 세상을 바꿀 수 있겠어. 택도 없지." 아버지의
말과 함께 욕실 앞에 던져둔 수건과 옷가지들이 떠올랐다.
집으로 가야겠다, 생각하며 그녀는 자리에서 일어났다.

다방 문이 열렸다. 낯선 사람들이 들어왔다. 자기네 신분
을 알리는 둥 마는 둥 일행을 모조리 일으켜 세웠다.

우리 따옥이는 온순허고 친근해서 사람들이 좋아허쟈.
고런 사람들이 많어야 세상이 화목험서 잘 살 텐데. 영은은
계속 아버지의 말을 기억했다. 어딘가로 향하는 차 안에서.
취조실에서. 예닐곱 명이 들어앉은 방에서. 손바닥만 한 창
문으로 바람이 들어오고 누렇게 물든 느티나무 이파리가
바람에 흩날리다 떨어질 때도.

몇 달 만에 영은은 세상으로 나왔다. 눈이 내리고 있었다.
엄마와 아버지와 언니들이 다가와 부둥켜안는데 딴 세상에
서 온 사람들 같았다. 선후배들도 악수를 청해왔다. 박은호
선배가 글썽글썽해진 눈으로 다가왔다.

"애썼다, 영은아. 미안하고…… 고마워."

속삭였다. 어깨를 토닥이면서 따뜻한 입김으로 볼을 어
루만졌다.

*

박은호 선배가 봉투를 내밀었다.

"마음 같아서는 같이 가주고 싶은데, 너도 알다시피 너무 바빠서……."

영은은 멀뚱멀뚱 선배를 쳐다봤다.

"몸조리 잘해. 그리고…… 당분간 내가 연락헐 때까지 기다려줄래. 이번 일에 우리 사활이 걸린 거, 너도 알지. 사적인 일 때문에 큰일을 그르칠 순 없잖어."

선배가 앉은 아랫목 벽에는 소나무가 수놓인 횃댓보가 둘러쳐 있었다. 옷들이 아무렇게나 걸려 울룩불룩했다. 윗목 오른쪽에는 라면 국물이 얼룩진 냄비와 석유풍로가 놓이고 라면 봉지와 반쯤 담긴 쌀 봉지가 있었다. 부엌 출입문 아래에는 걸레와 두세 켤레의 양말짝이 뒹굴었다. 방바닥 모서리마다 머리카락과 먼지가 뭉쳐 띠를 이루었다.

자주색 밍크 이불을 허리까지 올리고 앉았던 선배가 손을 잡아끌었다. 물기 가득한 눈으로 바라보았다. 손에 봉투를 쥐어줬다.

"영은아, 내가 너 좋아허는 거 알지. 아끼는 거 알지. 이번 일만 무사히 끝나면 느네 부모님께 인사드리러 가자. 놓치고 싶지 않아. 너처럼 착허고 또……."

영은은 선배의 손에서 자기 손을 빼내었다. 봉투를 내려놓고 일어났다. 비틀, 흔들려 잠시 문턱에 기대어 앉았다가 신발을 신었다. 선배가 잡을 거란 기대는 눈곱만큼도 안 했으나 뭔지 모를 감정에 휘둘려 똑바로 걷기가 힘들었다. 어리석어, 난 왜 이렇게 어리석을까, 하는 생각만 머릿속에 가득했다.

천장산 고개를 내려설 때였다. 달이 떠 있었다. 허공중에 홀로 뜬 달은 놀란 듯 허옜다. 시간이 갈수록 누렇게 붉게 검붉게, 벌레에 먹히기라도 한 듯 거뭇거뭇 썩어갔다. 영은은 가슴이 철렁 내려앉았다. 외할아버지 돌아가시던 날 밤에 본 별똥별이 떠올랐다. 지금껏 한 번도 생각나지 않았는데, 이상하다.

영은은 그날 해인이랑 따오기를 보러 왕소나무에 갔었다. 울창한 가지들을 살펴나가다 둥우리를 발견했다. 가느다란 나뭇가지로 얼기설기 엮인 둥우리 근처에서 새 두 마리가 발간 얼굴로 하옥 하옥, 우짖었다. 아버지는 따오기 깃털이 하얗다고 알려줬는데 그 따오기는 온통 회색이었다. 화환을 두른 듯 목둘레 깃털을 빳빳하게 세우고 경계하는 표정으로 뒤뚱거렸다. 자세히 보고 싶어 다가가자 달아나버렸다. 어느새 주변도 어둑했다. 영은은 해인이를 고등공민학교에 데려다주고 신작로로 내려왔다. 하도 호젓해 걸음을 서두르는데 외갓집 대밭에서 노란 빛 덩이가 불쑥 올라왔다. 기다란 빗자루 같은 게 마을을 가로질러 북쪽 산으로 날아가더니 홀연 사라져 버렸다. 외갓집까지 어떻게 달렸을까. 어마, 외한아씨 혼인갑네. 외할머니 말에 어린 그녀는 숨이 멎는 줄 알았다.

학교에 들어서서야 영은은 좀 전에 개기월식이 있었다는 것을 알았다. 지구의 그림자에서 벗어난 달은 여태도 창백했다.

이제라도 따오기를 공부할 수 있을까. 아니야, 지금 급하고 중요한 것은…… 어쩌지, 어떡해야지. 대책은 떠오르지 않고 발만 시렸다. 손도 시리고 귀도 얼얼했다. 영은은 두 손을 비비며 교문을 나섰다. 무작정 걸었다. 어두워지는 거리를, 영업시간에 제한이 없어진 상가에 조명이 화려하게 켜지는 거리를, 야간통행금지가 폐지된 밤거리를 마냥 헤매고 다니다 멀리서 깜빡이는 클럽 간판을 발견하곤 그리로 갔다.

영옥이 눈에 불을 켜고 쳐다봤다.

"기집애야, 욕이라도 퍼붓지. 가자. 가서 그 자식……."

"셋째 언니, 그러면 해결돼, 해결될까?"

"그럼 어떡할 건데. 낳을 거야?"

다그치는 영옥에게 영은은 아무 말도 하지 못했다. 나는

어쩌기를 원할까. 알 수 없었다. 알지 못했다. 남을 들여다
보는 일이 곧 자기 자신을 살피는 일이라고 누가 말했을까.
왜 그 말이 떠오를까.

"언니, 집에는…… 알리지 말아줘."

"아이고, 등신아. 마음만 착하다고 세상이 살아지냐."

영은은 새벽녘에야 영옥이랑 집으로 돌아왔다. 책상에
편지가 놓여 있었다. 해인한테서 온 거였다. 지금도 서당께
집이 그리운가 보다. 봄이면 중3이 될 텐데도 도시에서는
하모니카도 마음대로 불 수 없다며 푸념하고 있었다. 하늘
강도 볼 수 없다고 했다. 별이 너무도 희미해서 사라져 버릴
것 같다고 쓰여 있었다.

시리아의 하마라는 도시에서 일어난 학살로 수만 명이
목숨을 잃었다는 뉴스를 들은 날 낮에, 영은은 산부인과에
갔다. 이른 봄바람이 살을 도려낼 듯 불어젖혔다. 영옥이 자
기 목도리를 감아줬다. 대신 접수하고 보호자 서명란에 자
기 이름을 적었다. 영은이 간호사를 따라 수술실로 들어가
는데, 괜찮을 거야, 조금만 견디면 될 거야, 손까지 흔들어
보였다.

현기증을 느끼며 영은은 수술실에서 나왔다. 오랫동안
꿈속을 헤매 다니다 돌아온 기분이었다. 마냥 울렁대는 속
을 달래며 아득아득한 영옥에게로 걸어갔다.

영옥이 음식점으로 데려갔다. 주인에게 미역국을 부탁하곤 난로 가까운 자리에 앉혔다. 괜찮으냐고 물어왔다. 영은이 고개를 끄덕이자 자기도 끄덕였다.

"알아보니까, 애 낳을 때랑 똑같대. 몸 따뜻하게 하고 당분간 찬물에 손도 담그지 말래."

속삭이는 영옥의 눈에 물이 가득 고였다.

"앞으론 아무 놈한테나 마음 주지 마. 독해져야 해. 난 영은이 니가 독하게 살았으면 좋겠어. 당당하게 살았으면 좋겠어. 떳떳하게 자신 있게 살았으면 좋겠다고. 무슨 말인지 알겠니."

영은은 말없이 끄덕였다.

"박은호 그 자식 가만 안 둘 거야……. 아휴, 부질없지. 그게 다 무슨 소용이라고."

푸념에도 영은은 마냥 끄덕였다.

아침마다 집에서 나왔다. 학교에 가는 대신 기차역으로 갔다. 춘천행 기차를 타고 종점까지 갔다가 되짚어 돌아오거나 어느 날은 양평으로, 어느 때는 원주로, 제천으로 하염없이 쏘다니다 밤늦게 귀가했다. 해인에게서 여러 차례 편지가 왔으나 영은은 쓸 말이 없었다. 쓸 기분도 들지 않아 내버려두었다.

프로야구라는 게 개막했다. 동대문야구장으로 사람들이

몰려갔다. MBC 청룡과 삼성 라이온즈의 첫 경기에서 〈9시 탤런트〉가 시구했다. 텔레비전으로 지켜보던 엄마와 아버지와 영옥이 야유를 퍼부었다. 엄마 아버지는 해태 타이거즈를 응원하고 어린 수열이는 OB 베어스를 응원했다. OB 베어스와 삼성 라이온즈 경기를 텔레비전에서 중계방송하던 날, 집에 온 형부 안승모가 이만수를 치켜세웠다. 수열이 박철순을 외치자, 이만수가 최고라니까? 박박 우겼다. 매형은 강원도가 고향이면서 왜요? 수열이 들이대자 이만수도 강원도 사람이래, 편을 들며 둘째 언니 영주가 형부의 팔을 감았다.

영은은 프로야구에 흥미를 갖지 못했다. 선거 때처럼 이편저편 나뉘어 싸울 듯이 응원하는 것도 이상하고 날마다 중계방송하는 것도 수상했다. 광란의 도가니에서 벗어나고 싶었다. 영산강도 모자라 금강, 낙동강까지 막겠다는 미친 이 시대에서, 눈을 가리는 모두에서.

거리거리는 봄으로 달아올랐다. 큰언니 영선이 엄마 모시고 윤중로에 바람 쐬러 오라고 연락해 오고, 집에서 건너다보이는 봉은사며 선릉 주변도 벚꽃으로 화사했다. 영은은 오랜만에 학교에 갔다. 언제 봐도 아름다운, 등용문에서 본관 가는 길을 어슬렁어슬렁 걸었다. 많은 사람이 벚꽃 아래로 몰려들었다. 꿀을 빠느라 닝닝대는 벌들처럼 부산스럽고 천진하게 떠들어대는 사람들을 보노라니 영은이도 덩달아 기분이 가벼워졌다.

펵 나른한 기분으로 생물학과 동에 갔다가 교문을 나섰다. 영은은 조류연구소에 가볼까 망설이다 맨 먼저 오는 버스에 올라탔다. 이리 흔들 저리 흔들 차에 몸을 내맡기고 섰노라니 생각들도 수없이 오락가락했다. 나는 지금 어디로 가고 있을까. 영은은 처음으로 자기에게 궁금증을 가졌다. 어디쯤 와 있을까……. 나는 얼마나 많은 생명을 태어나게 했을까. 얼마나 많이 죽였을까. 먹고 살기 위해서 빼앗고 죽이고, 빼앗기지 않으려고 죽이고 죽었겠지. 그런 것들이 내 몸에 다 저장되었을까. 세포 하나하나에 새겨져 있을까……. 살생의 기억으로 꽉 차버리면 폭발할까. 스스로 죽일까. 자살이 그것일까. 죽을 때 공포감을 느낄까. 내 뱃속에 있던 아이도 공포감에…….

영은은 몸을 옹송그렸다. 미안한 마음도 용서해 달라는 마음도 두려움 속으로 숨어들었다. 무엇인가가 머리를 짓누르는 것 같고 가슴을 조이는 것 같고 질기디질긴 끈으로 사지를 결박하는 것 같았다.

해인이 보내온 편지가 생각났다. 여학생의 한쪽 유방이 도려진 사진을 봤다던. 영은은 취조실에서 폭력을 느꼈다. 잘못하면 죽을 수 있겠구나, 위협을 느꼈다. 옷을 벗으라고 한다면 벗어야겠다 마음먹었던가. 브래지어를 끄르라면 끌러야겠다 결심했던가. 어쩌면 젖꼭지를…… 빨게 했을지도 모른다. 살 수 있다면, 살 수만 있다면 그보다 더한 일도 해치웠을지 모른다. 그 사람의 눈은 왜 그토록 불타올랐을까. 그 눈빛은 박은호 선배의 것과 다르지 않았다. 선배가 폭력을 눈물로 포장했다면, 그 사람은 포장하지 않았다는 차이뿐이었다. "세상에다 몸을 실어야 산다고 허드라만, 이렇게 썩어빠진 세상에 정녕 몸을 실어야 헌다냐." 뜬금없이 아버지의 말이 기억 속을 비집고 들었다.

아버지가 큰외삼촌 정일기를 만나고 온 날 저녁이었다. 삼촌은 신군부가 보도를 검열하자 제작을 거부하다가 기자직에서 해고당했다. 군부대에서 순화 교육을 받고 나왔다기에 김수병 상무와 셋이 한잔하고 오는 길이라 했다. 아버지는 몸을 제대로 가누지 못할 정도로 취해 있었다. 떠나가면 가는 곳이 어디이드뇨…… 오랜만에 〈따오기〉를 흥얼거렸다. 내 어머님 가신 나라 해 돋는 나라, 소리를 키웠지만 멜로디도 박자도 엉망이었다. 발음마저 불분명했다. "어디, 우리 따옥이가 말해볼래, 막둥이가 말해볼래. 사실을 사실대로 말허는 것이 잘못이라냐. 학교서는 뭐라고 갈쳐주더냐?" 아버지가 거실에 걸터앉으며 물어왔다. 신발 뒤축으로 향하는 손이 매번 빗나갔다.

큰외삼촌은 작년 초여름에 교통사고로 세상을 떠났다. 자주색 뉴코티나가 북한강변에 처박힌 것을 누군가 신고해서 알게 되었다. 자동차 조수석 앞유리창 한쪽에는 신문사 로고가 그대로 붙어 있었다고 했다.

느닷없이 버스가 기우뚱 쏠렸다. 영은은 화급하게 손잡이를 움켰다. 독립문 근처인가? 두리번거리는데 지하철 공사장 철판이 차창을 치고 들어왔다. 버스가 나동그라지면서 어딘가로 곤두박질쳤다.

어딜까. 왜 다리가 천근만근 무거울까. 이 안개는 뭐야……. 눈앞이 부옜다. 엄마와 아버지가 아련했다. 언니와 형부가, 수열이 멀었다. 자세가 불편해 돌아눕다 영은은 보았다. 오른쪽 다리에 붕대가 감긴 것을. 발끝에서부터 허벅지까지 하얗게, 칭칭 감긴 것을.

다리에 힘이 들어가지 않았다. 몇 발짝 걷는데도 온몸으로 통증이 번지고 땀이 쏟아졌다. 약을 먹어도 통증은 줄어들지 않았다. 발가락이 조금씩 까매지더니 발등까지 거무레해졌다. 썩어간다고, 잘라내는 수밖엔 달리 방법이 없다고 말하는 의사의 목소리가 까마득한 곳에서 날아와 귀에 꽂혔다. 영은은 소리를 뿌리치다 의식을 잃었다.

"따옥이 누나……."

부르는 소리에 영은은 눈을 떴다. 해인이었다. 훌쩍 크고,

턱 언저리가 거뭇한 것이 기이하고 낯설었다.

"해인아, 앞으론 따옥이라 부르지 마. 영은이라고 불러. 이영은."

영옥이 꾸짖듯 말하자 해인이 두 눈을 깜박거렸다. 병실을 나가다 말고 돌아서서 오래오래 건너다봤다.

단옷날, 큰외삼촌 정일기가 사망한 지 1년 되는 날, 한국전쟁이 발발한 지 32년이 되는 날, 영은은 다리를 절단했다.

아버지의 눈은 굴속 같았다. 굴속에서 아버지는 한 번도 들어본 적 없는 조상들의 이름을 말했다. 미안하다며 울었다. 우리 딸은 죄가 없다고. 죄 없는 우리 따옥이가 왜……? 엄마도 울부짖었다. 왜 병신이 돼야 하느냐고요? 영은은 속으로 엄마에게 되물었다.

영은은 목발을 짚고 욕실을 오갔다. 목발을 짚고 주방 식탁에서 밥을 먹었다. 목발을 짚고 가끔 빌라 앞을 어슬렁거렸다. 겨드랑이가 짓물렀다. 손바닥에 굳은살이 두꺼워지고 자주 앙다물어 입꼬리가 처졌다. 미간에 내 천 자 주름이 깊어질 무렵 해인에게서 전화가 왔다.

"따옥이 누나……."

영은은 수화기를 들고 창밖을 건너다봤다. 봉은사 숲이 단풍으로 울긋불긋했다.

"오늘 새벽에 UFO가 나타났어. 건지산에서 목격했는데

요. 서울에도 혹시……."

해인이 반은 반말 반은 존댓말로 물어왔다.

"그랬나 봐. 티브이에 나오더라."

"누나, 여기 말고 어딘가에 정말 다른 세상이 있을까."

"있지 않을까. 가고…… 싶니?"

"우리 같이 갈래요. 지금까진 누나가 나를 데려왔으니까, 지금부터는 내가 누나를 데리고, 아니 모시고 갈게요."

모시고 가겠다는 말이 환지통幻肢痛을 불러왔다. 영은은 욱신거리는, 없는 다리를 가슴 쪽으로 잡아당겼다.

"영은아?"

영옥이 현관으로 들어섰다. 양손에 LP음반과 카세트테이프를 쥐고 환하게 웃었다. 〈그대가 나를 좋아한다면〉이라는 제목 아래 '영옥의 첫 번째 노래'라는 문구가 보였다.

"해인아, 셋째 언니가 음반 냈대."

영은은 해인에게 영옥의 소식을 알렸다.

"해인이야? 해인아, 국악가요야. 좋아하니?"

영옥이 수화기에 대고 말했다. 축하드려요. 해인이 인사해 왔다. 영은은 전화기를 영옥에게 건네고 소파에 누웠다. 음반을 손에 들었다. 〈높고 푸른 거기〉, 〈도림 가는 길〉, 〈그대가 나를 좋아한다면〉 같은 제목 아래에 노랫말들이 쓰여 있었다.

　　　　　　　　　　　　　　　　　제4장

"해가 뜨고 해가 지도록 흐르는 길, 길이 나를 부르네. 거기 길 끝에 도림이 있다네. 짙푸른 왕소나무 하늘 만나는 곳, 살랑대는 바람 불어오는 곳. 도림으로, 도림으로 나는 떠나네……."

〈도림 가는 길〉. 영옥이 카세트 라디오를 틀어놓고 해인에게 수화기를 통해 들려주고 있었다. 맑으면서도 우아하고 정감 어린 목소리가 애틋하게 여울지며 흘렀다.

"언니, 도림이 어디야?"

"해인아, 영은이가 도림이 어디냐고 묻는데, 넌 알라나?"

영옥의 물음에 해인이 무어라 했다.

"맞아, 우리 외갓집 생각하면서 쓴 거야. 거기 왕소나무도…… 그럼, 가사 내가 썼지."

그제야 영은은 해인의 옛날 주소를 기억했다. 둘의 대화를 듣다가 졸았다. 눈을 떴을 땐 소파에 누운 채였고 이불이 덮여 있었다. 그녀는 엄마의 부축을 받으며 욕실에 들렀다가 방으로 왔다. 의자에 앉았다. 서랍에서 편지지를 꺼내어 펼치고 만년필을 들었다.

'너도 봤지. 아주 오래전부터 도림에 따오기가 살았대. 따오기는 날마다 갓밝이에 날개를 활짝 펴고 날아올랐대. 해 돋는 나라로, 달 뜨는 나라로 훠이훠이 날아갔대. 내가 가는 곳으로도 따오기가 올까. 새벽 북새를 가로지르며 날아오

를까. 내가 돌아올 아침에, 해인아, 내가 다시 돌아올 아침
에……'

영은은 편지지를 접어 봉투에 넣었다. 해인의 주소를 썼
다. 봉투를 주머니에 넣고 집을 나서는데 첫눈이 내리고 있
었다.

*

우리나라에서 따오기가 마지막으로 목격된 것은 1982년
11월 어느 저녁나절이었다. 전북 고창군 신림면 도림리에
서 한 농부가 발견했다.

따오기는 왕소나무 아래에 널브러져 있었다. 막 안으려
는데 숨을 거두었다. 다리가 하나뿐이었다.

10년 후 왕소나무도 떠났다. 사람들이 밭을 개간하다 뿌
리를 다치게 한 것이 원인이지만, 사실은 그 전부터 앓아왔
다. 오지 않는 따오기를 그리워하다 완전히 자기를 거둔 것
이다. 이제 그곳은 텅…… 비었다.

도림 가는 길

해인은 정읍 터미널 앞에서 61번 시내버스를 탔다. 남산동을 벗어나자마자 버스는 아스팔트 포장도로를 쌩쌩 달려 나갔다. 대흥리를 지나면서부터 내장산의 먼 능선 하나가 조금씩 달라지기 시작하더니 왕심리 앞에 이르자 여자의 옆모습으로 완벽하게 변신했다. 너무 멀어 아쉬웠으나 볕이 든 듯 가슴이 환해졌다.

전주로 이사하던 날 해인은 두 개의 산을 만났다. 여자 옆모습을 한 저 내장산과 부안면에 있는 소요산. 칼로 잘라낸 듯 날카롭고 야멸찬 소요산을 보고 "정나미 떨어지게도 생겼네." 엄마가 혀를 찼다. "뭐 눈에는 뭐만 보인다네. 내가 보기엔 꼭 엄마 같고만." 해인은 볼통거렸다. 두 산은 그렇게 뇌리에 각인되었다.

휑해서 보니 왕림주막에 정미소가 없어졌다. 시정도 사라지고 냇가도 밀려난 판에 해당화가 있을 리 만무했다. 약방이며 신문보급소, 떡집도 보이지 않고 전파는 달라진 이발소 건물과 새로 생긴 주유소가 무척이나 생경했다. 정미소 있던 모퉁이를 돌자 흥덕과 임리 가는 포장도로가 나타났다. 길가에 바짝 붙었던 현성이네 집도 사라지고 없었다. 쌍둥이네와 물집도 떠나버린 빈터를 기웃거리다 해인은 왕소나무 섰던 곳으로 건너갔다. 바람에 눕다 일어서는 풀 속에 발을 담그고 있자니 수많은 기억이 웅성웅성 몰려들었다. 따옥이 누나와 둥치를 껴안고 깔깔거리던 그날은 하늘도 나뭇잎도, 두 사람도 다 푸르렀다. 가장귀를 먼저 잡으려고 서로 밀치며 둥치를 오르던 현성이도 생각났다. 널따란 잔디밭에서 자치기하던 거며, 동네 형들과 공차기 하던 날들도 아련하게 떠올랐다. 이 모두를 지켜보던 왕소나무는 대체 어디 갔을까.

여름밤에는 종종 노래자랑이 열리곤 했다. 예닐곱 살 땐가. 해인은 신문보급소 원희가 부르는 애국가를 처음 들었다. 노래와 하모니카 반주가 서로 어긋나 되게 웃겼다. 자기가 듣기에도 이상한지 원희가 연방 고개를 꼬았다. 박수와 응원에도 소리가 점점 기어들더니 나중엔 버벅거렸다. 끝내 다 부르지 못하고 울음을 터뜨렸다.

집과 학교가 있던 자리도 텅 비었다. 아니, 온통 무 배추로 시퍼렇고 밭 가운데 덩그렇게 놓인 아버지 무덤만 단풍으로 누렜다. 애기등이 그대로라니. 이파리들은 더러 지고 없으나 여전히 싱싱했다. 해인은 땅바닥에서 딩구는 열매 몇 알을 주워 들고 허름해진 벤치에 걸터앉았다.

아버지가 돌아가시고 난 뒤 엄마는 빚더미에 파묻혔다고 했다. 고창과 정주* 사립학교에 이력서를 냈으나 소식이 없자 정주 구미학원에 강사로 나갔다. 밤마다 술을 마셨다. 경쾌하던 목소리는 약간 신경질적으로 바뀌고 표정도 무뚝뚝해졌다.

전주에 있는 중학교에 취직하게 됐다며 엄마가 모처럼 기뻐하던 날, 해인은 밤내 아버지 무덤으로, 왕소나무로 배회하다 새벽을 맞았다.

도시는 찼다. 사람도 거리도 학교도. 독재자는 물러가라 구호를 외치는 사람들도, 그들에게 최루탄을 던지는 전경들과 닭장차도. 해인은 오락실을 전전했다. UFO 출현 소동이 오히려 현실적이었다. 여기 말고 어딘가에 다른 세상이 있을 것 같았다. 따옥이 누나가 그리로 가고 싶냐고 물어왔다. 해인은 깊숙한 곳에서 올라오는, 오래된 기다림을 담아

---

* 지금의 정읍시를 칭한다.

고백했다. "우리 같이 가요. 내가 누나 모시고 갈게요." 전화기 너머에서 누나의 숨소리가 들려왔다. 쌕쌕, 숨소리뿐이었지만 그는 단박에 알아차렸다. 누나의 마음을, 누나의 소망을, 새를 품은 누나의 가슴을.

첫눈 내리던 아침이었다. 해인은 영옥의 전화를 받자마자 왕소나무로 달려왔다. 둥치에 코를 들이대고 섰다. 따옥이 누나와 손잡고 껴안을 때처럼 양팔을 벌렸다. 하르르…… 누나의 웃음소리가 금방이라도 나이테 속에서 쏟아져 나올 것만 같아 귀를 기울였으나 통곡하는 자기 울음소리만 꺽꺽, 우듬지로 기어올랐다.

엄마가 재혼 소식을 알렸다. 해인은 새아버지와 세 살 많은 대학교 1학년 남학생, 한 살 어린 중3 여학생이 사는 집으로 들어갔다. 같은 방을 쓰는 이복형은 밖에서 자고 오는 날이 더 많았다. 어쩌다 집에 들어오는 날에는 정액이 누렇게 묻은 팬티가 방 가운데 널브러져 있거나 갈아입은 옷가지들이 아무렇게나 뒹굴었다. 그가 똑바로 걸어두라고 화를 내도 이복형은 신척(꿈쩍)도 안 했다. 너처럼 사소한 것에 목매달면 이 좆같은 세상이 바뀌겠냐. 오히려 이죽거렸다.

해인은 수시로 학교를 빼먹었다. 어쩌다 가는 날에는 종일 도서실에 처박혀 지냈다. 서울에도 올라갔다. 따옥이 누나가 다니던 학교에 갔다가, 누나가 무척 좋아한다던 조류

　　　　　　　　　　　　　　　　제4장

연구소 주변을 맴맴 돌다 마지막 기차를 타고 내려왔다.

고등학교 졸업식 날 해인은 짐을 쌌다. 옷 몇 벌, 양말 몇 켤레 그리고 따옥이 누나와 주고받은 편지와 카세트테이프. 왜 그러느냐, 어디로 갈 거냐. 엄마는 묻지 않았다. 봉투 하나만 내밀었다. 배낭에 봉투를 쑤셔 넣고 그는 금암동 시외버스터미널로 가 가장 먼 곳으로 가는 승차권을 샀다.

속초 터미널 앞은 바다였다. 돌아서면 산이었다. 푸르른 동해와 설악산을 번갈아 바라보며 걷다가 저녁 무렵이 되어서야 해인은 황태해장국 집으로 들어가 밥을 먹었다. 다음 날부터 팔팔오토바이를 타고 해장국을 배달했다. 영랑호와 청초호 근처 주택과 연립과 아파트 신축 공사장을 누비고 다니다, 밤이면 만화방을 전전했다. 『미야모도무사시』 『녹정기』 『인간시장』 『공포의 외인구단』…… 닥치는 대로 읽었다.

뼈다귀에 가죽뿐인 몰골을 들여다보다 해인은 눈에 쌍꺼풀이 생긴 것을 발견했다. 엄마와 꼭 닮은 눈이 거울 속에서 마주 봤다. 떼꾼하고 신경질적이고 날카롭게 큰 눈. 온기라고는 찾아볼 수 없는 눈. 그는 쌍꺼풀을 없애고 싶어 자기 전에 일부러 맥주를 들이켰다. 눈두덩이 부어오르기는커녕 중간에 몇 번이나 깨어 소변을 누어야 했고, 쌍꺼풀은 더 두꺼워졌다.

해인은 중고차를 장만했다. 강원도 고성에서부터 부산까지, 전남 해남에서부터 경기도 연천까지 차를 몰고 종횡무진 쏘다녔다. 돈이 떨어지면 아무 데나 들어가 날품을 팔아 밥과 기름값을 충당했다. 몸 쓰는 게 싫어지면서 카드값이 늘어났다. 이 카드로 저 카드를 막고 저 카드로 그 카드를 돌려막으며 연명하다 강제로 중지당했다. 차도 없애야 했고, 통장뿐 아니라 자기 명의로 된 그 어떤 것도 가질 수 없게 되었다.

"에미라고 자식 똥오줌까지 대신 싸줄 순 없는 법이다."

밑도 끝도 없이 엄마가 꾸짖었다. 이쪽 말은 마저 듣지도 않고 전화를 끊어버렸다. 해인은 엄마에게 어떤 해결을 바라고 연락한 게 아니었다. 자기 처지를 이러쿵저러쿵 한마디도 하지 않았다. 그냥 목소리를 듣고 싶었다. 어렸을 때처럼 경쾌하고 발랄한 엄마의 목소리를 듣고 싶었을 뿐이다.

가시덤불에 싸였다는 걸 자각했지만 헤어나긴 쉽지 않았다. 해인은 오랜 시간을 자괴감에 시달렸다. 자포자기 심정으로 렌터카를 빌려 타고 4차선 국도를 질주했다. 돌진해오는 무엇을 발견했을 때는 이미 중앙분리대를 들이받은 뒤였고 도로 바닥에 널브러진 게 승용차와 사람들이란 걸 알고 났어도 술은 깨지 않았다. 너무나 해평대평(함부로) 살았구나. 교도소로 들어선 순간에야 그는 깨달았다.

해인은 애기등 열매를 땅속에 묻고 일어났다. 아버지 무덤 앞에 우두커니 섰다가 주막으로 내려왔다. 공중전화 부스로 들어갔다. 따옥이 누나 집 번호를 누르고 기다리는 동안 누나와 함께한 사연들이 한꺼번에 스치고 지나갔다.

여보세요? 하고 청년이 불렀다. 수열이구나, 짐작하며 해인은 수화기를 내려놨다. 버스로 올라서는데 왕소나무 가지에서 번쩍, 흰 새가 나타났다간 사라졌다.

제 5 장

땅속 일은 땅이 알아서 하도록

충남 보령 지역에서 구제역 증세가 발견되었다고 텔레비전에서 나왔다. 경기도 화성에서는 조류 인플루엔자가 발생했다면서, 흰 위생복을 입은 사람들이 닭들을 트럭에 싣는 모습을 보여줬다. 짐칸에 옹색하게 들어찬 닭들이 영문을 모르겠다는 듯 구구구, 두리번거렸다.

국회의원 선거에 관한 기사가 나오기 무섭게 영옥이 텔레비전 앞으로 다가앉았다. 제16대 국회의원 선거에 출마한 후보자 중에서 낙선 후보 여든여섯 명을 선정하고, 그들의 낙선운동을 강행하겠다는 총선연대의 발표에 고개를 주억거렸다.

"딴 사람은 모르겠는데, 박은호 저자는 절대 안 돼. 나도 낙선운동 거들 거야."

영옥이 혼잣소리했다.

“저 사람한테 감정 있어, 누나?”

“내가 감정 가질 게 뭐 있어. 사생활이 문란하다잖니.”

“사생활까지 문제 삼는 건 좀 그렇잖아. 그야말로 사생활인데.”

“뭐? 야, 이수열. 너도 이 여자 저 여자 쳐다보면서 침 흘리고 다니니. 야리꼬리한 눈으로 훑어보다가 걸리면 모텔에 데려가고 그래?”

“넌 무슨 말을 그렇게 허냐.”

“엄마, 지금 와서 말해봐야 소용없지만, 우리 영은이……저자 때문이라구요.”

영옥이 예전 일을 들먹였다. 영은이 학생운동 할 때 박은호를 만났다. 만난 뒤로 이렇게 됐다, 저렇게 됐다, 그렇게 되고 말았다. 그 애 말에 따라 미금의 얼굴이 붉어지다 노래지다 파래지다, 하얗게 질려버렸다.

정만도 울컥해졌다. 금방이라도 영은이 아빠, 부르며 나타날 것 같았다. 20년 가까이 그래왔다. 올지 모른다며 버티는 미금을 달래어 분당으로 온 게 3년 전쯤이다.

기자가 영화 〈박하사탕〉을 언급했다. 주인공이 철로에서 ‘나 다시 돌아갈래’ 절규하는 장면을 보여주면서 국가폭력이 낳은 개인의 상처를 다정하게 어루만지는 영화라

　　　　　　　　　　　　　　　　　　　

평했다. 얼마 전에 미금이 영옥이랑 보고 왔다며 자랑한 영화였다.

"사람들이 왜 〈박하사탕〉을 좋아하는 것 같아, 누나?"

"야, 순수라는 건 없어. '첫'을 순수와 혼동하는데 '첫'은 그냥 '첫'일 뿐이야. 어설프고 뜬금없고 불편하고, 그러면서도 설레고 긴장되고 들뜨고……. 그런 게 어떻게 순수가 될 수 있겠어, 그토록 많은 게 섞였는데?"

"누나는 사랑 같은 건 한 번도 안 해본 사람 같아. 순수는 말이지, 아무것도 안 섞인 게 아니라 이것저것 다 섞였어도 그것만이 가진 고유함을 유지하는 것 아닐까. 사람들이 〈박하사탕〉 보면서 그것을 기억해 내고 동경하는 거 아니겠어. 대통령이 북한과 정상회담을 개최하려는 것도 확대 해석하면 그런 거 같은데."

"고향이나 본향 뭐 그런 거? 그래, 그것도 맞긴 한데 어디서 찾냐고. 찾을 수 있을까? 난 불가능하다고 봐."

"불가능하니까 수많은 버전이 있는 거 아냐. 시 소설 영화 드라마 연극 그림, 철학이나 과학도 마찬가지잖아. 역사도 그렇고 종교도 그렇고, 막강하게 군림하는 돈이나 정치도 그렇고. 누나가 부르는 노래는 안 그러나, 뭐."

"사람들 모두 자기만의 무릉도원을 찾는다?"

두 아이의 대화를 듣던 미금이 슬그머니 일어났다. 넓은 쟁반에다 웬 포도를 가지고 와선 먹으란 말도 없이 혼자 먹기 시작했다. 뱉어낸 껍질과 씨앗이 금세 수북이 쌓였다.

"감자 껍질이야 독허고 애링게나 못 묵는다 쳐도, 사과나 배, 포도 껍질은 먹을 수 있잖애. 기꺼이 정성껏 먹는 것이 서로를 위허는 일이제. 아, 내가 먹고 마시는 것이 다 나를 맨드는 것 아녀."

정만이 핀잔하자 미금이 빤히 쳐다보더니 그제야 포도송이를 건넸다. 수열에게도 건넸으나 손을 저으며 일어났다.

"아버지, 아버진 스스로 독재자라 생각하신 적 없죠. 먹는 거 하나 내 맘대로 못 먹게 하는 게 독재지, 딴 게 독재예요? 수열이 왜 달아났게요. 나도 과일 껍질은 싫더라. 맛도 없고 질기고."

영옥이 툴툴거리며 포도알 하나를 따 입에 넣고 우물거렸다. 껍질과 씨앗을 손바닥에 죄 뱉어냈다.

"자유란 것은 말여, 내가 먹은 밥그릇 내가 치우기여."

"아이고, 아버지. 지금 포도하고 자유가 무슨 상관있다 그러세요?"

영옥이 헛웃음을 웃었다.

이번 선거에서도 박은호는 국회의원이 되었다. 영옥이 바락바락 욕을 해댔다. 저런 놈이 우리나라를 요 모양 요 꼴로 만들었다고. 민주투사로 추앙받다니 세상이 돌았다고.

　　　　　　　　　　　　　　　　　　　　

정만은 목을 주물렀다. IMF를 지나오는 동안 뻣뻣해진 게 좀처럼 나아지지 않았다. 건설회사와 금융권이 줄줄이 부도가 나는 바람에 신경을 곤두세우면서부터다. 다행히 만금빌라건설은 비켜 갔으나 안심하기에는 아직 일렀다. 언제 어떻게 될지 예측할 수 없는 상황에서 살아남기란, 더구나 유지하기란 그리 녹록지 않았다.

몇 년 전에는 세계 최초로 영국에서 복제 양 '돌리'가 태어났다. 우리나라에서도 작년에 복제 소 '영롱이'와 '진이'가 탄생해 한바탕 난리가 났었다. 터키와 대만에선 지진이나 수만 명이 사망하고 베네수엘라에서는 폭우로 만여 명이 산사태에 파묻혔다. 세상은 하루도 빤할 날 없이 요지경 속을 돌고 도는데 경남 김해에 국립박물관이 생겼다며 수열이 놈이 반겼다. 경복궁 경회루에 벼락이 때려 용마루가 부서졌다고 걱정하는가 하면 목포대학교 박물관 사람들이 전남 함평에서 철기시대 도토리 더미와 씨앗을 공개했을 때는 와 멋있다, 연발했다.

법대나 경영대에 가라고 그토록 설득했건만 놈은 문화인류학이라나 뭐라나 이름도 생소한 학과를 고집했다. 작년에는 석사과정에 들어가겠다며 등록금을 요구했다. 수열은 틈만 나면 발굴 현장을 나다녔다. 며칠 만에, 시커멓게 탄 얼굴로 집에 들어설 때면 흡사 공사장에서 아주 열심히 일한 사람인 줄 착각할 정도였다.

새해가 겨우 한 달 남짓 지났을 때였다. 사람들의 열렬한 희망에 재라도 뿌리듯 주한미군이 한강에 독극물을 무단으로 방류하는 엄청난 사건이 벌어졌다. 구제역이 발생하고 조류 인플루엔자가 발병했다. 강원도 고성에선 산불까지 나서 온 나라가 새로운 천년을 혹독하게 맞이하게 되었다.

정만은 몇십 년이나 구독해 온 신문을 끊는 것으로 새천년을 시작했다. 굳이 신문이 아니라도 세상 보는 통로는 넘쳐났다. 티브이는 물론이거니와 요즘엔 인터넷을 통해서 그도 세상일을 접하게 되었다.

당연한 일이 무너지는 시대가 새천년일까. 주 5일제라니. 아직도 IMF의 관리를 받고 있는데. 회사로만 국한해서 보자면 궁내동에 지은 빌라도 다 분양된 게 아니다. 아래에 2차까지 짓고 있고 아파트도 공사 중이다. 시대가 그렇다는데 따라야제 별수 있다요. 미금의 말을 떠올리며 정만은 오늘따라 더 막히는 도로를 내려다보다 회사를 나왔다.

영선이 현관문을 열어줬다. 얼굴이 좀 야윈 듯했다. 전북 지역으로 전근을 신청했다고 알려왔다. 전교조로 활동하다 해직된 사위 김동현의 복직이 어려워지고, 자기도 두통이 낫질 않아 요양 겸 시골로 가고 싶다고.

"이왕이면 엄마 아버지 고향으로 발령 나면 좋겠어요. 엄마가 서당께다 집을 지으면 좋겠다고 하시는데 아버진 어떠세요?"

"아빠야, 우리 이 선생이 좋다면 상관있나. 헌데 오지로 발령 나면 어쩔라고?"

"걱정 마세요, 아버지. 전북에서는 고창이 오지에 속한대요."

느닷없이 설재동과 서당께 고등공민학교가 머릿속을 비집고 들었다. 쌍나발등도 떠올랐다. 세월이 지나는 동안 그도 저도 희미해진 것 같긴 했다. 한데 세상에다 자기를 제대로 싣고 사는지는 알 수 없었다. 정만은 밤새도록 이 생각 저 생각 속을 배회했다.

＊

1963년에 사적 제11호로 지정된 서울 송파구 풍납토성은 한성백제 도읍의 성곽이다. 사적으로 지정된 후로는 별다른 조사가 이루어지지 않다가 토성 안에 있는 경당연립 터에 아파트를 건축하기로 결정이 나면서 작년에 수열이 다니는 학교 발굴 조사단에서 구제 발굴에 나서게 되었다.

경당연립 터는 그야말로 유물들의 보고다. 특히 관심을

끈 것은 일본의 제사유적과 비슷한 9호 갱이다. 9호 갱에서는 비가 오기를 기원하는 한성백제 왕실의 도교식 제사용으로 짐작할 만한 것들이 상당량 출토되었다. 말 머리뼈와 '大夫대부', '井정' 자가 새겨진 항아리들이 그것이다. 연구원들은 말 머리뼈를 두고, 말을 희생물로 삼는 기우제 등이 행해졌을 거라 추론했다.

아버지는 필요 이상으로 화를 냈다.

"니가 도적이 아니란 증걸 대봐. 역사를 복원해? 헛소리 말어. 역사는 무슨 놈의 역사. 그런다고 죽은 사람덜이 나여있다. 어서 내 역사를 써다오, 헐 것 같냐? 박물관에 처박어 놓은 것들이 어디 숨이나 제대로 쉬는 줄 알어? 그것들은 흙 속에 있을 때나 진짜로 역산겨. 너 같은 늠덜이 없었다믄 세상이 이보담은 훨씬 좋았을 것이다."

수열은 그런 아버지를 이해할 수 없었다. 아무리 재건축 아파트 조합원이더라도 그렇지, 자식이 발굴 조사단의 일원이라는 걸 아예 무시했다. 발굴하는 작자들은 공인된 도굴꾼이라나. 전에는 대수롭잖게 지나쳤으나 이번엔 그럴 수 없었다.

"아버지, 성수대교가 왜 무너졌는데요? 부실 공사 때문이잖아요. 삼풍백화점도 그렇고 대구 지하철 공사장도 그렇구요. 수백 명이 죽었어요. 발굴이 도굴이라면 아버지, 부실 공사는 뭐라고 설명하실래요?"

"도굴에다 부실 공사는 왜 갖다 붙이는겨? 할 말 없으면 나가. 부모가 고생헌 덕에 지덜이 잘 먹고 잘 사는 줄은 몰르고, 뭐, 오렌지족? 하이고, 낑깡만도 못헌 놈들이 어디서……. 야 이눔아, 우리는 누구나 다 죽은 것을 밟고 살 수밖에 없는 운명이여. 흑이 다 죽은 것들 가루 아녀?"

억지 부리는 아버지를 도저히 받아들이기 어려웠다. 목소리도 듣고 싶지 않았다. 수열은 씩씩대다 일어나 버렸다.

발굴 현장 근처 송파 놀이마당에선 공연이 한창이었다. 제목이 〈상엿소리〉였다. 70, 80명의 관람객들이 무대 주변을 오락가락했다. 디지털카메라나 핸드폰으로 사진이나 동영상을 찍을 뿐 숙연하게 경청하는 사람은 많지 않았다. 수열은 연주자가 흔드는 요령 소리를 들으며 돌아섰다. 뎅그렁, 뎅그렁…… 아주 먼 곳에서 날아온 요령 소리는 느리고 무거웠다.

"풍납토성은 고대의 낙랑토성이나 고구려 국내성과 맞먹는 곳이에요. 거기다 여기 경당연립 터는 여러분도 짐작하듯이 한성백제 왕실에서 기우제를 지내던 곳이 분명해. 우리가 꼭 발굴해 내야 할 목적이 그것인데……. 또 하나가 있다면, 예전에 내 첫사랑이 여기 살았다는 거지."

김정국 교수가 오랜만에 길게 말했다. 농담처럼 꾸몄으

나 얼굴이 상기되는 것으로 보아 진심 같았다.

"그게 언제예요, 교수님?"

"27, 8년 전쯤? 난 대학원생이고 그 친구는 여고생이었지 아마. 여중생이었나."

"말도 안 돼. 대학원생과 중학생이 어떻게 연인 사이가 될 수 있습니까."

최민우 선배가 되물었다. 조사단원들이 와, 함성을 질렀다. 도대체 상상이 안 되는 일이었다. 수열은 그저 웃었다.

"군대 있을 때 위문편지 주고받으면서 알게 됐는데, 어찌나 책을 많이 읽었는지 문학이면 문학, 역사면 역사, 동양철학 서양철학 모르는 게 없었어요. 목소리가 참 매력적이었지. 새소리처럼 영롱하고 맑았거든."

"왜 헤어지셨는데요?"

"내가 무덤 파는 일 한다고 그랬더니 그 친구 아버지가 기겁하시더라고. 다시는 만나지 말라며 데리고 가버리시데."

김정국이 소년처럼 말하곤 수건으로 이마의 땀을 닦았다.

언제부턴가 발굴 조사를 할 수 없을지도 모른다는 소식이 들려왔다. 경당연립 재건축 조합원과 정부 간의 이해관계가 조사를 가로막고 있다고 했다.

조사단원들은 발굴을 방해하는 배후로 아버지를 지목하는 것 같았다. 건설회사를 경영하는 데다 낙찰 가능성이 가장 높은 회사란 소문도 파다했다. 아무도 대놓고 말하진 않았으나 수열은 풍납동으로 다시 가지 못했다. 연구실에 처박혀 발굴터에서 가져온 흙가루를 물 체질하면서 하루하루 버텼다. 물 체질해 얻은 것들을 현미경으로 들여다보노라면 한성백제 왕실의 풍경이 머릿속으로 선명하게 그려졌다. 아버지가 풍경에 재를 뿌렸다. 흙 속에서는 그렇게 살아 꿈틀거리는 역사와 팽팽하게 날 선 아버지가 끝도 없이 대치했다.

결국 발굴 작업은 불가능해지고 말았다. 누군가 굴삭기로 현장을 훼손해 버린 것이다. 어떻게 이런 짓을, 도대체 누가 이런 짓을? 수열은 아버지를 찾았다. 굴삭기를 대동할 수 있는 사람은 아버지 말고는 없다고 단정했다.

"서울 올라와서 첨으로 산 집이여. 17년 동안이나 고생고생해감서 마련헌 것이라고. 엄마는 니가 결혼허면 주자고 못 팔게 허시드라. 마침 재건축헌닥 혀서 조합원에도 가입허고 일을 추진했는데, 해필 요런 일이 생기고 말았구만."

아버지도 순정을 말했다.

"아버지, 좀 솔직하실 수 없어요. 회사가 입찰에서 떨어졌다면서요. 홧김에 포클레인으로 파버린 거 아니에요?"

"뭣이 어쩌고 어쩌?"

순식간에 불이 지나갔다. 수열은 얼얼해진 볼을 감싸면

서 눈을 홉떴다. 아버지가 이토록 흉물이었나, 살이 떨렸다.

"아이엠쁘IMF보다 무선 놈이 여그 숨었었고만. 자식이 복병인 줄은 내 몰랐네."

무식한 사람은 아무리 귀한 걸 쥐어줘도 알아보지 못한다. 아버지가 딱 그런 사람이다. 왜 역사를 알아야 하는지는 관심 밖이고 무엇이든 돈으로 연결되지 않으면 고민하려 들지 않는다. 사과나 배나 감도 껍질을 벗기면 안 되고, 포도도 껍질뿐 아니라 씨앗까지 다 깨물어 먹으라고 강요할 정도로 인색하다.

잘 살거나 제대로 사는 사람은 남을 탓하거나 비난하지 않는다고 아버지는 말한다. 비난하거나 탓할 시간에 문제를 해결하는 데 골몰한다나 어쩐다나. 고로 남이나 세상 탓하는 사람치고 제대로 잘 사는 사람 없다는 게 아버지 논리다. 세상에 사기꾼이 어딨냐고 되묻는 사람이 아버지다. 남보다 잘살고 싶고, 잘되고 싶고, 더 유명해지고 싶은 욕망을 이기지 못하는 사람, 그런 사람 스스로 사기꾼을 불러들인단다. 사회가 구조적으로 모순투성이라고 아무리 말해봐야 입만 아프다. 수열은 그런 아버지를 대할 때마다 제대로 된 사고방식을 가지고 사는 사람인가, 의심스러울 때가 한두 번이 아니다.

수열은 벌러덩 침대에 몸을 누였다. 천장에, 구슬 제작 틀에 붙었던 청록색 물질이 어른거렸다. 혹시 그 터에서 유리를 제작했을까. 그는 발딱 몸을 일으켰다. 한반도에서 처음으로 유리를 제작했다는 증거인지도 몰라. 아니라면 그 많은 유리구슬이 어디서 왔겠어……. 생각은 건잡을 수 없이 내달렸다. 백제금동대향로로 가서는 딱, 멈췄다.

향로의 자태가 나타났다. 용이 뿜어 올린 연화의 세계가 눈앞에 펼쳐지면서 지상과 천계를 연결하는 봉황이 손에 잡힐 듯 다가왔다. 백제가 꿈틀꿈틀 요동쳤다. 수열은 갈구했다. 백제금동대향로를 발견한 사람이 느꼈을 환희를 자기도 느끼고 싶었다. 온몸으로 느끼고 싶었다.

역사라는 몸뚱이

해인은 서당께 도로변에 차를 세우고 나왔다. 검푸른 방등산 능선과 동그란 뺌산 봉우리를 바라보다 애기등 쪽으로 걸어갔다. 건강해 보였다. 제법 굵어진 줄기에서 뻗은 수많은 가지마다 싱그러운 이파리들이 살랑거리고, 이파리와 바람이 나누는 이야기는 새 벤치와 새 탁자에 끊임없이 새로운 풍경으로 거듭 태어났다.

20여 미터쯤 떨어진 곳에 새집이 들어서 있었다. 마당이 넓었다. 집 쪽으론 잔디가 심기고 바깥쪽에는 황토색 보도블록이 마름모꼴로 깔렸는데 사이사이에 채송화 이파리가 파랗게 한들거렸다.

아버지 무덤도 깨끗했다. 혹시 어머니가 다녀가시나, 생각하며 해인은 꽃다발을 내려놨다. 절하는 그 잠깐의 시간 동안, 40년 생애가 가슴으로 비집고 들어와 덜크덕덜크덕, 돌다가 서다가 했다.

전주로, 속초로, 광주로, 부산으로, 또 어딘가로…… 해인은 어느 곳에도 안착하지 못했다. 용달차 기사, 택배 기사로 전전하며 낯선 바람에 걸려 넘어지고 예상치 못한 눈비에 몸과 마음은 물론 뼈까지 젖었다. 인연은 쉴 새 없이 오갔으나 그는 기댈 누구도 만나지 못했다.

구로사와 아키라 감독의 영화 〈데르수 우잘라^{Dersu Uzala}〉를 본 것은 우연이었을까. 오랜 세월을 우수리 산맥에서 홀로 살아온 사람. 해와 달과 물과 바람이 얼마나 무서운 존재인지 아는 사람. '데르수 우잘라'를 만난 것은 행운이었다. 빙판의 호수에서 길 잃은 주인공들. 혹한의 밤을 견디기 위해 갈대를 베어 쌓는 장면에서는 숨이 멎는 듯했다. 절실함과 간절함이 빗발치는 절체절명의 순간에 지평선으로 홀연 사라지는 해라니. 냉정하면서도 장엄하게 떠나버리는 태양을 보는 순간 해인은 서당께의 목소리를 들었다. 서당께의 숨결을 느꼈다. 그것이 아버지가 떠난 뒤로 자그마치 30년을 에돌다 돌아온 연유라고 말하면 타당할까.

아직 어떤 계획도 세우진 못했다. 사니까 살아지더라, 같은 체념은 저리로 밀쳐두고 일단 숨부터 제대로 쉬고 싶었다. 팔딱팔딱 사는 게 삶이라는 것을 해인은 자기 자신에게 보여주고 싶었다. 물론 더 이상 떠돌지 않을 것이다. 서당께를 온전히 호흡하며 살 것이다.

택동 선산으로 작렬하게 해가 내리비쳤다. 소나무 몇 그루가 껀정하게 서서 햇볕을 받으며 졸고 있고 밭고랑마다 고구마 줄기가 퍼랬다. 해인은 할머니 무덤 앞에 섰다. 얼굴이 지금도 눈에 선했다. 아버지 어머니뿐 아니라 자기 생일에도 와서 손수 쌀밥을 짓고, 미역국과 팥떡을 만들어 상을 차려 주시던 분. 할머니가 상 앞에 고개를 조아리고 앉아 두 손을 비비며 무어라 무어라, 정성을 다해 읊조릴 때마다 어린 해인은 궁금했다. "할무이, 시방 뭐 하셔요?" "우리 강아지 잘 묵고 튼튼허게 자라게 해달라고 빌고 있제." "누구한테요?" "누구긴 누구여, 칠성님한테지."

할머니 집엔 기일마다 오시던 당뫼 당숙모가 살고 있었다. 해인이 여러 번, 큰 소리로 소개하자 당숙모는 눈물을 찔끔거리며 뼈마디가 불거진 손을 내밀었다. 어머니는 한 번도 다녀가지 않았다며, 잘 있느냐 물어왔다. 그럭저럭요. 해인은 우물거리고 말았다. 기일마다 양푼에 쌀을 담아 오시던 당숙모나 지금의 당숙모나, 똑같이 할머니로 보이는 게 마냥 신기했다.

해인은 두암저수지 쪽으로 가다 말고 당뫼로 내려갔다. 동학농민혁명 기포지 주차장에 차를 세우고 나왔다.

택동에 올 때면 아버지는 꼭 이곳을 들렀다. 해인이 다리가 아프다고 엄살을 부리려 들면 업어서라도 데리고 왔다. "니 고조부가 훈련받은 곳이여. 관군과 싸우다 공주 우금치서 전사허셨대여. 아빠도 어려서부터 니 증조할아버지 손을 잡고 왔었지. 어린 맘에도 요 묵정밭이 너무 아퍼서 눈물 나드라." 또 어느 때는 바다 쪽을 건너다보면서 혼잣말로 중얼거렸다. "저녁뜸이었을 것이여. 눈보라가 구시포 쪽에서 몰아닥치는데, 자룡리허고 석남리 가운데를 기양 돌개치드만. 들판이 온통 눈보라로 허예짐서나 우우, 몰려오는데, 아빠는 비둘기굴서 죽은 사람들 소린갑다, 생각했단다. 동호와 만돌리, 두어리 사람들 원혼이 내지르는 단말만갑다, 했어."

언제나 조금 우울해 뵈던 아버지. 옆에 계시면 좋겠다. 목소리라도 들을 수 있다면 좋겠다. 해인은 택동 쪽을 건너다보다 차에 올랐다.

가느다란 나뭇가지 같은 게 밭둑에서 시멘트 도로로 미끄러졌다. 꿈틀거려서 보니 지렁이였다. 한 뼘도 넘을 만큼 기다란 놈이 세월아 네월아, 느려터지게 도로 가운데로 향했다. 느려터지다니. 해인은 자책하며 재빨리 차를 세웠다. 저놈이라고 어디 자동차라는 무시무시한 폭력을 알아채지 못했을까. 거칠고 팍팍한 바닥이 얼마나 원망스러울까. 아무리 절박해도 제 마음대로 되지 않는 현실은 또 얼마나 답답할까. 그는 차 시동을 껐다.

"해인아. 니가 태어났을 적에 할무이가 연방 감사헙니다. 감사헙니다, 기도허시드라. 엄마가 시뻘건 너를 바라보시는데, 아빠는 그때 세상에서 젤로 행복하고 아름다운 얼굴을 발견했단다." 아버지의 말이 떠오른 것은, 지렁이가 폭이 5미터나 될 법한 도로를 벗어나 풀숲으로 무사히 사라지고 난 뒤였다.

저 지렁이도 제 어미 아비에게 축복받으며 세상에 나왔으리라. 자기만의 세상을 살려고 몸부림칠 것이다……. 아, 나도 저놈처럼 거칠고 험한 길을 죽을 둥 살 둥 건너왔구나. 목숨 가진 것은 다 자기만의 속도가 있을 텐데, 나는 여태 내 속도도 모르는 채 살아왔구나. 궁금하게 생각해 본 적도 없었구나…….

해인은 주머니에서 핸드폰을 꺼내었다. 어머니 집 번호를 누르고 귀에 바짝 붙였다. 열두세 번이나 울렸을까. 네? 하는 소리가 들렸다. 단 한 마디였지만 그리운 목소리는 어느새 귓속에 담쑥 안겨들었다.

"어머니…… 저, 해인이에요."

해인은 예전의 엄마를 기억하려는 자기를 말렸다. 목소리를 듣고 싶었을 뿐이다. 어머니의 목소리만 들으면 된다.

　　　　　　　　　　　　　　　　　　

"잘 있다니 되았다……. 무슨 일 생기면 연락허마."

정말이지 어머니의 목소리에선 아무것도 묻어나지 않았다. 그저 덤덤했다. 해인은 까매진 액정을 내려다보다 핸드폰 폴더를 닫았다.

*

부셔서 눈을 뜨니 방등산 육백 고지 아래로 돋을볕이 환했다. 해인은 고인돌에 기대었던 상체를 일으켜 세웠다. 살구 한 알이 톡, 머리를 치고 달아났다.

풀숲 바닥에는 떨어진 살구들이 많았다. 열매 안으로 개미들이 들락거리고 더러는 벌이 앉아 즙을 빨았다. 개미나 벌만 살구에 눈독을 들이는 게 아니었다. 이른 아침부터 살구 줍는 여자라니.

해인은 허리를 잔뜩 구부리고 돌아다니는 여자를 건너다봤다. 노랗게 물들인 파마머리가 움직일 때마다 풀에 쏠렸다. 눈썹이 진하고 어색했다. 연청색 남방에 청바지 차림이었다. 흙과 풀이 묻은 회색 스니커즈가 얼룩덜룩했다. 떠돌이 느낌이 강하게 풍기는데도 생기발랄하고 율동적으로 움직이는 모습이 묘하게 상충했다. 하늘과 땅 사이에서 팽팽하게 서려 애쓴달까. 눈썹이 그것을 방해한달까.

"이봐요. 주인한테 허락은 받은 거요?"

해인은 면박 주듯 여자를 불렀다. 여자가 허리를 폈다. 두리번거리다 이쪽을 봤다. 눈을 똥그랗게 키우곤 살구 쥔 손을 들어 보였다. 30대 중반쯤 되는 것 같았다.

"당연하죠."

단 한 마디였으나 위력은 엄청났다. 서글서글하고 살이 꽉 찬, 동그란 목소리가 가슴을 두드렸다. 해인은 잽싸게 문을 열었다.

"나랑…… 사귈래요?"

"왜요?"

"눈썹 제대로 그리는 법, 내가 알거든요."

"아…… 한데 어쩌죠, 난 단거리보다 마라톤 좋아하는데?"

"사람 볼 줄 아시네. 나도 처음 본 순간, 당신이 풀코스 골인 지점이란 걸 직감했거든요."

해인은 너스레를 떨며 손을 내밀었다.

"설해인이라고 합니다."

"야, 오늘 날씨, 오후에 소나기 잡혔던데, 아침에 올 줄은 몰랐네요……. 배유정이에요. 당장 살자는 것도 아니고…… 사귀는 거야 뭐 어렵겠어요."

유정이 손에 든 살구 하나를 반으로 나누었다. 한쪽을 해인의 입에 넣어주고 다른 쪽은 자기 입에 넣고 오물거렸다.

아버지께 인사라도 드리는 게 도리려니 싶어 해인은 유정과 서당께로 다시 갔다. 절하고 내려오는데 잠깐만요, 하고 누가 불렀다. 초로의 남자였다. 모르는 사람이었다.

"혹시 설해인씨요?"

"그렇습니다만……."

"역시…… 무덤에 꽃다발 놓을 사람이 처남 말고 누가 있겠어. 반갑습니다. 난 김동현…… 아, 이영선 선생 남편입니다."

집주인이었다. 몇 년 전에 이사 왔단다. 이영선의 남편, 그러니까 매형인 셈이었다. 해인은 그렇게 배다른 누나 영선 내외와 재회했다. 얼결에 배유정까지 인사시켰다. 뭐가 어떻게 돌아가는 판 속인지 따질 겨를도 없이 저녁 식사를 대접받고, 김동현과 복분자주를 마셨다. 동현이 반강제로 방에 몰아넣는 바람에 그는 유정과 첫날밤을 함께 보냈다.

시쳇말로 단 하룻밤 만에 해인은 장성長城을 쌓았다. 영선 내외는 물론이고 배유정과도 오래 만나 온 사이처럼 이물 없어졌다. 김동현 덕분이었다. 천연덕스럽게 처남이라 부르는데 뿌리칠 사람이 있을까. 민해 외숙모님, 하고 부르자 유정이도 배시시 웃었다. 집 구할 때까지 서당께에서 지내라 했다. 백수가 가진 거라곤 시간뿐 아니냐. 읍내 지리도 훤하게 꿰고 있으니 집 얻으러 다닐 때 안내하겠다며 자기가 직접 날짜까지 잡았다.

"보여줄 게 있어, 처남."

김동현이 아담한 방으로 안내했다. 서재 창문으로 비쳐 든 햇살이 노릇하고 밝았다.

"야, 이거…… 이거 얼마 만이야, 대체?"

감격스러운 나머지 말이 안 나왔다. '東山高等公民學校' 현판과 '東山雅會七律' 족자. 현판은 크기로 보아 현관 입구에 붙었던 것이었다. 해인은 몇 번이고 벽에 걸린 현판과 족자를 쓸었다. 아버지를 만난 것처럼 반갑고 안쓰럽고 미웠다.

"공사 중일 때 어떤 분이 주더라고. 장인어른 제자라데."

한창 기초공사를 하고 있는데 중늙은이 사내가 길가에 오토바이를 세우고 올라왔다. 대뜸 땅을 사서 왔느냐 물었다. 동현은 전에도 마을 사람들한테서 여러 번 질문을 받은 터라, 장모님 땅이라더라. 아는 대로 대답했다.

"장모님이 정인재 선생 따님이시다. 툭, 뱉었거든. 사내가 빤히 쳐다보더니 오토바이를 타고 가버리더라고. 한두 시간이나 지났나. 아버지 묘가 여기 있으니 오겠지, 설해인이 오거든 주쑈, 하면서 현판이며 족자며, 자그마한 이 보따리까지 내미는 거야.”

“누나도 몰라요?”

영선도 고개를 흔들었다.

“안 그래도 처음 왔을 때 얼마나 놀랐는지 몰라. 학교가 그대로 있었으면 더 이상했을까. 진짜 아무것도 없더라. 밭이 온통 시퍼래서 물어봤더니 땅콩밭이래. 태어나서 처음으로 땅콩나무를 봤다니까.”

“하하하, 땅콩나무…… 선생은 뭐든 다 아는 줄 알았더니 무식한 면도 있구나. 이건 뭐야, 아, 나침반. 난 처음 보는데?”

“장인어른이 책상 서랍에 두고 꺼내보곤 하셨다나 봐. 자기 친척이 만든 거라데. 어떡할까. 처남이 가져가야지?”

“일단 여기 둡시다. 애들 고향이잖아요.”

누굴까. 해인은 동산학교 출신 학생들을 떠올리면서 거실로 나왔다. 커다란 유리문으로 품 넓은 방등산이 내다보였다.

“처남, 군청 홈페이지 보니까 고인돌박물관에서 모로모로 탐방열차* 운전자 구하던데, 어때?”

김동현이 물어왔다. 엊저녁에 한잔하면서 가족이 생겼으

---

* 고창의 고인돌박물관에서 운행하는 타이어식 무궤도 열차. 고인돌박물관 앞부터 고인돌유적지까지 코스별로 관람할 수 있도록 운행한다.

니 집을 장만해야겠다, 2세가 생길지 모르니 저축도 해야
한다, 해인이 운운하던 걸 예사로 듣지 않았나 보다.

영선이 반찬 담긴 쟁반을 들고 서서, 서재로 들어가는 김
동현의 뒤통수를 건너다봤다. 무언가에 골똘한 것 같았다.
유정이 쟁반을 잡아당기자 깜짝 놀랐다.

"먹고사는 일도 급하고 중요한데…… 택동 증조할머니
할아버지 일 말이야. 얼마 전에 과거사정리위원회라나, 그
런 게 생겼어. 과거에 희생당한 사람들, 가령 독립운동이나
한국전쟁 때 억울하게 당한 사람들의 진실을 밝혀주는 기
구라데. 신청 기간이 올해 11월 말까지던데, 우리도 해야지
않을까?"

해인은 된장국에 든 배춧잎을 입에 넣고 잘근잘근 씹었
다. 밥다운 밥을 먹어본 게 언제였나 기억도 나지 않았다.
더구나 집안 이야기를 나눌 사람까지 생기다니. 입속에 든
걸 삼켜야 하는데 무언가 아래에서 자꾸 치받고 올라왔다.

"야, 공부하기 지긋지긋 싫었던 역사가 이렇게나 우리 몸
속에 살고 있었구나. 들고 나는 숨으로 늘 호흡해 오고 있었
어."

응시원서를 출력해 들고나오며 동현이 말했다. 뭔가 깨
달은 듯한 표정이었다.

"있잖아요, 제 아버지는 목수였어요."

유정이 불쑥 끼어들었다.

"제가 애기였을 때 엄마는 돌아가셨다고 해요. 줄곧 아버지와 둘이 살았는데 10년 전쯤에, 공사장에서 일하다 돌아가셨어요."

해인은 안 그래도 유정의 과거사가 궁금했었다.

"그 무렵에 저는 대학을 졸업하고 마을금고에 다녔거든요. 위로금과 사망보험금을 통장에 넣고 났더니 남자들이 관심을 보이데요. 직장 동료와 데이트를 시작했어요. 결혼도 했죠. 주식에 관심이 많던 사람이었는데 자기 봉급으론 양에 안 찼는지 제 통장을 넘보더라구요. 거절하자 폭력까지 써요. 주위 눈을 의식하느라 얼마나 고통스러웠는지 몰라요. 빈 통장을 보고서야 결심했죠……. 이혼한 지 1년 돼 가요. 한 번도 안 해본 염색도 하고 파마도 했어요. 여기저기 돌아다니다, 아버지 고향이 요 근처였단 게 생각나서 오게 됐는데…… 암튼 그냥, 놓여나고 싶었어요."

유정이 물을 마셨다. 목이 타는지 연거푸 두 잔이나 마셨다. 영선이 처음 듣느냐, 눈으로 물어왔다. 해인은 어깨를 으쓱해 보이곤 말았다.

"야, 민해 외숙모님이 우리 고민거리를 단번에 해결해 주시네. 주위 눈을 의식하지 말아라. 할 거면 서둘러라, 이게 포인트 아니겠어."

“누나, 이렇게 합시다. 일단 누나가 진실위원횐가에 증조할아버지 할머니를 신청하고, 나는 할아버지…….”

“내가 신청할 수 있다면 뭐 하러 널 기다렸겠어?”

“아차, 그거 신청하자고 복잡하게 호적까지 바꿀 순 없지. 그럼 어쩐다?”

말이 나온 김에 해인은 할아버지에 관한 일도 말했다. 아버지가 동산학교 학부형한테서 들었다며 전해준 이야기를.

“홋카이도 슈마리나이라나, 거기 묻히셨을 거라던데 찾을 수 있을지 모르겠어요.”

“저기 민해 엄마. 할아버지 일은 처남한테 물어보는 게 좋겠는데. 지난번에 서울 어느 대학에서 그쪽에 묻힌 사람들 발굴한다는 뉴스를 본 거 같아. 고고학자니까 혹시 연결되는 사람 있지 않을까.”

“수열이 발굴 선생이에요? 왜 아버지 회사 안 물려받는데?”

“참, 아버지한테도 여쭤봐야겠다.”

영선이 핸드폰을 찾아 들었다.

“예, 아버지. 별일 없으시죠…… 저도 잘 지내요. 저, 아버지…… 한국전쟁 때 택동 일 말이에요…….”

거의 5, 6분은 통화하는 것 같았다. 예, 예. 아니 그래도…… 예, 예. 아니 뭐 누가 영화를…… 예…… 알겠어요, 아버지. 이러다 끊었다.

"아버지 외가에 후손은 당신뿐이라고, 무슨 영화를 보겠
다고 번거롭게 그러냐고. 우리 친가 어른들이나 제대로 신
청하라 그러시네."

핸드폰 폴더를 닫으며 영선이 두런거렸다.

맨발로 예까지 오는 동안

인부가 수렁에 빠졌다 한다고 비서가 알려왔다. 정만은 곧바로 양평 전원빌라 신축 현장으로 달려갔다. 차에서 내리자마자 부패한 냄새가 코를 찔렀다. 굴삭기 몇 대가 흙더미 위에 비스듬하게 서 있고 주변에는 삽이며 작업 모자들이 어수선하게 뒹굴었다.

"인부 둘이 삽으로 귀퉁이를 파고 있었는데 갑자기 바닥이 꺼지면서…… 손쓸 겨를도 없이…… 머리가 보이지 않았습니다. 사장님, 어떡하죠? 대책을 세워야 할 텐데……. 어쩌면 좋겠습니까, 사장님?"

정만은 현장소장의 어깨를 가만히 두드렸다. 자기 또한 뜻밖에 당한 일이라 머리가 제대로 굴러가지 않았다.

시신을 건져 올리는 데 꼬박 한나절이 걸렸다. 어떻게 알았는지 기자들이 들이닥쳤다. 그들이 터뜨리는 플래시 앞에 서 정만은 유족들에게 멱살을 잡혔다. 옷자락이 찢기고 오물 세례까지 받았으나 지금은 기다려야 할 때란 걸 직감했다.

굴삭기 바가지에 웬 자잘한 뼈들이 무더기로 딸려 나왔다. 무슨 일인가 싶어 정만은 안승모를 불렀다. 공사 현장 부근은 6, 7년 전에 조류 인플루엔자로 살처분한 닭들이 묻힌 곳인데, 기한이 지났으니 상관없으리라 여겼다면서 그가 무거운 표정으로 눈치를 봤다.

사장을 기소하네. 실무자도 구속한다네. 합의금 몇 푼으로 해결하려느냐. 죽은 사람 살려내라. 법이 무슨 이현령비현령인 줄 아느냐. 진상 조사부터 해라. 이번 기회에 살인적인 작업환경을 바꿔야 한다……. 사건은 걷잡을 수 없을 정도로 확대되었다.

정만은 안승모에게 환경영향평가를 받은 서류부터 재확인하라 일렀다. 매몰지 사후관리가 어떻게 진행되었는지, 토지 매입 당시에 정말 법정기한이 지났는지, 소유자가 매몰지에 대해 사실대로 알려왔는지, 계약서에 명시해 두었는지. 가축 사체의 분해 여부도 확인하도록 지시했다. 사전 발굴 작업 과정에서는 이상이 없었는지도 중요할 것 같았다. 수열이 학교에서 발굴했다면 큰일인데, 하는 생각이 스쳤다. 녀석에게 전화했으나 강의 중인지 받지 않았다.

　사장실 문을 열다 말고 정만은 멈칫 섰다. 벽에 붙은 ‘萬錦빌라建設’ 나무판이 눈에 들어왔다. 나중에 안 일이지만, 영은이 저 ‘設’ 자 한 자를 쓰기 위해 영선이와 몇 날 며칠을 연습했다고 들었다. 창백한 영은이의 얼굴이 떠오르면서 현기증이 일었다. 지금껏 살아온 날들이 한꺼번에 스치고 지나갔다. 너무도 많은 땅을 파헤쳐 왔구나, 정만은 깨달았다. 땅에 살던 수많은 목숨을 해치고 거기에 인간의 집을 지었구나. 여태 어머니 아버지도 제대로 묻어드리지 못했구나. 우리 따옥이도 나 때문에 서둘러 떠나고 말았구나. 갈퀴로 긁어모은 것들이 결국 나를 덮쳤구나. ‘희기동소喜忌同所’, 좋고 나쁜 것은 한 몸에 있는 게 맞는구나……. 모두 확연해졌다.

　정만은 비서가 건네는 옷을 받아 들었다. 하악하악 노래하던 따오기 부부를 떠올리며 옷을 갈아입었다. 택동마을 앞 논에서 깃털에 회색 분비물을 발라가며 소리하던 따오기, 쌍나발등 바닥으로 떨어져 으깨진 알이 오래오래 머릿속을 부유했다.

　퇴근길에 수열에게서 전화가 왔다. 자기 연구소에서 발굴하지는 않았다며 괜찮냐 물어왔다. 무슨 말인가를 더 할 듯 머뭇거렸다. 정만은 안도의 한숨을 쉬곤 전화를 끊었다. 하루가 너무도 길었다. 단정하건대 일흔이 넘도록 이토록 길고 지루하게 보낸 날은 오늘이 처음이지 싶었다.

거실로 들어서는데 텔레비전 화면에 낯익은 광경이 보였다. 사고 현장이란 걸 알기까지 거의 1분은 걸렸을 것이다. 화면 속 자기가 어찌나 딴사람처럼 보이던지. 정만은 가슴이 미어졌다. 숙인 고개, 어질러진 머리칼, 구부정한 어깨, 헐렁한 감색 저고리와 밋밋한 엉덩짝을 감싼 바지, 흙먼지를 뒤집어쓴 검은색 구두. 화면 속에서 그는 기자들이 들이대는 마이크를 뚫어지도록 쳐다보고 서 있었다. 윗니로 아랫입술을 물고 스읍 스읍, 공기를 빨아들이고 있었다. 자발머리없이 머리통까지 내둘러 댔다.

밥 먹자며 미금이 불렀다. 숟가락을 드는데 손이 마구 떨렸다.

"수열이가 교수로 간담서 아까 전화했드만요."

"잘되았구만. 어디래여?"

아무리 소원하게 지내도 자식은 자식인가 보다. 드디어 보따리 장사를 면하는구나, 정만은 반가운 마음이 앞섰다.

"전주라나 이리(익산)라나, 재경 에미가 발령 날 때까지는 주말부부 헐랑갑디다. 당신헌테는 낼 집이 와서 말씀드릴란다고 허드만…… . 저 거시기, 수열 아부지. 우리도 그만 내려가끄라우?"

정만은 처음 보듯 미금을 봤다. 머리카락이 반백이었다. 정수리마저 휑했다. 이마와 눈가에 주름이 지고 팔자주름도 깊어진 모습을 보자니 문득 서글픔 같은 게 밀려왔다.

세월이 약이라고 했던가. 유족들이 드디어 협상에 응해왔다. 지루하리만치 오랜 시간을 맞대고 앉았다. 수많은 방지턱을 넘고 나서야 합의서에 사인했다. 회사는 영업정지를 당하고 벌금을 물었다. 재개한다 해도 입찰 자격에 제한이 따를 것은 자명했다.

그렇다고 세월이 약만은 아니었다. 사람을 기다려주지 않고 저 혼자 가버리는 게 무정한 세월 아니던가. 정만은 일을 수습해 나가는 동안 홀쭉해졌다. 입맛이 돌아오지 않았다. 안 가던 병원을 들락거리기 시작하면서 만사가 귀찮아지고 신경도 예민해져 조금만 비위가 틀어지면 몇 날 며칠을 꽁한 채로 지내기 일쑤였다. 애들이 안부를 묻는답시고 전화해 오는 것도 시큰둥했다. 출근을 미루거나 어떤 날은 아예 집에서 뭉그적거렸다.

정만은 한 달여 만에 회사에 나갔다. 안승모와 간부들에게 자기 결심을 말하고, 비서에게 '萬錦빌라建設' 현판을 떼어내 차에 실어두라 일렀다.

"갑시다. 그동안 부대끼며 사니라 당신도 힘들었을 것이여."

문을 열어주는 미금에게 정만은 현판을 안겼다. 외투를 벗어 소파에 내려놓는데 어깨로 격심한 통증이 몰려들었다.

영옥이 고창모양성제 공연에 나온다기에 정만은 미금과 영선 내외를 따라 읍내로 갔다. 수열이 제 아내 홍이진과 손주 재경이, 재린이를 데리고 먼저 와 기다리고 있었다. 설해인 부부도 와 있었다. 해인 아내의 배가 불룩했다.

지난봄에 영선이 집 옆으로 내려왔을 때 해인이 인사하러 왔었다. 고창 읍내에 산다고 했다. 제 아버지 문상 때 후로 처음인데도, 어제 만나고 또 만난 것처럼 스스럼없이 굴어 정만은 속으로 꽤 놀랐다.

춘기 아재도 왔을까. 주변을 둘러봤으나 명철이 명순이도 보이지 않았다. 왔더라도 알아나 볼까. 왜인지 시원섭섭한 심정으로 정만은 이진이 안내하는 간이 의자에 앉았다.

영옥이 맨 나중에 무대로 올라왔다. 전주가 나오는 동안 마이크를 잡고 서서 지그시 눈을 감았다. 쉰 살이 넘었다고는 믿기지 않을 정도로 탄탄하고 부드러운 음성으로 노래를 시작했다.

"해가 뜨고 해가 지도록 흐르는 길, 길이 나를 부르네…… 짙푸른 왕소나무 하늘 만나는…… 도림으로, 도림으로 나는 떠나네……"

〈도림 가는 길〉이었다. 여리여리한 체구에서 나오는 풍부하고 울림 깊은 소리가 초저녁 하늘로 퍼졌다. 두 팔을 올리곤 왼쪽 오른쪽으로 흔들어가며 따라 부르는 사람들을 보노라니 정만은 가슴이 뭉클해지면서 감탄사가 절로 나왔다.

"내 딸이지만 노래 하나는 기맥히단 말여."

"음마, 어뜧게 당신 딸이오, 내 딸이제, 문……. 아, 소리도 내가 배우게 허고 피아노도 치게 허고 가야금도 타게 했지, 어디 당신 지문 하나 묻었간디? 이따 한번 물어보쑈. 우리 영옥이가 뭐락 허는지."

한마디 잘못 던졌다가 정만은 미금에게 수십 마디를 얻어맞았다. 하도 어이가 없어 쳐다보자, 미금은 못 본 척 영옥이만 바라봤다.

자기가 쏠 테니 저녁 잡숫고 가시라는 해인의 청을 뿌리치고 정만은 애들과 서당께로 돌아왔다. 영옥이 제 엄마가 차려주는 밥을 먹고 싶다고 보채서였다.

재경이 고기를 먹지 않으려 들었다. 이진이 어르고 달래도 아랫입술을 물고는 슴슴거리면서 고개까지 흔들었다.

"재경이 저 녀석, 아버지 손자 맞네. 어떻게 저런 것도 유전되나 몰라."

영옥이 탄식하듯 말했다.

"그러게요, 형님. 재경 아빠 처음 만났을 때도 저래서 속으로 되게 웃었거든요."

"차차로 없어질 것잉게……."

평온하고 펑퍼짐한 소리로 미금이 재경을 두둔했다.

"초등학교 들어가면 먹기로 엄마랑 약속했잖아. 손가락 걸고 도장도 찍고 손바닥 복사도 하고…… 얼른?"

"먹어야 크제. 우리 재경이 후딱 어른 되고 싶담서?"

미금의 말에 재경이 고개를 푹 수그렸다.

"재경아, 할애비가 요새 깨달은 것이 하나 있는데 들어볼쳐."

전에 서울 왔을 때는 잘 먹었던 게 기억나 정만은 재경이를 불러 무릎에 앉혔다. 녀석이 머리를 긁적거리며 고개를 꼬아 들었다.

"할애비는 배고프면 밥을 먹거든. 우리 재경이도 엄마헌 테 밥 달락 허지. 누구나 다 먹어야 사닝게. 밥도 먹고 김치도 먹고 고기도 먹고…… 먹고 나서는 우리 재경이마냥 아쟁도 타고 공부도 허고 또 애기도 낳는단다."

"애기요?"

"그럼, 엄마 아빠가 맛있게 밥을 먹어서 이쁜 재경이를 낳은겨. 봐봐, 재린이도 코…… 자는 모습이 얼마나 이뻐?"

정만은 녀석의 눈치를 보아가며 젓가락을 들었다. 소불고기를 한 저분(젓가락) 집어 녀석에게 건넬 듯 자기 입에 먼저 넣었다. 60년 만이다. 마음은 물론 몸도 긴장하는 걸 느끼며 자근자근 씹었다.

"맛있네. 어디, 우리 강아지도 한번 먹어볼쳐?"

몇 번을 어르고 달래서야 녀석이 한 입 받아먹었다. 뱉을 듯 뱉지 않고 삼켰다. 정만은 한 번 더 자기 입에 넣고 녀석에게 포크를 쥐여줬다.

"아유, 우리 재경이 잘 먹는구나. 맛있지?"

"야, 내일 아침에 일어나면 우리 재경이, 10센치는 커져 있겠는데."

"10센치가 뭐여, 하늘까지 닿을 텐디."

이진은 어르고 영옥은 부추기고, 미금까지 거들었다. 어린아이 하나가 집안 분위기를 이토록 활기차게 만들다니. 정만은 애들 어렸을 적이 떠올랐다. 어제 같은데, 어느새 하세월이 지나버렸다.

"어머니, 다음 주부터 애들 아빠가 아산면으로 출근한대요. 집에 자주 올 텐데 귀찮지 않으실라나?"

이진이 수열의 소식을 대신 전했다.

"발굴하는 데가…… 쌍나발등이랬나, 재경 아빠?"

어찌나 놀랐는지 정만은 먹은 고기가 도로 올라오는 줄 알았다. 안 그래도 며칠 전부터 미금이 보채는 중이다. "인자 세상이 안 달라졌소. 땅 쥔헌테 사실대로 말허고, 보관료 달라면 주고 좋은 디로 모셔야제, 아 언제까장 그럴라고 그

요. 내가 보기에는 애들한테 당신 위신도 안 서고 떳떳허지
도 못허겄고만." 말이야 백번 옳으나 실행으로 옮기는 일은
또 다른 문제였다.

"쌍나발등이라면, 우리 학교 근처 아냐?"

정만은 영선의 말을 듣는 둥 마는 둥 수열을 흘겨봤다. 경
당연립 때 일이 되살아났다. 훼손한 사람이 아비가 아니었
다는 걸 알면서도 여태 미안하다는 말 한마디 없는 놈이 오
늘따라 영 괘씸했다.

"할아버지, 아쟁 들려드릴게요."

재경이 일어났다. 거실 바닥에 받침대를 세우고 아쟁을
제 무릎에 올렸다.

"음……〈숲속을 걸어요〉〈수수꽃다리〉〈가을밤〉, 또……
〈반달〉도 배웠어요. 〈따오기〉랑 〈꽃밭에서〉랑, 어……."

"재경아, 〈따오기〉. 할아버지가 가장 좋아하시는 노래야."

영옥이 추천했다. 녀석이 저보다 큰 아쟁 앞에 다가앉았
다. 왼손으로 줄을 누르고 오른손에 잡은 활로 줄을 문지르
면서 소리를 내기 시작했다.

보일 듯이 보일 듯이 보이지 않는, 재경이 켜는 아쟁 선율
에 영옥이 나직하게 제 노래를 얹었다. 떠나가면 가는 곳이
어디이드뇨, 하며 영선이도 영옥이와 합창했다. 재경이 두
사람을 올려다보면서 활을 재게 놀렸다. 중간중간 가락이

어긋나기는 했으나 소리가 퍽 활달하게 들렸다.

"아쟁 소리는 우리 선조들의 삶이랑 무척 닮은 거 같아. 애끓듯 하면서도 시원스럽게 뻗어나는 소리가…… 맞아, 한의 소리가 저럴 거야."

이진이 수열에게 속닥였다.

"들을 때마다 느끼는 건데, 저 녀석 애늙은이라니까. 한을 저렇게 깊게 표현하는 아이는 우리 재경이가 유일할걸."

"참 내, 어린애가 한을 알면 얼마나 안다고 유일까지나……?"

이진의 말에 수열이 혀를 찼다.

정만은 언제부턴가 자꾸 뇌엿거리는 배를 쓸었다. 쌍나발등에 꽂혀 애들의 노랫소리도 제대로 안 들렸다. 저놈이 알아채기 전에 해결해야 할 텐데. 알아볼 수나 있을까. 춘기 아재부터 만나봐야 허나……. 정만은 걱정과 불안으로 좀이 쑤셨다.

"할아버지, 따오기 어떻게 생겼어요?"

아쟁을 켜다 말고 재경이 물어왔다.

"음, 따오기는…… 정수리는 뻘거고 깃털은 온통 허연데, 날갯죽지 아래만 조께 붉던가. 부리가 길고…… 착허고 정다워서 사람을 잘 따르제. 너무 착해놔서……."

정만은 기억을 더듬었다.

"쩌그, 구산춘 가는 길에 왕소나무가 있었니라. 따오기가
살었다고 허드라만…… 오뱅이골에 시방도 있을랑가."

횡설수설했다.

"아버지, 왕소나무 없어졌어요."

정만이 모르고 있다고 생각했는지 영옥이 되짚어 주었다.

"할아버지, 오뱅이골 가요. 한 시간 멀어요? 두 시간 멀어
요? 세 시간?"

"인자는 없을겨. 할애비가 땅을 너무 많이 파놔서 다 가
버렸을 것이여."

"우리 아빠도 땅 파는데. 그쵸, 아빠?"

재경이 제 아빠에게 물었다. 수열의 얼굴로 곤혹스러운
표정이 지나갔다.

"숨 쉬는 것은 모두 땅을 벗어나선 살 수 없단다. 땅속에
는 우리 재경이가 좋아허는 공룡이 들었고 따오기도 들었
고 물괴기도 들었거든. 그것들이 죽어서 흑이 되고 흑이 다
져져서 땅이 되았제. 땅을 공연히 세월이라 허겄냐."

어린애가 알아듣기를 기대하고 뱉은 말은 아니었다. 누
군가 자기한테, 얼른 무엇인가를 알아차리라고 다그치는지
도 모르겄다, 짐작했으나 정만은 그것이 무엇인지 알 수 없
었다. 눈만 감겼다. 속이 울렁거리면서 오목가슴으로 통증
이 밀려들었다. 식은땀까지 났다. 세상이 기우뚱 쏠리는 것

같았다.

나는 어쩌다 여기까지 왔을까. 정만은 궁금했다. 증조부는 왜 사람들을 죽였을까. 나는 왜 우리 어머니 아버지 죽인 사람들을 안 찾고 내버려두었을까……. 의문은 걷잡을 수 없이 내달았다. 토벌대한테도 죽지 않고 살아남은 까닭은 뭐지. 왜 정미금을 만나고 하필 그녀에게서 어머니를 느꼈을까. 설재동과는 어떤 인연으로 딱 그만큼만 스쳤을까. 영선이는 왜 내 딸로 왔지. 영주와 영옥이 수열은, 사위와 며느리와 손주들은 무슨 인연으로 내게 왔을까. 그러나저러나 나는 왜 땅을 파면서 살아왔을까. 그동안 얼마나 많은 땅을 파헤쳤을까. 자식까지 땅을 파야 하는 까닭은 도대체 무엇일까…….

영은이가 그리되었을 때 정만은 쌍나발등 바닥에 떨어진 따오기 알을 생각했다. 양평 사고 현장을 맞닥뜨렸을 때도 기억했다. 자기가 해야 할 숙제 같은 게 있구나, 그때 짐작했으나 그 숙제가 무엇인지 지금도 모르겠다. 아버지 어머니를 제대로 묻어드리는 것만큼, 그보다 중요한 무엇이 있을 법한데.

나는 온전히 나만으로 이루어졌을까. 정만은 화들짝 놀랐다. 누구와 나눠 가지고 있진 않을까. 내가 먹은 것, 들은 것, 입은 것, 보는 것, 느끼는 것. 그것들과 세상을 나누어 가

                                   제5장

지고 있을 것 같은데…… 정말 그럴까. 모르겠다. 당최 모르겠다.

호미로 갈아엎는 듯 뱃속이 뒤집어졌다. 저절로 신음이 터졌다. 정만은 영옥의 팔에 기대어 방으로 들어갔다.

*

텔레비전에서 경남 창원시에서 열린 제10차 람사르총회가 모두 끝났다는 뉴스가 나왔다. '건강한 습지, 건강한 인간'이라는 주제로 세계 160여 개국 2000여 명이 참가하여 성황을 이루었다고 기자가 전했다.

따오기 한 쌍이 등장했다. 지난달에 중국 양저우에서 온 아이들이라고 했다. 복원에 적합한 환경을 갖춘 창녕 우포늪 사육장에서 직원들의 극진한 보호를 받으며 생활하고 있다며, 낚아챈 미꾸라지를 긴 부리로 물고 있는 모습을 클로즈업했다.

기자는 계속해서 따오기를 말했다. 따오기는 동북아시아 지역에 광범위하게 서식하던 새였다고. 우리나라에도 흔히 오는 겨울 철새였으나 한국전쟁 이후 남획과 서식지 파괴 등의 영향으로 감소했다고. 1968년에 천연기념물로 지정하고 보호했지만 1979년 비무장지대에서 한 마리가 발견된 뒤로 멸종하고 말았다고.

"그 뒤까지도 살았을 텐디. 요 아래 왕소나무 근방에 있었는디. 우리 따옥이 보내던 날…… 당신도 봤지요."

어머니가 포도가 든 쟁반을 거실 탁자에 놓으며 두런거렸다. 아버지도 끄덕끄덕했다.

수열은 오랜만에 따옥이 누나 영은을 회상했다. 얼굴보다 목발이, 목발보다 무릎 아래가 없던 한쪽 다리가 먼저 떠올랐다. 처진 입꼬리와 미간의 세로 주름과 살짝 들린 어깻죽지도 생각났다.

누나를 보내던 날 왕소나무에 새가 있었던가. 그게 따오기였는지는 모르겠으나 자태가 기억났다. 온통 하얬다. 목뒤를 덮은 깃이 마치 케이프를 두른 것 같았다. 얼굴이 빨갰다. 동공은 까만데 자위가 노래서 언뜻 누나처럼 무섭고 추워 보였다. 누나의 뼛가루를 나무 밑에 묻고 돌아설 때까지도 새는 주변을 빙빙 돌았다. 어린 수열은 그날 누나를 보내는 것도 슬펐지만 왕소나무 주변을 굼실굼실 나돌아 다니는 새가 무서워서 더 크게 울었다.

"세상에는 똑같이 사는 것은 아무것도 없드라. 풀만 봐도, 띠뿌리처럼 줄기를 마디마디 땅에 박아감서 영역을 넓히는 것이 있고, 하도 깊이 박는 통에 여간해서 뽑히지 않는 망초도 있고. 바람에 씨앗을 날려가며 번식허는 민들레는 또 얼마나 멀리까지 가냐고. 풀과 나무도 이런데 뿌리 없는 짐승이야 오죽허겄어."

아버지가 포도송이를 집어 들면서 두런거렸다. 한 알을 따 입에 넣었다. 잘근잘근 깨물었다. 씨앗 깨지는 소리가 들리는가 싶더니 목울대가 움직이고 이내 입맛을 다셨다. 한 알 한 알…… 70 중반이나 되는 노인이 이도 튼튼하시지. 한 송이를 통째로, 껍질 하나 씨앗 한 톨 남기지 않고 다 깨물어 먹고는 생선 뼈대처럼 앙상해진 빈 줄기를 쟁반에 내려놨다.

수열은 아버지 앞에선 절대 포도를 안 먹는다. 사과나 배도 껍질 그대로 잘라놓은 것은 손도 대지 않는다. 껍질째 먹는 게 얼마나 고역인지 아버지는 아시기나 할까.

"그러고 봉게 우리는 땅을 팜서 사는구만. 너는 유적인가 유물인가를 찾을라고 파고 나는 집 지을라고 파고……. 테레비서 봉게나 요 지구상에 인간이 나타난 것은 시간으로 따지자면 자정이 다 될 무렵이었다던가. 짐승이나 푸나무 역사허고는 댈 바가 아니래여. 찰나보다 짧다닝게."

뭘 말하고 싶어 포석을 까시지? 수열은 물을 마시다 말고 아버지를 건너다봤다. 안 그래도 얼마 전에 쌍나발등이라 전해오는 고창 아산면 봉덕리 1호분 발굴에 착수했다. 개토제를 올리고 잡목들을 제거하고 측량까지 마치는 데 꼬박 열흘이 걸렸다.

"굴러온 돌이 백힌 돌 빼드라고, 에리디 에린 우리 인간이 짐승이랑 푸나무의 장구헌 역사를 파버림서……. 글쎄다, 따오기가 지금의 땅에 제대로 적응이나 헐랑가. 더군다나 철새를 저리 가둬 키운다니……."

"가둬 키우긴요. 조만간 방사한다잖아요……. 한데 아버지, 땅 판다고 다 똑같진 않잖아요. 엄연히 다른 문제 아닌가?"

수열은 비난조로 되받아쳤다. 매사 자기를 걸고넘어지는 게 속상하면서, 내 잊어버리고 있던 풍납동 현장이 떠올랐다. 발굴 현장을 훼손한 굴삭기와 숭례문을 태운 라이터와 시너. 그 둘은 다르지 않다. 아버지가 속한 곳은 너무도 분명해 보였다.

"그렇구만. 너는 땅을 파서나 유물이나 유적을 찾어내닝게 의미 있고 가치 있는 일을 허고, 애비는 땅 파서 그 속에다 철근을 박고 시멘트를 덕지덕지 처발라 인간의 집을 지어 돈을 버닝게…… 대크나(아닌 게 아니라), 고런 차이가 있구만."

"아니 뭐, 그렇다기보다 땅 파는 목적이나 입장이나 견해가 서로 다르다는 거죠."

"물론 다르겠지. 헌데, 너도 요런 거 생각해 본 적 있냐. 땅을 팜서나 캐내버린 푸나무들 말이다. 거기 살던 새나 버러지는 다 어디로 갔을까……. 애비는 얼마 전까지만 해도 한 번도 궁금허게 생각해 본 적 없었어야. 고것들헌테 둥우리가 있는지, 역사란 것이 있는지 관심 밖이었응게. 아, 고무신도 잊어묵고 달려오니라고 정신이나 있었간디……. 그러다가, 고 닭 뼈 무더기를 본 순간 정신이 번쩍 들드만. 우리 인간이 파묻어 버린 닭 오리 되아지 소…… 고 뼈다구들을 내 눈으로 직접 보닝게 생각이 확 뒤집히드란 말여.”

어제와 오늘, 1호분 분구 중앙과 동쪽 일대에서 매장시설로 보이는 석실* 3기를 발견했다. 하단에 주구主構도 있었다. 뭔가 더 있겠구나, 수열은 직감했다. 기대와 긴장으로 가슴이 두근두근하는 판에 아버지가 지금 초를 치려고 한다. 닭 뼈 무더기와 발굴이 도대체 무슨 상관이란 말인지.

“땅 안 파고 헐 수 있는 일이 있을까……. 땅을 안 건들고 헐 만한 일 말여.”

세상에, 평생 땅만 파신 분이 땅 파지 않고 할 수 있는 일을 찾는다고? 농담도 정도껏 하셔야지. 수열은 살래살래 고개부터 흔들었다.

“필시 있을 텐디…….”

* 고대에 만들어진 무덤(고분) 안의 돌로 된 방.

"그렇게 불쌍하면 동물보호센터라도 차리세요. 구제역 걸린 소, 돼지열병에 걸린 돼지, 조류독감에 걸린 닭 오리들 보호하는 시설 같은 거 만드시면 되겠네. 울타리만 치면 되니까 굳이 땅 팔 필요도 없고……. 아버지, 돈 많으시잖아요."

"애비를 무시허는 것이 니 취민갑다이? 어뜩게 한 번도 제대로 들을라고를 안 혀?"

"아버지와 전 땅 파는 목적이 다르다고 아까부터 말씀드렸잖아요. 사실이잖아요……. 아버지도 뭐, 언제 제 말 들어주신 적 있어요? 한 번이라도 제 일에 우호적인 적 있었냐고요. 만날 우격다짐만 하셨잖아요."

예전 일이, 그러니까 경당연립 터 발굴 현장을 훼손한 굴삭기가 떠오르면서 와락 열이 올랐다. 수열은 숨을 크게 들이쉬었다. 목소리를 벼렸다.

"그러고 보니까, 아버진 우격다짐이 특기인 모양이네. 옛날에 엄마도 이런 식으로, 우격다짐으로 끌고 가셨다면서요?"

"뭣이여? 요 싸가지 없는 자식!"

여태 가만히 듣고만 있던 어머니가 버럭 화를 냈다. 손을 휘휘 저으면서 나가! 나가! 소리 질렀다.

현장에 계속 가봐야 해서, 전주 집에서 왔다 갔다 하는 게 귀찮아서 며칠 지내려고 왔던 수열은 어머니가 내모는 바람에 쫓겨 올라가야 했다. 하필 바로 다음 날 아침 일찍 조사원 양우진이 호출을 해왔다. 석실 분구 하단에서 무언가 걸린다며 급하다 했다. 수열은 하는 수 없이 부랴부랴 봉덕리로 내려왔다.

진여민이 호미로 석실 바닥에 앉아 흙을 긁어내고 있었다. 10센티 정도쯤 들어갔을까. 접시 같은 게 보였다.

"교수님, 정말 뭔가 있나 봐요. 어떡해요?"

"일단 올라와 봐, 여민아."

양우진이 대신 내려갔다. 여민이 건네는 호미를 받아 들고 바닥에 앉아 신중하고 조심스럽게 접시 주변의 흙을 긁어냈다. 한참 만에 고배高杯: 굽 달린 접시 귀퉁이가 모습을 드러냈다. 그 옆에서 입큰항아리도 비죽 아가리를 내밀었다. 검누른 금속 같은 게 보이는 순간 모두가 숨을 죽였다.

느닷없이 핸드폰이 울렸다. 수열은 소스라치며 전화기를 꺼냈다. 큰누나 영선이었다.

"지금 아버지 모시고 병원 가거든. 엊저녁에 한숨도 못 주무셨다는데, 갑자기 몸에 열이 올라선 떨어지질 않아."

수열이 응급실로 갔을 때는 이미 아버지를 장례식장으로 모시고 난 뒤였다. 어머니와 큰누나 내외가 지키고 있었다. 몇 분 뒤에 해인 내외가 왔다. 이진과 애들이 오고, 네댓 시간 지나 작은누나 가족이 내려왔다. 다시 두어 시간이 지난 뒤에야 영옥이 퉁퉁 부은 얼굴로 아버지 앞에 엎어졌다.

"어떻게 고기 한 조각도 못 이기고 가실 수 있지. 수열이 넌 받아들일 수 있겠니?"

원망 섞인 넋두리에 수열은 할 말이 없었다. 60년 만에 먹은 고기 한 조각이 원인이 되어 돌아가신 것은 맞겠으나, 어머니 말대로 아버지에게 싸가지 없이 군 자기 탓이 크다는 생각에 내내 죄책감에 시달렸다.

제6장

고창 봉덕리 1호분

장방형으로 수북이 쌓인 깬돌들을 들어내자 두 장의 덮개돌이 나타났다. 덮개돌이 맞물린 중앙부의 틈은 다시 작은 깬돌 네 개로 밀봉되어 있었다.

양우진과 진여민이 조심스럽게 작은 깬돌들을 옆으로 치웠다. 소장이 한쪽 덮개돌을 살짝 들어 올리곤 디지털카메라를 연거푸 눌렀다. 아무것도 찍히지 않아 온통 까만 듯했으나 한 줄기 흰빛이 환하고 날카롭게 번득이는 것을 수열은 놓치지 않았다. 장신구일까, 신발일까, 칼일까, 금관인지도 몰라. 1500년 만에 만나는 세상을 그들은 어떤 기분으로 맞이할까. 상상에 빠져들었다.

신발이었다. 금동신발! 피장자의 발치께로 보이는 서쪽 벽에서 동쪽으로 약 60cm 정도 떨어진 지점에 북쪽으로 비스듬히 누워 있었다. 바닥에 붙은 뾰족한 징까지 완벽한 형태였다.

"해냈어. 우리가 해냈다고."

소장이 환호하며 수열의 손을 맞잡았다.

부식이 우려돼 수열은 문화재보존처리센터*에 전화부터 했다. 보존처리 전문가를 기다리는 동안 신발 표면에 강화제를 바르고, 내부와 바닥 판의 형태가 망가질지도 몰라 거즈도 붙여두었다.

금동신발 측면에는 다양한 형태의 문양이 투조透彫되었다. 바닥 판에도 용 문양이나 새 문양과 꽃문양이 누공漏空되고, 특히 꽃문양 중심에는 원뿔 모양의 징이 양쪽에 모두 18개씩 박혀 있었다. 오른쪽 신발 내부에서는 피장자의 뼛조각이 붙은 직물 조각도 발견되었다. 발굴이 계속될수록 4호 석실에서는 중국제 청자호, 댓잎 모양 장신구, 청동으로 된 잔 받침 그릇인 청동 잔탁, 자루에 고리 모양을 장식한 큰 칼인 환두대도, 작은 항아리를 장식으로 붙인 넓은입구멍단지인 소호장식유공광구소호小壺裝飾有孔廣口小壺 등이 쏟아져 나왔다. 덕분에 조사원들의 붓질이 바빠졌다.

"섞이지 않도록 정리 잘해. 봉지에 적은 거랑 유물에 적은

* 지금의 '문화유산보존과학센터'를 지칭한다.

거랑 번호가 맞는지도 제대로 확인하고."

수열은 부산스럽게 움직이는 학부생들에게 공연히 잔소리를 늘어놓았다. 양우진이 남쪽 분구 쪽에서 인부에게 지시하는 걸 건너다보다 그쪽으로 갔다.

민묘*로 보였다. 분구의 사면 남서쪽이었다.

"교수님, 경사가 너무 가팔라요. 문제 생기지 않을까요."

"별거 없을 거 같긴 한데, 구획 안에 있으니까 해보자. 최대한 조심하도록 해."

예상대로 유골이 묻혀 있었다. 비교적 최근 것으로 보였다. 애초부터 관이 없었는지 뼈들만 오롯했다. 새 종류로 보이는 가늘고 긴 뼛조각 몇 개와 삭아가는 검정 고무신 한 짝이 근처에서 뒹굴었다. 유골과 유골 사이에는 길이가 80센티미터, 폭이 30센티미터 정도 되는 기다란 돌이 놓여 있었다. 크기나 색깔, 질감이 근처 주구에서 드러난 것과 비슷했다.

소장과 양우진은 유골을 들어내는 게 좋겠다고 했다.

"돌은 조사가 필요해 보이니까 그대로 두고 유골만 들어내자. 일단 군청에 먼저 알리고……. 고무신 같은 거야 버려도 되지 않을까. 찜찜하면 따로 두든가."

양우진에게 이르고 수열은 간이 천막으로 들어왔다. 진

* 일반 백성들이 사용한 무덤.

여민이 작업대 앞에 서서 단경호*를 붓질하고 있었다. 느리적느리적, 지루한 모양이다. 이런 건 세척기로 하면 좋겠어요. 오늘도 볼통대려나, 쳐다보는데 알은체도 안 했다.

물 체질에서 나온 구슬들이 여러 개의 페트리접시**에 담겨 있었다. 작업대 위에 옹기종기, 고즈넉한 저녁 햇살을 받아 오색으로 반짝거렸다. 소호장식유공광구소호에도 단풍 같은 놀이 내려앉았다. 수열은 그리로 손을 뻗었다. 따르르, 방울 소리가 마중 나왔다.

"교수님, 할아버지 한 분이 오셨는데요."

양우진이 불렀다. 뒤에 작달막하고 홀쭉한 노인이 서 있었다. 진여민이, 지난번에도 왔었어요, 들릴 듯 말 듯 알려왔다.

노인이 강종강종 안으로 들어섰다. 두 손을 마주 잡고 입맛을 다시고는 저 거시기, 하면서 입을 열었다.

"전에는 여그다 밭도 갈고 소도 치고 그랬지라. 뭣이냐, 멧등도 썼는디…… 혹시 뭣이 나왔으끄라우?"

노인이 봉분 아래를 가리켰다.

"요 아래 서당춘 사요…… 연락 주실라요?"

주머니에서 종이쪽을 꺼내어 건넸다.

* 목이 짧은 항아리.
** 유리나 플라스틱으로 만든, 뚜껑이 있는 둥글고 납작한 접시형 용기.

                                              제6장

*

금동신발을 발견했다는 소식은 삽시간에 퍼졌다. 여기저기서 축하 전화가 쇄도했다. 선배 최민우한테서도 왔다. 정년이 돼가는 김정국 교수와 모교에서 학생들을 가르치는 2년 선배다.

수열은 오랜만에 들른 서당께 어머니 집에서 선배 전화를 받았다. 금동신발을 발견했을 때 기분은 어땠는지, 소호장식유공광구소호가 얼마나 독특하게 생겼는지 한참 동안 자랑을 늘어놨다. 끊으려다 해인의 부탁이 생각나 선배를 불렀다.

"홋카이도 말이에요. 진척은 있어요?"

"같이 가자고 그렇게 말해도 안 듣더니, 넌 인마 선견지명이 부족해."

선배가 핀잔했다. 수열이 뭘 가지고 트집이냐 따졌더니 석사과정 때 일을 들추었다. 경당연립 사건이 있은 지 얼마 지나지 않은 무렵이었다. 한집에 살아도 아버지완 거의 마주하지 않았다. 어머니를 통해 등록금이나 받았을 뿐 발굴 현장을 돌아다니며 아르바이트로 용돈을 마련하던 중이었는데 하필 홋카이도에 묻힌 조선인 유해를 발굴한다는 말이 나왔다. 수열은 여비를 마련하지 못해 아쉽고 착잡한 심정으로 학교 발굴단을 전송했다. 그들이 돌아올 때까지 안성시인가, 안산시인가, 문화유적분포지도를 작성하는 일에 보조로 참여했었다.

"야, 이수열. 우리가 거기 가게 된 비하인드 스토리, 너도 아냐?"

"웬 비하인드 스토리?"

"물론 그 당시 사회적으로 이슈였지만, 사실은 우리 지도교수님이 적극 주선하신 거야. 당신 스승님의 선친이 홋카이도에서 돌아가셨다더라고. 관심 많으셨지."

"그랬구나. 난 교수님 생각하면 첫사랑 애기밖엔 안 떠오르던데."

"난 순정을 바쳐 발굴에 임하고 있어요……. 야, 귀엽지 않냐."

선배 말에 수열은 비싯비싯 웃음을 베어 물었다.

"있잖어, 너한테 고백할 게 있어."

느닷없이 선배가 목소리를 낮추었다.

"왜, 그 풍납동 현장. 실은 나도 느네 아버지 의심했거든. 아니어서 얼마나 다행이던지……. 얀마, 늦었지만 미안해."

수열은 멍해졌다. 나는 땅을 파더라도 유물이나 유적을 찾아내니 의미 있고 가치 있는 일을 하는 사람이고, 아버지는 땅 파 집을 지어 평생 돈을 벌어들였으니, 의미나 가치

따위를 논할 게 못 된다. 지금도 이렇게 생각하나. 아니라고 자신 있게 대답하기 어려웠다. 수열은 얼떨떨한 기분을 어쩌지 못하고 핸드폰을 주머니에 넣었다.

차 소리가 멈추더니 조금 지나 현관문이 열렸다. 영선이었다.

"이 박사님, 우리 학교에 발굴 이야기로 강의 한번 해줄쳐? 쌍나발등이 우리 학교 근처에 있잖아. 금동신발이 나왔다고 하면 애들이 좋아할 거 같은데. 방학 끝나고 한 3월 말쯤 어때?"

"야, 요샌 등잔 밑도 환한가 보네. 몇 명이나 되는데요?"

"등잔 밑? 아, 등잔 밑……. 모두 스물한 명. 내년 입학생에 따라 좀 달라지겠지."

"전 학년이?"

수열의 물음에 영선이 대답 대신 고개를 끄덕였다.

"어떻게, 마무리는 돼가?"

"현장 설명회 끝나면 철수할 거예요."

"인자 집에 올 일도 없겠네."

어머니가 식탁에 반찬을 놓다 말고 우두커니 섰다. 서운한지 아닌지 표정이 모호했다.

"거시기…… 땅을 안 파고서나 헐 만한 것이 있을까. 느그들이 조까 찾어볼라냐? 아부지가 생전에 고민허신 일인디."

"무슨 말이야, 엄마. 아버지가 평생 땅 파신 걸 후회라도 하셨대요?"

식탁에 앉으며 영선이 되물었다.

"글쎄다. 그 깊은 뜻을 어찌 알겠냐만, 아무리 생각해 봐도 요것이다, 짚이는 게 있어야 말이제."

수열은 그제야 아버지의 말을 기억했다. 땅을 건드리지 않고 할 만한 일은 정녕 없을까, 하던. 그때는 막연한 기분으로, 감정에 겨워서 하시는 말이라고 지나쳤는데 나름 심각하게 고민하셨던 모양이다.

밥을 먹는 동안 학교 장학 재단은 어떠냐. 복지 재단 같은 봉사 단체도 있다더라, 여러 의견이 나왔으나 아버지 뜻과는 다른 것 같다면서 어머니가 고개를 저었다.

"평생 땅을 파옴서나, 풀이나 나무는 어떻게 생겨나고 크는지, 땅속 벌레들은 어떤 식으로 살다 죽는지 관심 없었고, 당신 자신도 어떻게 살어왔는지 한 번도 구구다본(들여다본) 적 없다고 허시드라만……. 그 말에 답이 있을랑가."

"엄마, 천천히 생각해 봅시다. 찾아보면 있겠지."

영선의 말에 수열은 그만 생각을 놓았다. 당장 며칠 뒤에 있을 현장 설명회를 준비하느라 신경이 곤두서 있던 참이었다.

작년 가을 개토제를 시작으로 1차와 2차 발굴 조사를 진행하고 현장 설명회까지 마치는 동안 해를 넘겼다. 조사단은 각각의 석실과 토층 등에 대한 일부 보완 조사를 마무리하고 마침내 정리에 들어갔다. 연말을 며칠 앞둔 날 수열은 고창 봉덕리 1호분 발굴 현장에서 완전히 철수했다.

1500년 동안 흙방울은

해인은 차를 세우고 나왔다. 애기등 너머로 얼비치는 아버지 무덤을 건너다보며 서류봉투를 집어 들었다.

"연락도 없이 웬일이야? 어마, 우리 연재 봐. 언제 또 저렇게 컸대?"

영선이 연재를 덥석 안았다.

"그러게, 연락도 없이 웬일일까……. 누나, 〈데르수 우잘라〉 봤어요? 얼른 나와봐요. 어, '데르수 우잘라'가 내게 말하길, 해는 무서운 사람이라는 거야."

"뚱딴지같기는…… 해가 왜 무서워?"

"누난 안 무서워요? 어, 난 해보다는 세월 있잖어. 그게 더 무섭더라고."

"집에서부터 계속 해가 무서워, 달이 무서워…… 열 번도 더 했을걸요."

배유정이 꼬아 바쳤다.

"처남, 무슨 일이야. 기분 좋은 일이야?"

"물론이죠. 참, 어머닌?"

"구산촌 가셨어. 종일 사위하고 뭐 하겠어. 회관에 가면 외숙모랑 반암할머니도 있고, 또래도 두어 분 계시나 봐. 참, 너도 10원짜리 있으면 놓고 가. 화투 치면 반암할머니가 다 따간대. 맨날 빈손으로 오신다니까?"

"차에 있을라나. 야, 어머니도 반가워하실 텐데…… . 일단 아버지한테 갑시다."

해인은 봉투에서 종이 뭉치를 꺼내어 무덤 앞에 내려놓고 무릎을 꿇었다.

"아버지, 아버지가 직접 읽어보세요. 그토록 원하시던 소식이니까 아버지 목소리로 직접 읽어보시라고요."

눈물이 나려는 걸 억지로 참으며 해인은 〈고창지역 민간인 희생 사건에 대한 결정통지서〉를 한 장씩 넘겨나갔다.

"진실화해위원회는 고창지역에 거주하던 주민 333명이 1950년 11월부터 1951년 5월까지 군경에 의해 '좌익', '빨치산', '부역자' 등으로 몰려 현장에서 살해되거나 연행된 후 행방불명, 부상당한 사실을 확인 또는 추정하였다.

이 사건의 신청 건수는 36건, 진실규명대상자는 346명
이다. 이 중 희생자 328명, 부상자 5명으로 합해서 333명이
진실 규명되었다.

'확인' 희생자 309명의 명단은 다음과 같다.

△ 해리·심원지역(34명)

△ 공음·대산·무장·고창 지역(152명)

△ 상하면 지역(71명)

△ 미신청 중 '확인' 희생자(52명)

△ '추정' 희생자(19명)

(중략)

한국전쟁 기간 군경과 적대세력에 희생된 고창지역 민간
인은 공보처 통계국의 『피살자 명부』(1952년)에 기재된 적
대 피해 2393명과 『전북도의회 실태조사』에 있는 군경 피
해 1240명을 합하면 모두 3633명에 이른다.

진실화해위원회가 2007년부터 2010년까지 신청 사건
을 조사하여 신원을 확인한 희생자 수는 637명이다."[*]

해인은 통지서의 마지막 장을 넘겼다. 눈을 끔벅이며 무

---

[*] 진실·화해를 위한 과거사정리위원회, 〈한국전쟁 고창지역 민간인 희생
사건〉 중에서, 2010.

덤을 건너다봤다.

"아무것도 아냐…… 그래…… 구산촌 들러서 엄마 모시고 와. 마을회관…… 어……."

수열이라 전하며 영선이 볼을 훔쳤다.

이제 한 가지만 해결하면 되는구나. 한 생각에 골몰해 드는데 부르르, 핸드폰이 떨었다. 모르는 번호였다. 내버려둘까 하다, 예? 하고 상대편을 불렀다.

"설해인 씨?"

처음 듣는 목소린데 낯이 익었다. 이런 걸 기청감^{旣聽感}이라고 하던가.

"누구십니까?"

"얌마, 설해인. 나 박문수야. 박문수라고, 인마."

"허, 시…… 웬 날벼락?"

하마터면 시^詩를 말할 뻔했다. 전에 돌아다니던 길, 수없이 헤매다니던 그 많은 길이 시가 되어 날아온 것 같았다. 아무런 이유도 없이 그냥 그랬다. 해인은 쑤셔 넣을 듯 핸드폰을 귀에 붙였다. 콧물을 들이마시곤 큼큼, 목소리도 가다듬었다. 박문수는 고등학교 때 친구다. 정확히 말하자면 1학년 때 같은 반이었고 한 학기 동안 짝꿍이었다. 수학 천재였다.

"박 도사, 내 번호는 어떻게 알았냐?"

"어머니한테 알아냈지, 인마."

"어머니?"

"아이고, 이 문과놈아. 집 전화기에 번호 뜨는 게 어제오늘 일이냐. 한데…… 너 설해인 맞어? 목소리가 영 껄쩍지근한데?"

"야, 박 도사. 일단 끊어봐. 성님이 좀 울 일이 있거든."

뭐? 하고 박문수가 물었으나 해인은 종료를 눌렀다. 핸드폰을 주머니에 넣었다. 하염없이 무덤을 바라보다 입술을 비쭉거렸다. 기분이 좀 이상했다. 아까 전까지만 해도 아버지에게 통지서를 읽어주느라 감정이 격했는데 지금은 그게 다가 아니었다. 무언가가 더 들어간 것이 틀림없었다.

"느그덜 아버지도 좋아허셨을 텐디 그렸다."

소식을 들은 미금이 두런거렸다. 60년 전으로 갔을까. 소리가 멀었다.

"그러게, 엄마. 신청하면 뭐 할 거냐고는 하셨지만, 서운하네."

말하곤 영선이 집으로 들어갔다. 감정의 타래를 길게 끌듯 유정이와 아이들이 뒤를 따랐다.

홋카이도 일은 어찌 돼가는지 수열에게 물어보려다 말고 해인은 벤치에서 일어났다. 재촉한다고 될 일은 아니지 싶었다.

식탁에 푸성귀들이 푸짐했다. 쌈장도 넉넉한데 고기가

　　　　　　　　　　　　

없었다.

"야, 너무 야박한 거 아녀."

해인은 누구에게랄 것도 없이 툴툴거렸다.

의중을 눈치챈 유정이 샐쭉 웃었다. 큼지막한 상추를 집어 들었다. 쑥갓과 기다란 잎채소 한 장을 상추에 올리고 위에 고봉밥을 담았다. 밥에 장을 발랐다. 쌈을 꼬깃꼬깃 접어서는, 해인이 입을 마저 벌리기도 전에 안으로 쑥 밀어 넣었다. 입안에 꽉 찼다. 안에 든 것들이 촐싹촐싹 비어져 나와 겨우 혀를 놀리는데 쓴맛이 확, 골을 쑤셨다. 해인은 발딱 일어났다.

"어때요, 연재 아빠? 내가 느낀 고창 맛인데."

유정이 키득키득, 어깨를 눌러 앉혔다.

"무슨 맛?"

"이따 물어보세요, 형님. 4, 5년 살다 보니 고창 맛을 쪼금 알겠더라구요."

"고창 맛이야 복분자처럼 달잖어."

영선이 복분자 운운했다.

"달기만 허간디. 장어맨치로 보드레 쫄깃허고 또 고소허제."

"땅콩도 고소하잖아요, 장모님?"

"지난번에 쌍나발등 발굴할 때요. 읍내 식당 네댓 군데는 돌아다녔을 거야. 혼자 왔다고 밥을 안 주더라고. 씁쓸한 맛, 이게 나한테는 고향 맛이더만.”

“맞아요, 고향 맛이 그렇다니까요.”

수열의 말에 유정이 맞장구쳤다.

“아빠, 우이는 시운 사얌이죠. 어여운 어, 도아야죠.”

네 살 연재가 어깨에 제 몸뚱이를 치대며 물어왔다. 발음이 시원찮아 제대로 들었는진 모르겠으나 쉬운 사람? 해인은 속으로 되물으며 동공을 키웠다. 텔레비전에서 불우이웃돕기 캠페인 광고가 나오고 있었다. 글쎄, 마음은 편하니 쉬운 사람일까, 여태 남의 집에 살고 있으니 어려운 사람일까. 대답하지 못하고 그는 입속에 든 것을 우물우물 삼켰다. 물을 한 컵 들이켰다.

“맵고 짠 것은 그렇다 쳐도 왜 이렇게 써? 도대체 뭐가 쓴 거야?”

투덜대는 해인에게 유정이 기다란 잎을 들어 보이면서 잡채를 한 저분 집어 들었다.

“고들빼기였구나. 처음엔 써도 먹고 나면 개운하지 않어?”

“형님 대단하시네. 전 좀처럼 적응이 안 되던데…… 이 잡채는 맛 좋은데요.”

“올케도 한번 만들어볼래. 맛 내기 진짜 어렵거든.”

“아휴, 이렇게나 많은 게 들어가는데 당연히 어렵죠. 난 포기할래요.”

“해보지도 않고 포기는……. 젤로 중요헌 것이 새앙(생강)
이드라. 너머 많이 들어가믄 향이 진해서 딴 맛을 죽이고 또
너머 쪼께 들어가믄 밍숭밍숭허고……. 뭣이든지 차꼬 해봐
야제, 몇 번 갖고 된다냐.”

“아이고, 엄마. 만들려면 얼마나 귀찮고 번거로운데?”

“잘 먹었습니다. 엄마, 바로…….”

수열이 자리에서 일어났다. 영선이 디저트 먹고 가라고
잡아도 올라가야 한다며 현관문을 열었다.

“허실 얘기가 있당만. 지가 어디 엄마 걱정허니라고 왔겄
어.”

미금도 앞자락을 털면서 일어났다.

*

수열은 어머니가 들었다던 아버지의 말을 요약해 봤다.

‘아버지 이정만의 증조부 이회인은 관군이었다. 동학농
민혁명군을 수십 명이나 죽인 후 집안이 풍비박산 났다. 조
모가 당신 아들 이상의를 업고 서당촌으로 숨어들었다. 정
만은 비명횡사한 부모를 이춘기와 함께 쌍나발등에 암장하

고 택동 외가로 갔다. 한국전쟁이 나 군경 토벌대에게 외할머니와 외삼촌을 잃고 집으로 돌아왔더니, 동학농민혁명군 후손이 부모를 죽였고 자기까지 벼르고 있다면서, 이춘기가 얼른 떠나라 했다. 아버지는 그길로 서울로 올라갔다.'

그 유골은 정말 조부모일까.

수열은 지금까지 수백 번 곱씹어 생각했다. 생각만으로도 조마조마했다. 여태 모르고도 잘 지내왔는데, 아버지마저 쉬쉬한 걸 굳이 들춰낼 필요 있을까. 생각은 쉴 새 없이 돌아가고, 도는 생각을 따라가다 그는 두 손바닥으로 얼굴을 문지르고 머리를 쓸었다. 뒤통수에 손깍지를 끼고 앉아 남의 방에 온 듯 연구실 안을 빙 둘러보기 시작했다. 정신이 산만할 때면 나오는 버릇이다.

왼쪽 서가 전체에 빽빽하게 꽂힌 발굴 보고서들, 오른쪽 서가에 늘어선 중국과 일본, 기타 외국 도서와 고대사와 고고학에 관한 단행본들. 출입문 왼쪽 벽에 붙은 세면대와 수납장, 오른쪽 구석에 선 옷걸이. 방 가운데 길게 놓인 소파와 탁자. 책상에는 노트북이 놓이고 왼편에는 교내 전화기, 그 옆에는 윤도輪圖 사진으로 만든 액자가 세워져 있다. 수열은 액자 앞에서 뒹구는 청동 요령을 집어 들었다.

따르 따르르, 소리가 낭랑하고 맑게 방 안을 흔들었다. 오른쪽 서가 옆에 붙은 천상열차분야지도天象列次分野之圖가 환해졌다. 박사과정 때던가, 탁본 복사본을 사서 코팅한 것인데 연구실에서 자주 들여다보는 것 중 하나다. 요령과 윤도와 천상열차분야지도 그리고 영배鈴盃 같은 기대器臺와 그 안에 든 흙 방울 두 개. 이들에는 서로 연관성이 다분하게 느껴졌다. 딱 집어 말하긴 어려운 무엇이 서로를 끌어당기는 것 같았다.

수열은 연구실을 나왔다. 유물정리실 문을 열다 말고 멈칫했다. 입구까지 온통 플라스틱 상자로 가득했다. 이나영이 책상에 앉아 토기 편 두 개를 맞대어 테이프를 붙이고 있고, 학부생 서너 명은 번호가 쓰인 토기 조각을 들고 같은 번호가 쓰인 봉투를 찾아 상자마다 살피고 다녔다.

귀에 이어폰을 끼고 앉아 도면을 스캔하던 진여민이 어깨를 비틀며 휴, 한숨을 쉬었다. 보고서에 넣으려면 이렇게 스캔한 도면을 다시 일러스트로 따서 전자 도면으로 만들어야 한다. 지루하고 어려운 작업이다. 수열은 여민의 어깨를 두드리곤 유물연구실로 들어갔다. 양우진 혼자 책상 앞에 앉아 있었다. 발굴 현장에서 촬영한 사진을 컴퓨터에 옮기는 중인지 모니터에 단경호 사진이 크게 떠 있었다.

수열은 책상에 놓인 소호장식유공광구소호를 앞으로 당겼다. 따그르르, 기대 안에서 흙방울 구르는 소리가 마중 나왔다.

소호장식유공광구소호는 4호 석실에서 금동신발, 청동 탁잔과 함께 출토되었다. 고배형기대高杯形器臺와 한 세트다. 회백색 항아리에는 동체 어깨에 앙증맞을 정도로 자그마한 항아리가 네 개나 달려 있다. 기대 아랫부분에는 가운데 기다랗게 홈이 파이고 홈 양쪽으로 작은 구멍이 두 개 뚫렸다. 바닥에도 가운데 구멍을 중심으로 모두 여섯 방향에 같은 크기의 구멍이 뚫렸는데, 특이한 점은 흙으로 만든 구슬 두 개가 그 안에 들어 있어서 움직일 때마다 소리가 났다. 하르르 따르르 다그르……. 가볍지도 무겁지도 않았다. 두껍지도 얇지도 않았다. 깊지도 얕지도 않았다. 저리도 작은 구슬에서 저토록 낙낙하고 다양한 소리가 나다니. 듣고 있노라면 아득한 곳에서부터 날아온 새소리 같기도 하고 심연에서 올라오는 땅의 소리로도 들렸다. 이 같은 기형의 토기가 나온 것은 우리나라에서는 지금까지 고창 봉덕리 1호분 4호 석실이 유일하다.

요령 소리가 생각났다. 오래전에 풍납동 경당연립 발굴 현장 근처에서 들었던 소리. 소리꾼이 흔들던 그 소리가 기억을 뚫고 날아오더니 흙방울 소리와 만나 방 안을 나닐었다. "너나 나나 땅 팜서 사는구만. 너는 유적인가 유물인가를 찾을라고 파고 나는 집 지어서 돈 벌라고 파고……." 아버지의 탄식과 섞여 들면서 무한정으로 커졌다.

발굴 조사로 파헤친 땅은 얼마나 될까. 수열은 컴퓨터를 켰다. 과연 숫자를 다 헤아리지 못할 정도로 엄청난 면적이었다. 집 지으려고 파헤치는 땅이나 발굴로 파헤치는 땅이나 피장파장일 것이다. 엄밀히 따지자면 가장 먼저 땅을 파헤치는 사람은 자기 같은 부류다. 아버지는 단지 자기가 파헤쳐 놓은 '문제없는' 땅에 집을 지을 뿐이니.

흙방울과 요령, 천상열차분야지도와 윤도. 생각은 어느새 처음으로 돌아왔다. 해부학연구소로 보낸 두 개의 유골과 유골 사이를 비집고 들어가 있던 1500년이나 되었을 긴 돌 그리고 닭인지 오리인지로 보이던 뼛조각들과 검정 고무신 한 짝. 수열은 또 금동신발을 생각했다. 보존 처리가 아직 끝나지 않아 만나고 싶어도 만날 수 없는 1500년 전의 신발을.

그러고 보니 아버지 신발을 한 번도 본 적이 없었구나. 몇 켤레나 되었는지, 어떤 색깔을 자주 신었는지, 어떤 디자인이 많았는지, 어떤 브랜드 신발을 선호했는지 관심조차 없었구나. 궁금해하지도 않았구나. 걸리적거린다고 한쪽으로 밀어내기 일쑤였구나. 불쑥 들이닥친 생각에 수열은 적이 당황스러웠다.

"교수님, 유골 말이에요. 지난번 그 할아버지한테 알리는 게 좋지 않을까요. 간곡하게 부탁하는 모습이 꼭 저희 할머니 같아서 내내 걸리더라구요."

"할머니?"

수열은 그제야 양우진을 봤다.

"저희 할머니는 한국전쟁이 끝나고도 돌아오지 않는 스무 살 큰아들을 기다리셨다고 해요. 주인 없는 무덤 앞에 앉아 있다 돌아가셨다더라구요. 성묘 때마다 들어서 그런지 뵌 적도 없는데 실제로 만난 것 같았어요. 그때마다 알 수 없는 기분이 들었거든요."

안 그래도 마음이 기울어가던 수열은 부랴부랴 자기 연구실로 돌아왔다. 고무신 봉투를 찾아 들었다가 도로 넣어두곤 이춘기 집으로 전화를 걸었다. 받은 사람은 이춘기의 아들이었다. 왜 그러느냐 물어왔다.

"부친께서 전에 쌍나발등 발굴 현장에 오셨어요. 그 일로 말씀드릴 게 있습니다만."

"치매가 심해져서 요양원에 모셨는디…… 정이나 만나야겄다믄 오쑈."

수열은 곧바로 고창으로 출발했다. 쌍나발등 앞에 차를 세우고 나오자 70대로 보이는 사내 하나가 다가왔다. 몇 분 걸리지 않아 읍내 요양원에 당도했다.

침대 머리맡에는 베개가 뒹굴고, 그 옆에 노인 하나가 말아놓은 이불처럼 앉아 있었다. 하늘색 옷이 훌렁했다. 박박 깎인 머리칼, 옴팍한 두 눈과 검누리끼리한 눈동자. 홀쭉 들어간 볼은 검버섯으로 얼룩덜룩했다. 손등은 자줏빛 멍으로 덮이고 손가락 뼈마디가 닭발처럼 앙상하게 불거졌으나 이춘기가 맞았다. 이 세상과 작별 중으로 보였다. 한 손으로도 번쩍 들 수 있을 만큼 허깨비가 되어버린 사람에게서 뭘 들을 수 있을까. 수열은 난감했다.

"나가 안 보냈어요."

아들을 보자마자 이춘기가 퉁퉁거렸다.

"아부지, 나요. 명철이."

"택동 간다등만. 아, 고무신짝도 잊어묵었대여……."

수열은 자기도 모르게 입술을 물었다. 머릿속으로 흙방울이 굴러들었다. 따그르르 따글 따글 따그르르…….

"아이고 아부지. 저니는 상의 아자씨 아녀요. 그 냥반 간지가 은젠디, 아, 보는 사람마다 다 상의 아자씨랴."

아들도 툴툴거렸다. 연방 이춘기의 등을 쓸었다.

어느 순간 흙방울 소리가 뚝 멈췄다. 수열은 맥이 풀렸다. 개운했다. 홀가분하기까지 했다. 이제 어째야지. 해부학연구소로 연락해? 직접 찾아가? 유전자 검사를 의뢰하잔 말이지. 아냐, 아직…… 아직은…… 난무하는 생각들을 그러모았다. 이춘기의 손을 잡았다. 놀라서 빼내려는 것을 붙들고 연거푸 흔들었다.

제 7 장

검정 고무신

문화재청*은 2021년 2월, 우리 연구소가 2009년 고창 봉덕리 1호분 발굴 조사에서 출토한 금동신발을 나주 정촌고분 출토 금동신발과 함께 보물로 지정할 것을 예고하였다. 30일간의 예고 기간 동안 각계의 의견을 수렴 검토하고 문화재위원회의 심의를 거쳐 국가지정문화재로 지정할 예정이라고 하였다.

12년 만이다. 덮개돌을 뚫고 올라온 소식은 그토록 강렬했다. 1500년 동안 어둠 속에 웅크리고 있던 한 줄기 흰빛이 마침내 깨어난 것이다.

수열은 얼떨떨했다. 아까 뭘 하고 있었지. 뭘 어째야 하

* 지금의 '국가유산청'이다.

지. 알 수 없어졌다. 그는 연구실 안을 오락가락, 괜스레 문을 열고 복도를 내다봤다. 의자에 앉았다가 도로 일어났다. 소파로 가다 말고 주전자에 물을 끓였다. 무심코 커피를 들이켜다 입천장을 데었다. 책상 모서리에 엉덩이를 부딪혔고 기어이 커피를 쏟고 말았다.

핸드폰이 진동했다. 수열은 휴지로 옷자락을 닦다 말고 핸드폰을 노려봤다. 최민우 선배였다.

"도굴, 도굴, 도굴……. 대체 어떤 놈들이 남의 무덤을 파헤치는 거야?"

흥분한 목소리로 떠들썩 말했다. 부여 능산리 고분군 발굴 현장이라고 했다. 며칠 전에 통화할 때는, 동쪽 고분에서 청동기시대부터 조선시대까지 다양한 묘와 건물지가 나타난다며 들떠 있었는데.

"선배도 참, 우리지 누구예요?"

"인마, 그래도 우린 도굴은 아니지. 엄연히 공인받고 하는데……. 죄 관정하고 관고리만 굴러다닌다니까. 겨우 금동 몇 편하고 금실 한 줌이나 건졌을까."

"금실이면 어디야, 아무것도 못 건질 때가 허다한데 뭐……. 그건 그렇고, 최민우 선배님. 때맞춰 전화 잘하셨습니다. 이 후배가 드디어 국가 보물을 만들어냈습니다요."

수열은 기분이 들통나지 않도록 작은 목소리로, 속삭이

　　　　　　　　　　　　　　　　　　　　　

듯이 소식을 전했다. 아무리 자제하려 애써도 나중엔 가슴이 먹먹하고 목소리마저 한없이 들썽거렸다.

"아이 씨, 어쩐지 전화하기 싫더라."

"근데 왜 했는데요?"

"하도 열받아서 너한테 화풀이하면 좀 나아질까 했지……. 암튼 축하한다. 네 아버지가 좋아하시겠네. 아니지. 느네 할머니 할아버지가 좋아하실라나?"

선배의 말에 수열은 그간의 일들이 두서없이 떠올랐다.

이춘기를 만나고 돌아오면서 수열은 어머니에게 이 사실을 전화로 알렸다. "정말로 느그 할매 한아씨가 맞담사 모셔 와야지. 허지만 니 생각이 중요허지. 엄마는 니가 어떻게 허든 따르마." 당신 생각을 분명하게 말하지 않았다. 아내 홍이진이나 누이들도 다르지 않았다. 큰누나 영선만은, "맞는다면 모셔 와야지?" 했다. 해부학연구소에 유전자 감식을 의뢰하고 결과를 기다리기까지의 과정은, 지난 50년 동안 겪었음 직한 고통이란 고통은 죄 압축해 놓은 듯 인고를 요구했다. 조부모란 걸 확인하고는 오히려 긴장이 풀어졌다. "아부지가 내려오신 것은 당신 부모님을 펜안히 모시고 싶어서였어. 춘기 아재만 찾으면 된담서나 서당촌으로 쌍나발등으로 돌아다니시드만……. 니가 대신 해줘서 고마워 허시겠네." 조부모님을 아버지 옆으로 모시고 났을 때야 어머니가 말했다.

"그나저나, 홋카이도 말야."

"안 그래도 궁금했는데. 어떻게 돼가요?"

"느긋하게 기다리라고 해. 순 조릿대로 덮여서 작업이 여간 까다롭지 않더라고. 진달래 군락도 엄청나고. 발굴 때마다 유골이 나오면 좋겠지만 그것도 아니잖아."

"봄 되면 꽤 볼만하겠는데. 울긋불긋……."

"야, 조릿대도 진달래도 다 그분들의 피와 살이야. 암튼 거기 계시는 게 확실하다면 더 바랄 게 있겠냐."

"명심하겠습니다, 선배님. 그나저나 여긴 언제 올 거요? 보물 한번 보셔야지?"

"그래. 가마, 가. 참, 교수님도 한번 찾아봬야 할 텐데."

"집 잘 꾸며놓으셨더라고. 선배도 보면 놀랄걸."

부안절이라나. 귀향했다기에 작년에 찾아갔었다. 서종오라는 친구분과 함께 마당에 있었다. 해인이 땅바닥에 무릎을 꿇고 큰절을 올리자, 손에 낀 빨간 작업용 장갑을 벗어던지곤 그를 끌어안았다. 서종오까지 세 사람은 잃어버린 50년을 되찾은 듯 눈시울을 붉혔다. 또 한 분도 있었다는데 코로나19에 걸려 사망했다는 소식에 수열도 콧날이 시큰해졌다. 수열은 두 팔을 벌리며 다가오는 김정국을 포옹했다. 오랜 세월 동안 발굴 현장을 돌아다니느라 까매진 얼굴색

은다 돌아오지 않은 듯했으나 표정만은 무척 밝아 보였다.

수열은 선배의 전화를 끊고 검정 고무신을 찾았다. 이 서랍에도 저 서랍에도 없었다. 아버지 신발은 모두 몇 켤레나 됐을까. 다시 궁금해졌다. 현장을 자주 돌아다니셨을 테니 스니커즈가 많았을까. 여러 고관을 만나자면 구두도 필요했겠지. 어떤 색깔을 자주 신었을까. 어떤 브랜드가 많았을까. 아버지가 직접 샀을까, 아니면 어머니나 누이들이나 직원들이 사다 드렸을까.

어쩐 일인지 세면대 아래에 들어 있었다. 수열은 신발주머니를 들고 연구실을 나왔다. "고무신도 잊어먹고 달려오니라고 정신이나 있었간디." 하던 아버지의 말을 기억하며 어머니에게 출발한다고 연락했다.

'萬錦빌라建設'도 생각났다. 서당께 집 거실에 기다랗게 걸린 나무판. 삐뚤빼뚤, 애들이 장난쳐 놓은 것 같은 판때기. 볼 때마다 피식피식 웃고 말았는데 아버지가 처음 회사를 차렸을 때 온 가족이 한 자씩 써서 사무실 앞에 걸어둔 현판이었다는 말을 듣고는 다시 보였다. 아버지가 남긴 것은 결국 이 검정 고무신 한 짝과 '萬錦빌라建設' 간판이 다인 셈이다.

해인은 박문수를 덥석 안았다. 통화 때마다 다음엔 꼭 만나서 길게 얘기하자, 말한 게 거짓말 좀 보태면 100번은 될 것이다.

"상사병 걸렸나, 꼭두새벽에 만나자는 놈이 어딨어. 어, 추워. 답사는 이따 하고 박물관부터 가보자."

박물관 매표 창구가 닫힌 걸 보곤 박문수가 푸, 한숨을 내쉬었다.

"이 상황에 춥단 말이 나오냐. 난 시방 열나는고만…….

* 김우열·빙기창·서지혜·이두표, 「봉덕리 고분에서 출토된 금동장식신발 새문양의 형태·생태학적 분석을 통한 천연기념물 따오기 동정」에서 제목을 빌려옴.《한국조류학회지》 제28호, 2021.

널 온전히 보고 싶다고. 갈 데도 많아. 새 박사니까 다리도 튼튼하겠구만."

밖에서도 마스크 써야잖어, 투덜대는 박문수의 팔을 붙들면서 해인은 자기 마스크를 벗어 주머니에 넣었다. 모로모로 탐방열차 타는 곳을 지나고 고인돌교를 건넜다. 운곡습지 탐방안내소 앞에서 오른쪽으로 방향을 틀었다. 탐방로를 따라가면서 눈에 보이는 대로 설명해 나가다 2408번 고인돌로 박문수를 데리고 갔다. 배유정을 처음 만난 곳이다. 이파리가 다 떨어진 살구나무와 감나무들이 쌀쌀한 바람에 맨 가지로 간들거렸다.

"흰 눈이 쌓이잖아. 고대인들이 막 손짓한다? 진짜로……. 저기 움푹 팬 데서 어떤 사람이 하품하면서 일어나던데, 너도 봤냐? 난 방금 인사도 주고받았는데……. 자, 오배이골로 가볼까요."

해인은 어이없어하는 얼굴로 쳐다보는 박문수의 팔을 붙들었다. 매산재로 올라섰다.

운곡습지는 애초에 논이었다고 한다. 1980년대 초에 영광원자력발전소에 냉각수를 공급하기 위해 댐이 건설되면서 주변의 마을 주민들이 떠나고 논도 방치되다시피 했는데 놀랍게도 30년이 흐르는 동안 자연스럽게 습지로 바뀌었다. 묵논(폐경지) 습지로 회복한 것이다.

“습지에 조류관찰대도 있어. 참, 박 도사. 넌 어쩌다가 새 박사가 됐냐?”

“기억나냐? 너랑 서울에 있는 대학교를 순례했는데.”

“나랑? 언제?”

“1학년 여름방학 땐가…… 맞어, 너 그때 어떤 누나 좋아 한다면서 가자고 꼬시지 않았냐?”

해인은 깜짝 놀랐다. 그랬다. 고등학교 1학년 때 영은이 누나가 다니던 학교에 갔었다. 여태 혼자 간 줄 알고 있었는데 저놈과 같이 갔었구나.

“조류연구소 있는 학교라니 얼마나 멋있냐고. 얀마, 넌 그때 국문과 갈 거라 그러드만. 왜 약속 안 지켰어?”

“아이고, 니가 어찌 이 성님이 고군분투하신 세월을 짐작 이나 하겠냐.”

전화 통화로는 차마 하지 못한 이야기들을, 해인은 두런 두런 고백했다. 종횡무진 말하다 보니 눈에 물이 고였다.

“내가 균형을 잃은 게 아니라 세상이 틀어졌다고 생각했 지. 그러다, 시멘트 도로를 기어가는 지렁이를 보고 알게 됐 어. 목숨 붙은 것은 모두 자기만의 속도가 따로 있구나. 나는 여태 내 속도도 모르고 살아왔구나…… 등골이 오싹해지더 라고.”

“상실감은 발판의 다른 이름 아닐까. 딛고 일어설 수 있는 발판."

박문수가 손을 잡아왔다. 둘은 차밭에서 풍기는 은근한 향기를 맡으며 산책하다 다시 매산재를 넘어왔다. 박물관에 들렀다가 음식점에 갔을 때는 점심때가 훌쩍 지나 있었다.

점퍼 안주머니에서 박문수가 《한국조류학회지》*를 꺼내어 식탁에 내려놨다.

"고창 봉덕리 고분에서 5세기 금동신발이 나왔다며? 그걸 연구한 논문이 들었어. 정확하게 말하자면 금동신발에 새겨진 새에 관한 건데……."

"그거 내 동생이 찾아낸 거야. 한데 조류학자가 도굴도 해?"

"뭐? 야, 이 문과놈아. 발굴 논문이 아니라 연구논문이야. 무식한 니가 알랑가 모르겠다만 고생물학이란 분야가 있어요."

"아하, 새 박사도 고고학을 공부하는구나. 새로운 사실인데."

해인은 포스트잇이 붙은 데를 펼쳤다. 눈으로 읽어나가다 소리 내어 읽었다.

"쌍조로 표현된 따오기 문양의 일부가 부리가 짧은 형태

* 앞의 글, 2021.

로부터 어린 새의 모습이 유추된다……*. 야, 재밌는 발상이
네. 이거, 니 생각이냐?”

“맘대로 생각하시고요. 이따 봉덕리 고분이나 친절하게
안내해 주셔.”

“그러니까, 이 논문대로라면 옛날 삼국시대나 마한시대
에도 따오기가 살았다는 거잖아……. 야, 보고 싶네. 어렸을
때는 종종 봤는데.”

영은을 회상하며 해인은 두런거렸다. 회상했다기보다 자
동으로 떠올랐다. 동글동글한 목소리와 깨끗하고 맑은 얼
굴을 기억하며 그는 논문을 계속 읽었다.

“야, 박 도사. 봉덕리 고분에서 무슨 병도 나왔다는데, 병
에 또 병들이 붙었대. 받침대 속에는 흙구슬도 들었다더라
고. 하늘에서 들리는 온갖 소리를 병에 담았다가 흙구슬로
전달했다는 거지. 흙구슬은 하늘의 소리를 세상으로 안내
하고……. 옛날에는 하늘과 땅이 다 연결되었을 거 아냐. 시
멘트나 아스팔트처럼 땅과 세상을 차단하는 것도 없고 비
행기나 우주선처럼 하늘을 가리거나 막는 소리도 없었을
테니까.”

“넌 도대체 애냐 어른이냐……? 아이, 그래. 늙어갈수록

* 앞의 글, 2021.

애가 된다던데, 이 형님이 이해해야지 어쩌겠냐.”

박문수가 시세고프게(어른스럽게) 말하곤 된장찌개에 든 두부를 입에 넣었다.

*

“뭘 그렇게 들여다봐요?”

배유정이 물었다. 사과가 든 쟁반을 들고 와 거실 탁자에 놓았다. 자기가 밥을 준비하니 설거지는 알아서 하라면서도 해인이 하려고 들자 밀어냈다. 대충 치울 게 뻔하고 결국 자기가 다시 치워야 한다나 어쩐다나. 코로나19에 걸려 호되게 앓고 난 뒤로 그녀는 허깨비가 되어버렸다. 1년도 더 지났건만 아직도 얼굴색이 노리끼리하고 눈도 떼꾼하다. 아이들한테 위험하다며 지금도 24시간 마스크 착용이다.

“연애편지.”

“언제 거? 설마 요샌 아니겠지?”

“물론 현재진행형, Never ending……. 아참, 물어봅시다. 나랑 살아보니 어때요?”

“왜요, 내가 분명히 마라톤 좋아한다고 말했을 텐데……. 하프 말고 풀코슨데, 벌써 지치셨나?”

유정이 눈을 흘기며 옆에 앉았다. 양쪽으로 쌓아둔 편지를 번갈아 들췄다.

"와, 1979년, 80, 81…… 40년도 더 지난 걸 갖고 있다니, 현재진행형 맞네……. 당신, 참 예쁜 시절을 보냈구나. 글씨가 동글동글한 게, 이분 얼굴도 귀엽고 예뻤겠어."

"묶어서 책으로 만들면 어떨까, 하고."

"호, 마르고 닳도록 기념하시겠다?"

기분이 꼬인 듯한 말투로 유정이 되물었다.

해인은 유정에게 영은을 소개했다. 사람이 하는 말이랑 물이 하는 말은 서로 다르다고, 풀이랑 나무가 하는 말도 다르고, 새가 하는 말도 우리랑 다르다고 알려주던 동글동글한 목소리를, 목발 짚은 따옥이 누나를 오래오래 말하곤 편지들을 상자에 도로 담았다. 한쪽으로 치우고 그는 유정을 골똘히 쳐다봤다.

"자기야…… 저기, 누나가 갈촌에다 숲학교를 만들고 싶대."

"갈촌? 아, 그 산골짜기……. 만들고 싶으면 만들면 되지, 그걸 왜 나한테 말해?"

"나더러 같이 하면 어떻겠냐고 물어와서. 돈 되는 일이 아니라…… 또 당신이나 애들 거취도 그렇고."

"그러니까, 당신은 모로모로 탐방열차 운전 때려치우고

그리로 들어가고 싶다, 그 말이지. 당장 결정할 일이야?"

"뭐, 그런 건 아니지만……."

보아하니 유정은 내키지 않는 눈치였다. 돈벌이가 안 된다는 말에 신경 쓰였을 테고, 신협에 다니는 자기 월급으로 과연 네 식구가 살아갈 수 있을지 따져보는지도 모르겠다. 연재와 연화 학교 문제도 고민할 것이다. 무엇보다 산골로 들어가 사는 일을, 처박혀 사는 것으로 받아들이려나. 서울에서 나고 자란 탓에 그녀는 종종 읍내도 답답하다며 짜증을 부린다.

"누나랑 매형이 자기네는 갈촌으로 들어갈 테니 우리더러 서당께 와서 살라던데."

"에효, 고들빼기 맛은 적응이 안 돼요, 적응이……. 테레비나 봅시다. 연재야, 연화야. 사과 먹자."

"당신, 기분 상했구나? 테레비나 보자고 하는 걸 보니……. 아냐, 보자고. 봐."

해인은 마지못해 텔레비전 리모컨을 찾아 들었다. 텔레비전을 켜자마자 뉴스들이 쏟아졌다. 오늘도 조류 인플루엔자에 걸린 닭을 살처분했다는 기사가 머리를 장식했다. 필리핀에 발생한 태풍 '라이'로 사망한 사람이 350명에 이르렀다는 소식이 뒤를 이었다.

"저런 무식하고 무자비한 놈들, 언제나 정신 차릴까!"

조만간 러시아가 우크라이나를 침공할 것이라는 소식에 유정이 신경질 부리듯 마스크를 콧잔등으로 올렸다.

"참, 이번 방학엔 발굴 안 한대요? 벌써 몇 번째야, 열 번은 되지 않나."

"무슨, 여섯 번인가 일곱 번쨀걸. 이보세요. 방구가 잦으면 똥이 나온답니다. 난 그 말을 믿습니다."

해인은 믿습니다, 강조해서 말했다. 유해가 발굴됐으니 확인해 보자는 수열의 연락을 받고 처음으로 홋카이도에 다녀온 게 10년 전쯤이다. 일말의 기대는 보기 좋게 무너졌다. 두 번째, 세 번째…… 검사 결과 매번 조부가 아닌 것으로 나왔고, 그때마다 기운이 빠졌다. 의욕도 사라지곤 했으나 이상하게 미련은 더욱 단단해졌다.

한 달 전엔가 개통했다는 충남 보령의 해저터널로 자동차들이 쌩쌩 달리는 모습이 화면에 나왔다. 눈을 박고 보던 연화가 돌아섰다. 두 팔을 번쩍 들고 소리쳤다.

"진짜 바닷속 달리는 거야? 와! 아빠, 우리도 가요."

"야, 설연화. 너 바보 아냐?"

연재가 빈정거렸다. 한쪽 다리를 건들건들, 사과 조각을 집어 들었다.

"해저터널이나 고속도로 터널이나 다 굴속이여. 똑같다고."

이기죽거렸다. 그 말에 연화가 불현듯 골똘해졌다.

"그럼, 물고기들은 어떡해? 길이 없어졌잖아. 풀도 없어지고…… 걔들은 그럼 어디로 갔어?"

심각한 표정으로 물어왔다.

"어마, 안녕하세요…… 아, 예…… 잠시만요."

유정이 핸드폰을 건넸다. 수열이었다.

"핸드폰이 왜 핸드폰인데. 형은 애인도 없어요?"

받자마자 수열이 고시랑댔다. 해인이 하도 전화를 안 받아 영선에게 유정의 번호를 물었단다. 애인 있는 사람은 핸드폰을 손에서 절대 안 놓는다나.

"형. 이번엔 느낌이 좀 다른 게, 뼈 근처에 목도장도 있었대요. 글씨가 하도 흐려서 알아볼라나 모르겠지만……. 아무튼 몇 번째야. 일곱 번째죠?"

"애인이야 산에 들에 좀 많냐. 한데 이수열. 너 진짜 양반 되긴 틀렸다야. 안 그래도 연재 엄마랑 방금 니 얘기 했거든. 신기하네……?"

해인은 가슴 저 밑에서부터 올라오는 먹먹한 안개를 흩뜨리듯 두런거렸다. 이번에야말로 느낌이 다르다니, 심장이 격하게 뛰기 시작했다.

아침에 온 새

고조부모와 증조부모 이름자가 나란히 쓰인 명패 옆에, 한 쪽을 비워둔 채로 놓인 조모 유성애 명패가 허전해 보였다.

해인은 작년에 선조들의 유해를 모두 여기 갈촌의 술바탕 양지바른 곳으로 이장했다. 서당께 계시던 아버지도 함께 모셨다. 아버지 명패만 준비했더니 어머니도 모셔야지 않겠냐며 누나 영선이 물어왔다. 어머니 성격으로 보아 가능성 없는 일인데도 "전주엔 후손 없다며? 안 오시겠다면야 할 수 없지만." 하기에 그는 마땅한 나무를 골라다가 명패를 다시 켰다. 홋카이도에서는 아직도 소식이 없다. 늘 그렇듯 해인은 돌아올 방학을 또 기다리는 중이다.

차 소리에 해인은 '금밭동 숲학교' 마당으로 내려왔다.

"저수지에 왜 새가 없냐?"

박문수다운 인사법이다.

"좀 전까지 있었는데 어디 갔지? 아이고, 새 박사 보고 달아난 모양이네. 그렇게 티 내지 말고 다녀, 이 사람아."

해인이 핀잔하자 박문수가 넉살 좋게 웃었다. 둘의 대화를 엿듣기라도 한 듯 새까만 민물가마우지 떼가 호숫가로 내려앉았다. 가창오리며 청둥오리들도 날아와 종종거리며 대가리를 물속에 박곤 하고, 되새 떼가 날래게 지나갔다. 매내미골에서는 아까부터 나무를 찍어대는 딱따구리 소리가 요란하게 들려왔다.

해인은 박문수에게 호수 건너편 양달산을 가리켜 보였다. 하얀 물안개가 올라와 숲으로 굼실굼실 스며드는 순간 산은 금세 물을 잔뜩 머금은 연한 먹색처럼 은근하고 신비로운 분위기를 자아냈다. 갈촌의 어느 계절인들 아름답지 않겠냐만 특히 이 가을, 호수에서 피어난 물안개가 피어오르는 아침을 해인은 가장 좋아한다. 안개를 흩뜨리며 날아오르는 새들, 호수로 내려앉는 파란 하늘과 울긋불긋한 능선, 새들의 날개에서 쏟아지는 햇귀에 숲이 역동적으로 빛나는 시간. 이 시간만큼은 자기 호흡에 집중하지 않을 수 없다. 나는 팔딱팔딱 살고 있는가, 되묻지 않을 수 없다.

"저기 봐봐, 상모솔새야."

박문수가 속삭이며 관목 숲을 가리켰다. 자그마한 새들

이 때 지어 이 나무 저 나무를 오가며 재잘거렸다. 녀석들의 머리 가운데가 노랬다.

"몸길이 10센티미터, 몸무게 5그램. 저 쬐끄만 몸으로 겨울이면 히말라야나 시베리아, 유럽에서 여기까지 날아오는 녀석이야……. 어, 저거 작살나무 아닌가?"

상모솔새 무리가 날아오른 자리에 보라색 열매들이 모다기모다기, 앙증맞게 매달렸다.

"새비나무야. 작살나무랑 비슷한데 이파리가 약간 달라. 쟨 폭신폭신한 느낌이 들고 작살나무는 좀 뻣뻣하달까. 우리나라 남쪽과 일본에만 자생한다더라고."

"고하도에도 있던데……. 참, 아까 내가 무슨 말 하다 말았더라?"

"상모솔새."

"아, 맞아. 며칠 전에 녀석이 사무실 유리창에 부딪혔어. 해마다 한두 마리는 꼭 그러는데, 기절했다가도 금세 날아오르지. 세상 사는 데는 그런 놈이 더 유리하겠다 싶더라. 살아낼 방법을 연구하고 개발하는 놈은 살고, 그러지 못하는 놈은 도태되는 거지. 흐름에 자기를 맡기는 놈과 흐름을 무시하고 자기만 고집하는 놈의 차이랄까."

"흐름 얘기하니까 생각났는데, 수열 아버지가 가끔 그러셨대. 세상에 몸을 실어야 산다고……. 건설회사를 운영하셨어. 은퇴하고 서당께로 오셨는데, 땅 안 파고 할 수 있는 일을 찾다가 돌아가셨대. 누나가 고민하다가 숲학교가 그거겠구나, 생각했다는 거야."

"누님이 왜?"

해인은 아버지의 과거를 간략하게 들려줬다.

"여기 숲 꽤 넓은데 손대지 않았어. 앞으로도 무엇이든 새로 심거나 뽑아내지도 않을 거야. 쓰레기 줍고 쓰러진 나무 갖다가 땔감으로 쓰거나 평상 만드는 정도? 교실로 쓰는 금밭동도 기존에 있던 집들을 내부만 고친 거야."

"평상?"

"요 몇 년 사이 죽은 소나무가 꽤 생기더라. 그걸로 평상 만들어서 군데군데 놔두거든. 사람들이 지나다 앉아 쉬기도 하고 책도 읽고."

"괜찮은 생각이네……. 나무들이 죽어가는 거야 안타깝지만 큰 틀에서 본다면 지구가 스스로 치유하는 과정 아닐까. 너도 왜 숲해설사 공부할 때 배우지 않았냐. 숲의 천이과정遷移過程* 말이야. 습지에 이끼나 풀씨 같은 게 날아들어 초원을 이루고, 초원에 소나무 같은 침엽수가 와서 숲을 형

* 한 지역의 식물군락이나 생태계가 오랜 시간에 걸쳐 점차 변화하며, 최종적으로 안정된 극상(極相) 단계에 이르는 자연적 변화 현상.

성하면 시간이 지나면서 참나무 같은 활엽수가 들어와 살게 되고. 또 산불이나 홍수나 벌채로 교란이 일어나면서 파괴되었다가 복구되고……. 동물과 곤충뿐 아니라 인공조림도 숲에 큰 영향을 미친다는 것."

"나도 그래서 인공조림은 반대야. 운곡습지처럼 자연치유가 중요하다고 보거든. 고창 갯벌뿐 아니라 우리나라 서해안 갯벌이 세계적으로 주목받는 이유가 뭐겠어."

박문수가 가방에서 망원경을 꺼내 들고 저수지 쪽으로 돌아섰다. 이리저리 살피더니 어느 한 곳을 한참 응시했다.

"쇠오리도 오는구나. 오리류 중에선 작은 녀석에 속하는 놈이지. 저거……."

말하다 말고 박문수가 대가리가 청록색과 다갈색으로 빛나는 새를 가리켰다.

"물에서 나오면 한번 봐봐. 엉덩이 아래에 노란색 깃이 있어……. 너도 인정하겠지만 자연과 인간이 거의 대척점에 있는 듯해도 인간은 자연의 일부야. 아무리 으스댄대도 그건 변하지 않아."

"숲학교를 열면서 누나 부부랑 계획한 게 두 가지야. 하나는 마을이나 골짜기 이름 되찾아 주기. 전북 고창군 신림면 가평노동길이 아니라, 가평리가 아니라 갈촌에서도 금밭동, 술바탕, 소갈재처럼. 또 하나는, 동식물도 이 지역에서 전해오는 이름으로 찾아 부르기. 새우가 아니라 새비. 동자개가 아니라 빠가사리……. 물론 똑같이 인간이 만든 이름이긴 하지만, 옛날 사람들은 적어도, 목숨 붙은 것에는 다 고유한 격이 있다고 생각하지 않았을까. 격까지는 아니더라도 내가 숲이고, 숲이 나라는 건 알았겠지. 그렇게 서로를 공유하면서, 또 자신을 나눠 가지며 살았을 거야."

미니버스 하나가 마당으로 올라왔다. 차가 서자 연화와 또래 아이들이 우르르 밖으로 나오고 영선과 교사들이 내렸다. 맨 나중에 김동현이 내리면서 차 키 든 손을 흔들어 보였다. 체험학습차 온 학생들인데 박문수가 오늘 새 이야기를 들려주기로 했다.

"사실 난 생각해 둔 게 따로 있어. 숲으로 살기 또는 시詩로 살기. 어렸을 때 시가 되는 게 꿈이었거든."

해인은 지그시 눈을 감았다 떴다. 아까와는 아주 달라진 목소리로 시를 낭송했다.

수억만 년 날아 온
하얀 새 한 쌍
파란 연못에 내려앉았네

물풀 사이 강종강종

윤슬 쪼던 새
물에 비친 서로를 골똘히 바라보네

물 박차고 날아오르는
하얀 새 노래
맑은 연못에 고이 흐르네

낭송을 끝내고도 해인은 한참 동안 말없이 호수와 물에서 노니는 새들을 건너다봤다. 박문수에게로 돌아온 그의 표정은 먼 어딘가를 여행하고 온 듯 어느새 아련해져 있었다.

"〈아침에 온 새〉야. 이 시를 처음 만났을 때 있잖아. 가슴 저 밑바닥에서부터 아주 작은 새가 실제로 날개를 파닥이며 날아 올라오는 것 같더라고. 지금도 가끔……. 야, 박문수. 이 시에 나오는 새는 따오길 거야, 그치?"

"아이고, 따오기에 단단히 미치셨군."

박문수가 관자놀이에 검지를 대곤 빙글빙글 돌렸다. 아이들한테 가다 말고 돌아섰다.

"저 앞산이 뺌산이랬냐? 뒤에 멀리 보이는 산은 뭐야. 야, 뾰족 솟은 것이 야무지게도 생겼네."

"소요산이야. 질마재가 있는……."

해인은 소요산을 건너다보다 속으로 놀랐다. 자기가 외

롭고 쓸쓸할 동안 어머니도 똑같이 아프고 외롭고 쓸쓸했음을, 막 깨달았다. 아무리 정나미 떨어지게 생겼어도, 칼로 도려낸 듯 날카롭고 매정해 보이는 봉우리일지라도 저 안에서도 수많은 싹이 돋고 꽃이 피고 열매가 익고, 열매는 떨어져 다시 저를 땅에 묻을 것이다. 솔개는 날아 하늘에 이르고 물고기는 연못에서 뛰어오를* 것이다. 세상사 매 순간순간 밀고 달고 맺고 풀고……** 하지 않던가.

* 『詩經』, 「대아(大雅)」, '한록(旱麓)' 중, '鳶飛戾天 魚躍于淵(연비여천 어약우연)'. '비약(飛躍)'이란 말이 여기서 나왔다.
** 起輕結解(기경결해), 한국음악(판소리)의 장단 운행 원리.

도서

고창군,『高敞郡誌』, 고창군청, 1992.

김정길,『고창의 산하』上·下, (재)고창문화관광재단, 2023.

(사)고창문화연구회,『고창의 마을』제4집, 도서출판 모로비리,
　　2012.

(사)고창문화연구회,『고창의 마을』제9집, 도서출판 모로비리,
　　2017.

(사)고창문화연구회,『고창의 마을』제11집, 도서출판 모로비리,
　　2019.

도노히라 요시히코, 지상 옮김,『70년 만의 귀향』, 후마니타스, 2021.

원광대학교 마한·백제문화연구소,『高敞 鳳德里 1號墳 -石室·甕
　　棺』, 2012.

원광대학교 마한·백제문화연구소,『高敞 鳳德里 1號墳 종합보고
　　서』, 2016.

한신대학교,『風納土城IV - 慶堂地區 9號 遺構에 대한 發掘報

告』, 2004.

논문

김우열·빙기창·서지혜·이두표, 「봉덕리 고분에서 출토된 금동장
　　식신발 새문양의 형태·생태학적 분석을 통한 천연기념물 따
　　오기 동정」,《한국조류학회지》제28호, 2021.
성윤길, 「고창 봉덕리 고분 출토 금동신발의 문양 특징과 의미」,
　　《馬韓·百濟文化》제36집, 馬韓·百濟文化硏究所, 2020.
이문형, 「고창 봉덕리 1호분의 고고학적 위상 – 영산강유역 방대형
　　고분과의 비교를 통해」,《馬韓·百濟文化》제36집, 馬韓·百濟
　　文化硏究所, 2020.
_____, 「제작기법과 문양을 통해 본 백제 금동신발의 편년」,《中央
　　考古硏究》제18호, 中央文化財硏究院, 2015.
임동구, 「양계 질병분석 및 방역대책」,《월간양계》제80호, 2006.

홈페이지 및 기사

고창군, 〈고창군지〉, 고창군청 홈페이지.
이기환의 흔적의 역사, 〈무덤속 한줄기 빛에 반사된 하얀 물체, 백
　　제 최고의 명품구두였네〉, 경향신문, 2021.
진실·화해를 위한 과거사정리위원회, 〈한국전쟁 고창지역 민간인
　　희생 사건〉, 2010.

제5회 고창신재효문학상 심사평

당선작 『만금빌라』는 고창 지역의 현대사를 직시하고 관통하는 심층 다큐멘터리다. 가장 지역적인 이야기가 가장 창의적이고 세계적인 이야기라는 말이 있다. 당선작은 고창 지역의 이야기가 가장 한국적인, 가장 세계적인 이야기로 참신하게 요동치는 역동성을 뽐낸다.

응모작들의 주된 소재, 제재에서도 알 수 있듯이, 고창은 자랑스러운 유적과 문화유산으로 우뚝한 고장이다. 하지만 고창 고을도 우리나라 모든 고을이 겪어야 했던 두 번의 환난을 피할 수 없었다. 임진왜란과 한국전쟁. 특히 한국전쟁은 고창의 역사에 깊은 슬픔을 새겨놓았으니, 공식적으로는 '고창지역 민간인 희생 사건', 흔히 '택동마을 사건'으로 불린다. 국군 토벌대에 의해 많은 민간인이 스러졌다. 당선작은 바로 그 학살 현장의 정밀묘사로 출발한다.

환란 속에서 가까스로 살아남은 세 사람 정만, 미금, 재동이 주인공이다. 정만과 미금은 부부가 되어 서울에서 자수성가하고 일가를 이룬다. 재동은 고창에 살아남아 고창의 현대사와 함께한다. 이 세 사람과 그들의 자녀를 중심으로 전개되는 70여 년의 현대사가 박진감 넘치게 펼쳐진다. 동학농민운동 당시 그들 조상의 얽힘까지 거슬러 올라가며 120여 년의 역사를 담아냈다. 마르케스의 『백년의 고독』을 연상케 하는 장대한 서사가 아닐 수 없다.

두 가문에 얽힌 무수한 인물과 사건이 등장하지만, 결국 고창을 떠난 자들과 고창을 지킨 자들의 이야기다. 고창 밖에 있는 자들과 고창 안에 있는 자들의 이야기다. 안팎의 그들은 갈등하고 어우러져 이야기의 강을 이룬다.

떠난 자와 지킨 자들, 밖에 있는 자들과 안에 있는 자들의 이해와 용서는, 진실을 올바르게 드러내야만 진정한 화해가 가능하다는 것을 웅변하는 듯하다.

당선작의 가장 큰 미덕은 두려움 없는 응시다. 어떤 감상적인 표현도 없이 학살 현장을 보고한 작가는 신랄한 시선을 견지한다. 주인공들의 도시 생활과 그 자녀들의 각종 사건, 사고를 예리하게 보여준다. 고창 지역에서 벌어진 다양한 현대사의 첨예한 갈등을 냉정하게 객관화한다. 다소 산만해 보일 수 있는 에피소드들이 흥미진진한 다큐멘터리로 읽히는 것은 바로 그 냉정한 시선 때문일 테다. 그렇지만 작가 특유의 핍진한 서술에 실린 재치 덕분에 풍자적인 웃음 또한 맛볼 수 있다. 영화 〈국제시장〉과 같은 낭만적인 전개가 아니더라도, 소설은 얼마든지 재미있고 감동적일 수 있다는 걸 보여준다.

최종심에서 경쟁한 몇 작품들도 나름대로 장점을 갖추고 있었으나, 별로 특별하게 읽히지 않았다. 반드시 당선작으로 뽑아서 많은 독자에게 읽힐 만한 이유를 찾기가 힘들었다. 때문에 『만금빌라』가 각별하고 인상적인 이야기라는 데 최종 합의하고 당선작으로 확정했다. 우리 소설사에 한국전쟁의 상처와 현대사의 굵직한 장면을 절묘하게 모자이크한 좋은 소설이 많다. 하지만 충분하다고 할 수는 없다. 당선작은 한국전쟁과 현대사를 다룬 또 하나의 인상적인 작품으로 기억될 테다.

한국전쟁의 상처를 기억하되 트라우마에서 벗어나 따뜻한 화해를 갈구하고, 현대사의 굴곡을 건너 뛰어가되 낭만

보다는 모순성을 직시하는 이 소설은 아프지만 통쾌하다. 웃음 속에 비수를 무한히 감춘 듯하다. 무엇보다도 가장 지역적인, 고창적인 이야기가 가장 창의적이고 세계적인 이야기가 될 수 있음을 보여준다.

심사위원: 김종광, 박영진, 이병천, 이성아, 정지아

작가의 말

고창에서 태어나 소설을 쓰는 한 사람으로서, 고창신재효 문학상을 받게 되어 반갑고 기쁘다. 상을 제정해 준 우리 고 창군에 감사드린다. 무엇보다 부족한 작품을 뽑아주신 심 사위원들께도 감사한 마음으로 절한다.

2021년 봄엔가 고창 봉덕리 1호분에서 나온 금동신발이 국가 보물로 지정되었다는 소식을 들었다. 쌍나발등. 옛날 왕들의 무덤임을 증명하는 금동신발!

『만금빌라』는 쌍나발등에서 이야기를 시작했다.
작품 속 인물들이 온몸으로 고창을 느끼고 그것을 자기 만의 삶으로 표현해 주기를 기대하면서 쌍나발등과 상하

면 택동마을, 동학혁명 무장기포지와 공음면 6·25 양민희
생자위령탑을 찾았다. 고인돌 유적지와 운곡습지와 두암초
당을 걸었다. 방등산도 올랐다. 도림리 서당께로, 뺌산으로,
가평 도동사와 갈촌으로 종횡무진 쏘다녔다.

　3월의 서해안은 변화무쌍했다. 종잡을 수 없었다. 파란
하늘이 어느 순간 먹구름으로 새카매지는가 하면 눈바람이
구시포 앞바다와 가막도를, 용대 들판과 택동마을을 음산
하게 뒤덮었다. 세상의 소용돌이에 휘말려 간 수많은 사람
의 원혼이 아우성치듯 춥고 아파 내내 눈물이 났다.

　『만금빌라』는 많은 분의 도움으로 탄생했다.

　고창 봉덕리 1호분 발굴 보고서와 연구논문 등 발굴 자료
를 보내주신 마한·백제문화·연구소 이문형 교수,『고창의
산하』와『고창의 마을 유래』와 여러 자료를 기꺼이 내주신
고창문화원 김주운 사무국장,『고창의 마을』 시리즈를 주
신 고창문화연구회 이병렬 선생, 발굴에 관한 인터뷰에 응
해주신 한국전통문화대학교 서현주 교수와 학생들, 논문
「봉덕리 고분에서 출토된 금동장식신발 새문양의 형태·생
태학적 분석을 통한 천연기념물 따오기 동정」을 보내주신
국립호남권생물자원관 김우열 연구원께 감사드린다. 신림
면 가평리 갈촌을 알려주신 마을 어르신과 초등학교 동창,

고창의 여러 곳을 안내해 준 중학교 후배께도 감사한 마음 전하고 싶다.

『만금빌라』를 쓰는 동안 '관계'에 대해 더 깊이 골똘하게 되었다.

나는 어디 나 혼자로 온전하던가. 세상에 저 홀로 존재하는 게 있기는 한가. 해와 달과 별들, 국가와 국가, 사람과 사람. 개와 새, 개구리와 지렁이, 민들레와 소나무, 물고기와 게도 다 제 나름의 생생한 삶이 있다는 사실을 염두에 둔 적이나 있었나.

우리는 '가이아(Gaia, 지구)'라는 공동체에 산다. 매 순간순간 인드라망, 그물코에 인연이라는 구슬을 꿰면서 살고 있다. 너의 구슬과 나의 구슬이 만나 서로를 비추면서 빚어내는, 찬란하고 거대한 우주……. 고로 너는 나의 거울이요, 옷깃만 스쳐도 인연이란 말은 빈말이 아님을 알겠다.

2026년 2월
이강원

만금빌라

초판 1쇄 인쇄 2026년 2월 4일
초판 1쇄 발행 2026년 2월 10일

지은이 이강원
펴낸이 김선식

부사장 김은영
책임편집 김현서 **디자인** 김하얀 **책임마케터** 오서영
콘텐츠사업6팀장 박진혜 **콘텐츠사업6팀** 김하얀, 최찬미, 김현서, 양우림
마케팅사업2팀 오서영, 이다은 **홍보2팀** 정세림, 고나연
브랜드사업본부장 정명찬 **브랜드홍보팀** 오수미, 서가을, 박장미, 박주현
영상홍보팀 이수인, 염아라, 이지연, 노경은
저작권팀 성민경, 이슬 **편집관리팀** 조세현, 김호주, 백설희
재무관리팀 하미선, 임혜정, 이슬기, 김주영, 오지수
인사관리팀 강미숙, 김재경, 김혜진, 김주림, 황종원
제작관리팀 이소현, 김소영, 유미애, 이지우, 이승협
물류관리팀 김형기, 김선진, 주정훈, 양문현, 채원석, 박재연, 이준희, 최대식

펴낸곳 다산북스 **출판등록** 2005년 12월 23일 제313-2005-00277호
주소 경기도 파주시 회동길 490
전화 02-704-1724 **팩스** 02-703-2219 **이메일** dasanbooks@dasanbooks.com
홈페이지 www.dasan.group **블로그** blog.naver.com/dasan_books
용지 한솔피엔에스 **인쇄 및 제본** 한영문화사 **코팅 및 후가공** 평창피엔지

ISBN 979-11-306-7492-6 (03810)